Thomas Brezina · Im Tal der Donnerechsen

Hallo Detektive,

hier mein ganz persönlicher Steckbrief!

Name: Thomas Brezina (meine Freunde dürfen mich auch Brezl nennen)
Größe: 1,76 m
Gewicht: 60 kg (schwankt ...)
Haarfarbe: dunkelbraun
Augenfarbe: braun

BESONDERE KENNZEICHEN:
Ich habe einen Bart und sammle verrückte und coole Uhren. Eine davon zeigt mir immer an, wie viel Uhr es dort ist, wo die Knickerbocker-Bande gerade einen Fall löst.

MEINE ERINNERUNGEN AN DIE SCHULE:
Ich habe in der Schule gern Zeichnen, Englisch und Mathematik gehabt. Gehasst habe ich Latein und – Überraschung – auch Deutsch. Mein Lehrer hat immer nur Rechtschreibfehler gesucht, deshalb ist mir die Freude am Schreiben verloren gegangen.

MEINE LIEBLINGSBESCHÄFTIGUNGEN:
Schreiben, Reisen, Musicals, Kino, TV, Lesen, mit meinem Hund Daffi spazieren gehen, Schwimmen und natürlich schwierige Kriminalfälle lösen!

MEIN LIEBLINGSESSEN:
Am allerliebsten esse ich Sushi. Das ist roher Fisch auf Reisbällchen und schmeckt bedeutend besser, als es klingt.

MEIN GEBURTSDATUM:
Ich bin Wassermann und am 10. Tag dieses Sternzeichens geboren. Kombiniert: Wann ist mein Geburtstag?

MEINE KNICKERBOCKER-KRIMIS:
Sie fallen mir beim Duschen, Spazierengehen, mitten in der Nacht, im Flugzeug oder an sonstigen ungewöhnlichen Orten ein.

MEINE BERUFSWÜNSCHE:
Ich wäre gern Detektiv geworden. Aber ich fürchte, dazu hatte ich damals nicht genug Mut und Ausdauer. Und jetzt kann ich mir keinen anderen Beruf vorstellen als den, für euch spannende Geschichten zu schreiben.

Wenn ihr noch Fragen habt: www.thomasbrezina.com

Thomas Brezina

Die Knickerbocker-Bande®

IM TAL DER DONNER-ECHSEN

Abenteuer in Japan

Abenteuer Nr. 27

Mit Illustrationen von
Atelier Bauch-Kiesel

Ravensburger Buchverlag

LILO

DOMINIK

AXEL
POPPI

Als Ravensburger Taschenbuch
Band 6208
erschienen 2000

Erstmals erschienen 1990
bei der hpt-Verlagsgesellschaft m. b. H. & Co. KG, Wien

Umschlagillustration: Ferenc B. Regös

Printed in Germany

Die Schreibweise entspricht den Regeln
der neuen Rechtschreibung.

2 3 4 5 6 06 05 04 03 02

ISBN 3-473-56208-4

www.ravensburger.de
www.thomasbrezina.com

Inhalt

DIE KNICKERBOCKER-BANDE

NAME: Axel Klingmeier
SPITZNAME: früher Schrumpfkopf und Gnomi
ALTER: fast 14 Jahre
STERNZEICHEN: Steinbock
COOL FINDE ICH: Sport
TOTAL UNCOOL: Langweiler, Oberlehrer, Wichtigtuer
LIEBLINGSSPEISE: Alles
BESONDERE KENNZEICHEN: Bin früher oft verspottet worden, weil ich klein bin. Heute traut sich das keiner mehr.

NAME: Lieselotte (Lilo) Schroll
SPITZNAME: Superhirn
ALTER: fast 14 Jahre
STERNZEICHEN: Krebs
COOL FINDE ICH: Skifahren, Rafting, Krimis, starke Ideen und Mut
TOTAL UNCOOL: Feiglinge; Leute, die nicht lachen können; Trauerklöße
LIEBLINGSSPEISE: Chinesisches Essen
BESONDERE KENNZEICHEN: Habe zwei blonde Zöpfe, auf die ich besonders stolz bin.

NAME: Paula Monowitsch
SPITZNAME: Poppi (Paula finde ich einen Horrornamen)
ALTER: fast 10 Jahre
STERNZEICHEN: Fische
COOL FINDE ICH: meine Tiere, Tierschutz-Organisationen, Poster
TOTAL UNCOOL: Tierquäler; Leute, die behaupten, nie Angst zu haben
LIEBLINGSSPEISE: Fruchtsalat und Melonen, aber kein Fleisch
BESONDERE KENNZEICHEN: Ich besitze einen Minizoo mit zwei Hunden, einem Papagei, drei Katzen, Kaninchen, Goldfischen, Ratten und einem Weihnachtskarpfen, den ich vor der Pfanne gerettet habe.

NAME: Dominik Kascha
SPITZNAME: (verrate ich nicht)
ALTER: fast 11 Jahre
STERNZEICHEN: Waage
COOL FINDE ICH: Lesen, Rätsel, Leute mit Durchblick
TOTAL UNCOOL: Quatschköpfe, erhobene Zeigefinger, strenge Erwachsene
LIEBLINGSSPEISE: Spaghetti
BESONDERE KENNZEICHEN: Meine Eltern sind Schauspieler, und auch ich stehe bereits auf der Bühne und vor der Filmkamera.

DER NAME KNICKERBOCKER-BANDE ENTSTAND ...

- als Axel, Lilo, Poppi und Dominik von Lord Conrad of Knickerbocker ausgezeichnet wurden, weil sie seinen entlaufenen Mops gefunden hatten,
- **als Axel einen Weltrekord aufstellte und in 22 Knickerbocker-Hosen in nur 30 Sekunden Löcher gebissen hatte,**
- als Poppis Papagei zum ersten Mal ein Wort von sich gab und es sich nach „Knickerbocker" anhörte,
- **als die vier den Zeichenwettbewerb einer Lederhosenfirma gewannen und einander bei der Preisverleihung kennen lernten,**
- als Dominik der jüngste Student an der Knickerbocker-Universität wurde,
- **als Lieselotte endlich das Rätsel der jodelnden Knickerbocker-Hosen gelöst hatte,**
- als Axel, Lilo, Poppi und Dominik sieben entsprungene Knickerbocker-Hosen wieder eingefangen haben,
- **als der Song „Knickerbocker Kiss" in der Hitparade auf Platz 1 landete.**

Richtige Erklärung bitte ankreuzen. Die Lösung steht auf Seite 144.

Angriff der Donnerechsen?

Feuchte, kalte Nebelschwaden wehten den vier Mitgliedern der Knickerbocker-Bande aus der engen Felsenschlucht entgegen und hüllten sie ein. In der Ferne ertönte das wütende, hungrige Brüllen und Grölen der Tyrannosaurier. Dumpfes Poltern und Dröhnen war das Zeichen dafür, dass sich die tonnenschweren Urzeitmonster in Bewegung setzten. Eine Frau schrie in Panik und rief um Hilfe, aber keiner machte Anstalten sie zu retten.

Poppi erschauderte: „Bestimmt ist sie die Beute eines Tyrannos geworden!“

Dominik nickte: „Es ist alles aus und vorbei für sie.“

Axel, Lilo, Poppi und Dominik, den vier Juniordetektiven, die bereits zahlreiche Fälle gelöst hatten, stand eine harte Probe bevor. Sie sollten die Schlucht der Tyrannosaurier durchqueren, obwohl sie auf Schritt und Tritt mit dem Angriff der Ungeheuer rechnen mussten. Sie sahen schon die hervorquellenden bösen Augen der Tyrannos vor sich. Noch schrecklicher war für sie aber der Gedanke an die riesigen Mäuler, die ein ganzes Schwein verschlucken konnten. Küchenmesserlange Zähne wuchsen darin und zermalmten selbst Knochen zu Brei.

„Es … es ist gleich so weit. Macht euch fertig!“, meldete Axel. Er drückte seine Baseballkappe fest auf den Kopf und atmete tief durch. Lieselotte hatte die ganze Zeit kein Wort gesagt. In Gedanken hatte sie sich nämlich auf den Weg durch das Schreckenstal vorbereitet.

Es kam jetzt auf gute Planung an, wenn sie das andere Ende erreichen wollten.

Wieder wurden das tobende Brüllen und die erdbebenhaften Schritte der Urzeittiere hörbar und abermals kreischten Leute. Sie waren also die nächsten Opfer der unersättlichen Bestien geworden. Die vier Juniordetektive erschauderten und warfen sich fragende Blicke zu. Wie würde es ihnen ergehen?

Sie waren nun beim Eingang in das enge Tal angelangt, aus dem nach wie vor dicke, nasse Nebelschwaden wehten, die es unmöglich machten, weiter als zehn Schritte zu sehen. Auf dem Boden lag das abgenagte Skelett eines Triceratops, eines Dreihornsauriers. Wenn es zur Seite schwenkte, dann waren die Knickerbocker an der Reihe, ihren Mut unter Beweis zu stellen.

Plötzlich aber drängelte sich von hinten ein kleiner, schwarzhaariger Junge vor und grinste den vier Freunden frech ins Gesicht. „He, hinten anstellen wie wir alle!“, schnauzte ihn Axel an. Aber davon schien der kleine Japaner nicht viel zu halten. Rasselnd und klappernd erhob sich das Triceratops-Skelett wie eine Schranke und gab den Weg frei. Die Knickerbocker-Kumpel wollten losmarschieren, aber der japanische Junge ließ sie nicht. Wie ein Kugelblitz flitzte er an den vier überraschten Freunden vorbei und unter dem Saurierskelett durch. Knarrend senkte es sich wieder. Für die Bande bedeutete das abermals warten. Axel geriet so in Wut, dass sein Gesicht knallrot anlief. „Saukerl, dich schnapp ich mir!“, schrie er und hechtete dem Jungen hinterher. Hinter ihm knallten die Knochen des Triceratops auf den Boden und machten seinen Freunden das Nachkommen unmöglich.

Axel fuchtelte und ruderte mit den Armen durch die Luft, um die Nebelschwaden zu zerreißen. Er wollte sehen, wo sich der japanische Junge befand. Gleichzeitig musste er aber auf die Tyrannosaurier achten, die jederzeit aus einer Felsspalte stürzen und ihn fressen konnten. Ausweichen war möglich, da die Tiere mit den plumpen Körpern nur langsam und schwerfällig vorankamen. Allerdings musste man dazu die Angreifer rechtzeitig bemerken.

Mit hochgezogenen Schultern hastete der Junge voran. Ängstlich blickte er nach links und rechts und versuchte jedes verräterische Geräusch wahrzunehmen. Hinter ihm donnerte es und der Boden unter seinen Füßen erbebte. Axel wirbelte erschrocken herum und starrte auf einen mindestens sechs Meter hohen Tyranno, der aus seinem Versteck torkelte, gierig sein Maul aufriss und einen röhrenden Schrei ausstieß.

Dem bin ich schon mal entkommen!, dachte Axel erleichtert und stolperte weiter. Er wusste, dass die Saurier nur von vorn angreifen und gefährlich werden konnten. Links vernahm er ein leises Knirschen. Geschickt wich der Junge nach rechts aus und presste sich gegen den glitschigen, schwarzen Felsen. Keine Sekunde zu früh. Ein Tyrannoschädel, fast so groß wie ein kleines Auto, tauchte in Menschenhöhe auf und wollte zuschnappen. Aber er biss ins Leere. Axel begann trotz der Kühle des Tals zu schwitzen. Der Weg war anstrengender und schauerlicher, als er sich das gedacht hatte.

Doch wo steckte der kleine Japaner? War er schon gefressen worden? Ein Stück weiter erreichte der Knickerbocker einen Teil der Schlucht, die frei von Nebel war. Dafür befanden sich hier besonders viele und beson-

ders dunkle Spalten und Höhlen im Gestein, aus denen jederzeit ein Dinosaurier auftauchen konnte. An einer Stelle war das Tal extrem eng. Genau an dieser Stelle entdeckte Axel den Jungen. Auch er war ständig auf dem Sprung, sehr angespannt und aufmerksam und versuchte, den blutrünstigen Monstern zu entwischen, um heil das Ende des Tals zu erreichen. Axels Zorn war mittlerweile verflogen. Er ärgerte sich bereits, vorhin so aufgebraust zu sein. Außerdem war er inzwischen viel mehr mit den lauernden Jägern beschäftigt als mit Rachegedanken an den kleinen Japaner. „Ich Idiot, wozu bin ich ihm nachgerannt!“, schimpfte Axel mit sich selbst.

Immer weiter und weiter kämpfte sich der Knickerbocker durch das unheimliche Tal. Erstaunt beobachtete er, wie der japanische Junge neugierig in eine Felsspalte blickte. Es war kein ängstlich suchender Blick, sondern Überraschung, das stand für den Juniordetektiv fest. „He, Vorsicht, dort kann ein Tyranno lauern!“, flüsterte Axel warnend vor sich hin. Der Junge schien mit einem Mal keine Angst zu haben, sondern kletterte neugierig in die Felsspalte.

Der Knickerbocker verharrte regungslos, damit ihm nichts entging. Von allen Seiten war leises Surren und Zischen zu hören. Nur vor ihm herrschte absolute Stille. Das heißt, nicht ganz. Das Schaben der Schuhe des Jungen auf dem Felsen hallte durch das Tal. Er schien noch immer zu klettern.

Der Juniordetektiv spürte, wie sich in seinem Nacken die Haare sträubten. Er begann am ganzen Körper vor Aufregung und Anspannung zu zittern. Was war da im Gange? Axel hatte ein äußerst unbehagliches Gefühl.

Hier stimmte etwas nicht. Sein Instinkt meldete, dass etwas faul war.

Es war, als hätte das Mitglied der Knickerbocker-Bande eine Vorahnung gehabt. Plötzlich ertönte nämlich ein langer, verzweifelter Schrei, der schließlich erstickt wurde. Gleich darauf brüllte wieder ein Tyranno und tappte mit donnernden Schritten aus genau der Felsspalte, in die der Japaner gestiegen war. Der haushohe Saurier warf den mächtigen Schädel vor und zurück und präsentierte sein gigantisches Gebiss.

Axel schnürte der Schreck die Kehle zu, als er zwischen den Zähnen einen Turnschuh und einen Fetzen Jeans entdeckte. Der japanische Junge hatte Turnschuhe und Jeans getragen!

Der Nilpferdmann

Lilo, Poppi und Dominik standen noch immer vor dem Dreihornsaurier-Skelett und warteten. Aber es erhob sich nicht. Sie durften noch immer nicht starten. Irgendwie verwunderte das die drei. Bisher hatte die seltsame Schranke die Besucher in regelmäßigen Abständen eingelassen.

Die Schlucht der Tyrannosaurier war nämlich die größte Attraktion in einem Dinosaurier-Vergnügungspark, der erst vor drei Tagen in Japan eröffnet worden war. Er nannte sich „Das Tal der Donnerechsen" und bot über dreißig verschiedene Abenteuer mit Sauriern. Selbstverständlich handelte es sich nicht um echte Dinos, sondern um Monster aus Plastik. Es waren hochtechnisierte, gigantisch konstruierte Roboter, die die Urzeitwesen aus Kunststoff höchst lebendig und echt wirken ließen.

Dominiks Onkel Arthur, der als Reporter für mehrere Zeitschriften und Tageszeitungen arbeitete, hatte die Knickerbocker-Bande als „Sonderkorrespondenten" zur Eröffnung des Tals der Donnerechsen nach Japan geschickt. Die vier Freunde durften eine ganze Woche in dem Vergnügungspark verbringen und bekamen dafür auch noch Geld. Einzige Bedingung: Jeden Tag mussten sie einen drei Seiten langen Bericht an Onkel Arthur faxen. Dieser gestaltete daraus große Berichte für verschiedene Zeitschriften.

Begleitet wurden die Knickerbocker-Kumpel von einer etwas griesgrämigen Dame namens Hilda Ogrusek.

Sie war Fotografin und sorgte für das nötige „Bildmaterial“.

Frau Ogrusek war eine Frau, die höchstens alle drei Jahre einmal lachte. Sie schien Kinder nicht ausstehen zu können und hatte bereits zu Beginn der Reise mitgeteilt: „Ich denke nicht daran, euren Babysitter zu spielen. Ihr werdet schön brav aufpassen, dass euch nichts zustößt. Wenn ihr euch danebenbenehmt, bekommt ihr nämlich mächtigen Ärger mit mir und fliegt mit dem nächsten Flugzeug nach Hause. Verstanden?“

Artig hatten die vier Juniordetektive genickt. Poppi hatte Hilda Ogrusek sofort den wenig schmeichelhaften Spitznamen „Griesgram-Grunz-Ziege“ verpasst, den ihre Freunde natürlich gleich mit großer Begeisterung übernahmen.

„He, was ist los? Wieso können wir nicht in die Schlucht der Tyrannosaurier?“, fragte Lilo ungeduldig. War vielleicht etwas geschehen? Hatte Axel den Jungen verprügelt? Die Schlucht der Tyrannosaurier war als größte Attraktion des Dinosaurierlandes bei allen Besuchern sehr begehrt.

Fast drei Stunden lang hatte die Bande Schlange gestanden, bis sie endlich zum Eingang gelangt war. Ihre Aufgabe lautete nun, die künstlich angelegte Schlucht zu durchqueren und am Ende ein Saurierei zu nehmen, ohne dabei von einem Tyranno erwischt zu werden. Passierte das, so öffnete sich sofort der Boden unter den Füßen des „Mutigen“, und er wurde auf einer Art Rutschbahn zum Ende der Schlucht und damit hinausbefördert.

Für viele endete der Besuch dieser einzigartigen Vergnügungsbahn schon wenige Meter nach dem Beginn, was natürlich sehr enttäuschend war. Die Knickerbocker hatten sich in den Kopf gesetzt, den Ausgang der Schlucht zu erreichen. Sie wollten sich nicht stundenlang anstellen, um dann per Rutschbahn hinausgebracht zu werden und verloren zu haben.

Hinter den drei Wartenden tauchte ein bulliger Japaner auf. Der Speckring rund um seinen Bauch war so dick, dass er die Hände nicht gerade herunterhängen lassen konnte. Sie lagen leicht abgespreizt an seinem Gürtel, als hätte er einen Reifrock an, wie ihn Frauen am Kaiserhof getragen hatten. Die Beine des Mannes waren kurz und schienen Mühe zu haben, das große Gewicht des Bauches zu tragen. Zwischen den Fettwülsten im Gesicht lagen zwei kleine, schwarze, stechende Augen, die sich unruhig umblickten. Der Mann schubste die drei Knickerbocker unsanft zur Seite und redete mit dem Mädchen, das zur Aufsicht am Eingang der Schlucht stand.

Die junge Japanerin grinste, als sie die Frage des Mannes gehört hatte, und nickte. Mit dem Finger deutete sie in das Felsental. Der Mann schnaubte und streckte die Hände flehend zum Himmel. Wieder rempelte er die drei Mitglieder der Bande an und bahnte sich einen Weg aus den Wartenden. „So ein Nilpferd!“, fauchte Poppi.

Lieselotte wurde noch unruhiger. Hatte sich der Mann nach dem Jungen erkundigt? Sie wollte nicht, dass Axel diesem Fleischberg auf Beinen in die Hände fiel. Bestimmt hatten allein seine Hände die Kraft einer Brechzange. Das Mädchen sorgte sich, aber noch immer ging die Skelettschranke nicht in die Höhe.

In der Schlucht bebte ihr Kumpel am ganzen Körper. Er musste etwas unternehmen. Offensichtlich spielten die Computer, die die Roboter steuerten, verrückt. Der Tyrannosaurier hatte den Jungen … gefressen … oder gebissen … auf jeden Fall verletzt! Anders waren der Schuh und das Hosenbein im Sauriermaul nicht zu erklären.

Axel blickte sich suchend um. Gab es hier eine Art Notbremse wie im Zug? Oder einen Alarmschalter? Oder einen Notausgang? Der Junge konnte nichts entdecken. In ihm kämpfte seine Angst gegen sein Gewissen. Eigentlich sollte er selbst in die Felsspalte kriechen und nachsehen, was mit dem kleinen Japaner geschehen war. „Vielleicht blutet er und braucht schnell erste Hilfe?“, überlegte der Juniordetektiv. Doch er hatte höllische Angst, selbst von dem Urzeit-Monster aus Plastik angefallen zu werden. Es war nicht berechenbar, was der Tyranno als Nächstes tun würde. Er schien außer Kontrolle geraten zu sein. Im Augenblick stand er nämlich stocksteif da und glotzte wie eine Kuh. Im Zeitlupentempo hob er abwechselnd seine riesigen Beine mit den langen Krallen. Er schien sich in seine Felsspalte zurückziehen zu wollen. Das Untier zuckte, als würde es unter Krämpfen leiden. Was war da los?

Doch zum Nachdenken kam Axel nicht, da der Junge wieder ein Lebenszeichen von sich gab. Diesmal war es kein Schreckensschrei. Er brüllte etwas auf Japanisch und schien sehr aufgeregt und empört. Der Japaner musste in einen Kampf verwickelt sein. Axel wusste, dass er nun keine Zeit mehr verlieren durfte. Er atmete tief ein, duckte sich und rannte auf die Felsspalte zu.

Ein Blick in die Kluft genügte, um zu wissen, was geschehen war. Eine Frau hielt den strampelnden Jungen umklammert und war im Begriff, ihn durch eine Metalltür zu zerren, die in den künstlichen Felsen eingebaut war.

Die Stangen und Drahtseile, mit denen der Tyrannosaurier bewegt wurde, hatten ihr aber vorhin den Weg versperrt. Deshalb lag eine Hand der Frau auf einer Art Steuerkästchen, von wo aus sie die Bewegungen des Monsters dirigieren konnte. Sie drückte abermals ein paar Knöpfe, damit sich eine besonders dicke Stahlverstrebung zur Seite bewegte. Dann war die Tür frei! Der Junge versuchte nach wie vor sich loszureißen, aber es gelang ihm nicht. Als sein Blick Axel traf, begann er wieder zu schreien und schien dem Knickerbocker etwas auf Japanisch zuzurufen. Leider verstand es dieser nicht. Jetzt aber hatte auch die Frau bemerkt, dass sie beobachtet wurde.

Axel riss die Augen weit auf! Die Frau hatte ebenfalls geschlitzte Augen, ein weiß geschminktes Gesicht und hellblondes Haar. Er hatte noch nie zuvor eine blonde Japanerin gesehen.

Einen Moment lang schien die Frau zu überlegen, ob sie auch noch Axel packen sollte. Sie ließ es aber bleiben und verschwand mit dem japanischen Jungen durch die Tür. Bevor sie abschloss, ließ sie ihre Hand noch einmal zum Schaltbrett sausen und legte einen Schalter um.

Sofort begann der Tyrannosaurier neben Axel zu stampfen, toben und schreien. Der Junge wollte ausweichen, verlor in der Panik aber die Orientierung und stolperte in die falsche Richtung. Durch Axels Körper

zuckten glühende Blitze, als er die spitzen Zähne des Ungeheuers an seinem Rücken spürte. Das Tier griff ihn an! Es schlug nun auch mit dem mächtigen Schwanz nach dem Jungen und schien ihn auf diese Art einzukreisen. „Nein! Ni… ni… nicht!“, keuchte Axel. Hinter ihm klappte das Tyrannomaul unter lautem Surren der Mechanik zu und bekam dabei seinen Pulli zu fassen. Der Knickerbocker stolperte nach vorn und der Stoff zerriss. Zwischen den Zähnen des Fleischfressers hing jetzt auch noch ein blauweiß gestreifter Fetzen. Triumphierend hob der Saurier seinen Schädel.

Axel nützte die Gelegenheit für einen Fluchtversuch. Er hechtete nach vorn, über den mindestens einen Meter hohen Schwanz hinweg, und landete auf dem weichen Boden des künstlichen Tals. Er rollte ab und spürte in der nächsten Sekunde, wie er den Halt verlor und in die Tiefe sauste. Er schien auf eine der Falltüren gesprungen zu sein, die „Opfer" der Tyrannos vorzeitig zum Ausgang beförderten. Wie auf einer langen, schneckenförmigen Wasserrutsche sauste der Knickerbocker mehrere Stockwerke nach unten. Dort befand sich ein breites, weich gepolstertes Fließband, das ihn weitertransportierte, wieder in die Höhe schaffte und schließlich durch eine Luke, die wie ein aufgerissenes Sauriermaul aussah, ins Freie brachte. Dort wurde er bereits erwartet. Allerdings nicht von seinen Knickerbocker-Kumpeln …

Das gefrorene Lächeln

Endlich erhob sich das Triceratops-Skelett und gab Lilo, Poppi und Dominik den Zutritt in die Schlucht der Tyrannosaurier frei. Das Mädchen, das neben der Schranke stand, lächelte die drei aufmunternd an und sagte auf Deutsch: „Wir entschuldigen uns für die Verzögerung, die auf technische Probleme zurückzuführen ist, und wünschen euch nun viel Spaß!"

Die Knickerbocker blickten einigermaßen erstaunt, weil die Japanerin ihre Sprache so gut beherrschte. „Äh ... ja ... danke ... aber ... aber ... ein Freund von uns ist da drinnen gewesen. Ist mit ihm alles okay?", fragte Lieselotte.

Für den Bruchteil einer Sekunde verschwand das Lächeln aus dem Gesicht des Mädchens. Aber wirklich nur für einen kurzen Moment. Danach sagte es: „Mir ist nichts anderes mitgeteilt worden. Bestimmt werdet ihr ihn unterwegs treffen. Und wenn nicht, erwartet er euch schon am Ausgang, weil er einem Tyrannosaurier zu nahe gekommen ist."

Poppi spann den Gedanken weiter: „Und falls doch nicht?" Das Mädchen lächelte, als wollte es in einer Zahnpasta-Werbung auftreten. „Dann kommt sofort zu mir. Akiko ist mein Name. Ich bin die Saurierstess dieser Attraktion im Tal der Donnerechsen und werde sofort etwas unternehmen."

Dominik glaubte nicht recht gehört zu haben. „Haben Sie soeben ‚Saurierstess' gesagt?", erkundigte er sich. Die Japanerin nickte. „Stewardessen gibt es im

Flugzeug. Saurierstessen im Tal der Donnerechsen!" Danach brach sie in hohes Gekicher aus.

Lilo gab den anderen ein Zeichen mitzukommen. Das Superhirn der Bande hatte das Gefühl, dass etwas nicht stimmte. Es wollte so schnell wie möglich Axel finden.

Kaum waren die drei Freunde im Nebel verschwunden, lief Akiko in eine kleine Höhle neben der Schranke, in der sich verschiedene Schaltknöpfe und Monitore befanden, mit denen die Schlucht der Tyrannos überwacht werden konnte. Akiko betrachtete prüfend die Bildschirme und schaltete immer neue Bilder ein, die von verschiedenen Kameras geliefert wurden. Schließlich wollte sie nach dem Telefon greifen. Sie ließ es aber bleiben und holte stattdessen ein kleines Funkgerät aus der Tasche. An ihrer Stimme war zu erkennen, dass das Gespräch einen aufregenden und beunruhigenden Inhalt haben musste. Als die Japanerin die Antenne wieder einschob, lagen tiefe Grübelfurchen auf ihrer sonst so glatten Stirn. Sie hatte soeben erfahren, dass nicht alles nach Plan gelaufen war, und sie war schuld daran: Akiko hatte übersehen, dass Axel dem kleinen Japaner nachgehechtet war.

Mittlerweile hatte der Rest der Knickerbocker-Bande bereits unbeschadet die Talenge erreicht. Einmal hätte einer der Tyrannos Dominik beinahe mit einem Fußtritt erledigt, aber Lilo hatte schnell reagiert und ihren Kumpel zur Seite gerissen. Die drei Freunde blieben dicht beisammen, als sie sich durch die enge Stelle der Schlucht quetschten.

Ein donnernder Schrei rechts von ihnen verriet das Auftauchen des nächsten Saurierfeindes. „Schnell …

rennt!“, brüllte Lieselotte und rempelte Poppi unsanft an, die ziemlich langsam vor ihr ging. Das Mädchen stolperte vorwärts und Lilo und Dominik hinterher. Das jüngste Mitglied der Bande machte dabei aber einen falschen Schritt, kippte zur Seite und stürzte. Poppis Freunde konnten nicht mehr ausweichen und landeten auf ihr.

Mit vor Schreck geweiteten Augen starrten die drei auf das Urzeit-Raubtier, das fast so hoch wie ein dreistöckiges Haus war und sich hinter ihnen aufbäumte.

Der Tyranno stieß Laute aus, die den Fels erbeben ließen. Er trampelte und ließ seinen Schädel auf die drei hilflosen Knickerbocker niedersausen. Weit riss er sein Maul auf. Poppi robbte erschrocken nach hinten. „A… A… Axels … Pulli … das Vieh … hat einen Fetzen im Maul … da!“, schrie sie. Dominik und Lilo stockte der Atem. Da war auch noch ein Hosenbein und ein Turnschuh. „Auf … weg … raus!“, gab Lilo das Kommando.

Die Freunde strampelten sich frei und torkelten gebückt weiter durch den Nebel. Damit sie einander nicht verloren, hielten sie sich an den Händen. Neben und hinter ihnen dröhnte und brüllte es. Aber jedes Mal waren die Knickerbocker schneller als die Raub-Saurier. Keuchend und schwitzend erreichten die drei den Ausgang und hasteten aus der Schlucht. „Sofort zu Akiko … Axel ist etwas zugestoßen!“, schrie Lieselotte und versuchte die Orientierung zu finden. Wohin mussten sie laufen?

Die Juniordetektive umrundeten nun von außen die künstliche Schlucht und eilten zu dem japanischen Mädchen. Die drei waren so aufgeregt, dass sie kaum atmen konnten und nur mit Mühe stammelnd und stöhnend erzählten, was sie entdeckt hatten.

Akiko gefror das Lächeln im Gesicht. Sie telefonierte und gleich darauf traf eine Kollegin von ihr ein. „Bitte, kommt mit!“, sagte Akiko und lotste die drei Knickerbocker durch die Warteschlange. Die Saurierstess führte Lilo, Poppi und Dominik zu einem niedrigen Häuschen, auf dem ein Schild in Englisch verriet: „Nur für Mitarbeiter“. Sie öffnete die Tür und ließ den dreien den Vortritt. Danach folgte sie ihnen und verschloss die Tür sorgfältig hinter sich.

„Was … was tun wir hier?“, verlangte Lieselotte zu erfahren. Akiko setzte wieder ihr künstliches Lächeln auf und holte eine Spraydose aus der giftgrünen Uniformjacke. Sie richtete sie auf die Gesichter der Knickerbocker-Bande und drückte ab. Feiner, nach Blüten duftender Nebel quoll heraus. Mit der anderen Hand zückte Akiko ein Taschentuch, das sie sich auf die Nase presste, während sie die drei Kumpel völlig einnebelte.

„Das ist … ein Betäubungsmi…!“ Weiter kam Lieselotte nicht. Ihr Superhirn war außer Betrieb gesetzt worden.

Die Juniordetektive lagen auf dem Fußboden und sahen aus wie tot. Akiko eilte aus dem Häuschen und sperrte die Tür gut ab. Anschließend versteckte sie sich hinter einer der künstlichen Urzeit-Pflanzen, die dicke Blätter hatte, und benutzte abermals das Funkgerät.

Aber was war mit Axel geschehen?

Der Giftpfeil

Als Axel von dem Fließband aus dem „Sauriermaul“ befördert wurde, plumpste er vor ein Paar kurze, dicke Beine, die einen gigantischen Fettbauch trugen. Der Junge blickte langsam an den Beinen hoch und entdeckte über dem Rand des Bauches ein dick gepolstertes Gesicht mit zwei kleinen, schwarzen, stechenden Augen, die ihn aufmerksam musterten.

Der Mann, dem sie gehörten, ging unter leisem Schnaufen in die Knie und streckte seine schaufelförmige Hand nach dem Knickerbocker aus. Wie von einer Baggerschaufel wurde Axel hochgehoben, bis er nur noch auf den Zehenspitzen stand und mit dem Nilpferdmann auf Augenhöhe war.

Der Japaner schleuderte dem Jungen einige Wortfetzen ins Gesicht, die dieser natürlich nicht verstand. Er schüttelte Axel und drohte mit der anderen Hand eine Ohrfeige an.

Der Knickerbocker spürte, wie ihm übel wurde. Die Kraft wich aus seinem Körper. Erst der Schreck mit dem Tyrannosaurier und jetzt diese Muskelmaschine, die ihn verprügeln wollte. „Hilfe!“, brüllte Axel. Im nächsten Moment spürte er die fette Hand des Mannes auf seinem Mund. Als er zu strampeln begann, legten sich die Finger auch noch um seine Nase, sodass er keine Luft bekam und Angst hatte zu ersticken. Er musste sofort aufhören sich zu wehren und artig stillhalten. Erst dann lockerte der Mann den gemeinen Griff.

Der Fettkoloss gab Axel ein Zeichen, sich still zu verhalten und ihm zu folgen. Er ließ ihn zu Boden und schubste ihn vor sich her. Sie bogen aus dem schmalen Weg, der vom Ausgang der Tyrannoschlucht wegführte, auf eine breite Straße, die die verschiedenen Attraktionen im Tal der Donnerechsen miteinander verband.

Hier liefen viele Leute aufgeregt durcheinander, und Axel überlegte, wie er von einem Hilfe bekommen konnte. Die Chancen waren gleich null, da es sich ausschließlich um Japaner handelte. Also blieb dem Jungen nichts anderes übrig, als artig vor dem Nilpferdmann herzutrotten. Dieser hatte eine seiner dicken Pfoten auf Axels Schulter gelegt, um jeden Fluchtversuch im Keim zu ersticken. Außerdem lenkte er auf diese Art seine Schritte.

Umso mehr verwunderte es den Knickerbocker, als sein Bewacher den Griff plötzlich löste und die Hand zurückzog. Axel drehte sich nach hinten, um den Grund zu erfahren, und stolperte fast vor Schreck.

Hinter dem Fettkoloss war die weißgesichtige, blonde Japanerin aufgetaucht, die den Jungen durch die Tür gezerrt hatte. In der Hand hielt sie einen kleinen, nicht einmal zwanzig Zentimeter großen Bogen, in den ein kurzer Pfeil eingespannt war. Sie hatte ihn auf das Nilpferd gerichtet, das höllische Angst davor zu haben schien. Die Frau zischte ihm etwas ins Ohr und der Dickbauch packte Axel wieder an der Schulter. Er bugsierte ihn auf eine Art Hintereingang einer Saurier-Attraktion zu. Es handelte sich um eine Bahn, in der man auf dem Rücken eines Urvogels – eines Archäopteryx – fliegen konnte. Der Fette sperrte die Tür auf und stieß Axel hinein. Danach folgte er ihm und die Frau blieb dicht dahinter.

Sie standen nun in einem engen, dunklen Raum und über ihren Köpfen krachte und ratterte die Maschinerie der Attraktion. Ohne Warnung ließ die blonde Japanerin den Pfeil aus dem Bogen zischen. Er traf den Nilpferdmann am Hals und blieb dort stecken. Axel taumelte zurück, bis er die Wand in seinem Rücken spürte.

Der fette Japaner machte einige äußerst tollpatschige Schritte, sackte ein und sank zu Boden. Am Heben und Senken seines Brustkorbes konnte Axel erkennen, dass er nur betäubt war. Aber was hatte die Frau mit ihm vor?

Die Japanerin packte den Knickerbocker am Arm und zog ihn unsanft hinter sich her. Als er Widerstand leistete, richtete sie den kleinen Bogen auf ihn, in den sie bereits den nächsten Pfeil eingelegt hatte. Ihr weiter Ärmel rutschte dabei ein Stück in die Höhe und gab den Blick auf wilde, bunte, verschlungene Muster frei. War das eine Bluse oder …? Nein, das war eine Tätowierung. Die Frau hatte einen völlig tätowierten Arm. Als sie bemerkte, dass der Junge darauf starrte, schob sie hastig den Ärmel über die Haut und fuchtelte mit dem kleinen Bogen.

Augenblicklich wurde Axel gefügig und folgte ihr. Die Frau brachte ihn zu einem „Saurier-Restaurant“, schleppte ihn zur Toilette und öffnete dort einen Notausgang. Dahinter parkte ein Jeep. Die hintere Ladeklappe wurde geöffnet und Axel bekam einen Stoß in den Rücken. Er sah gerade noch den schlafenden Jungen, der dort auf der Transportfläche lag, bevor auch er einen leichten Stich am Hals spürte. Axel hob die Hand und berührte mit den Fingern einen Pfeil. Er schaffte es nicht mehr, ihn herauszuziehen, denn über ihn senkte sich die Betäubung wie ein warmer dunkelgrauer Schleier.

Der Junge, der mit seinen Freunden schon so viele Abenteuer bestanden hatte, schlief lange. Als er die Augen wieder aufschlug, befand er sich im Halbdunkeln. Vorsichtig drehte er den Kopf um sich umzublicken. Diese Bewegung verursachte ihm scheußliche Schmerzen. Er hatte das Gefühl, jemand würde mit einer glühenden Zange in seinem Hirn herumrühren. Trotzdem konnte sich der junge Detektiv einiges zusammenreimen.

Erstens: Er lag auf einem sehr niedrigen Bett, knapp über dem Boden.

Zweitens: Die Wände, die er sah, bestanden aus Holzrahmen und Papier! Axel war sich sehr sicher, da er nämlich die Schatten von Menschen erkannte, die sich im Nebenraum befanden.

Drittens: Er hörte Musik, die für ihn typisch japanisch klang. Es war ihm klar, dass er sich in einem japanischen Haus befand. Aber wieso war er hierher gebracht worden? In seiner Erinnerung tauchten die blonde Japanerin und der Nilpferdmann wieder auf. „Die zwei müssen zu verschiedenen Gruppen gehören, die auf zwei sehr unterschiedlichen Seiten stehen. Sonst würden sie sich nicht bekämpfen“, mutmaßte Axel. Aber welche Gruppen waren das? Die Frau hatte den Jungen offensichtlich entführt. Aber warum? Und wieso hatte sie Axel gleich mitgenommen? Nur weil er zu viel gesehen hatte?

Obwohl ihm jede Bewegung höllisch weh tat, richtete sich der Junge auf und versuchte auf seinen Beinen zu stehen. Es fiel ihm sehr schwer. Der Boden schwankte unter seinen Füßen und durch seinen Körper schienen Schlangen zu kriechen, die seine Muskeln fraßen. Trotzdem biss Axel die Zähne zusammen und taumelte durch den Raum. Er setzte alles daran, dabei kein Geräusch zu verursachen. Schließlich trennte ihn nur eine Wand aus Papier von den Leuten, die ihn mit einem Giftpfeil betäubt und entführt hatten.

„Ich muss hier raus und weg!“, hämmerte es dem Juniordetektiv durch den schmerzenden Kopf. Er hatte bereits entdeckt, dass es zwei Schiebetüren gab. Die eine führte in den Nebenraum zu seinen Entführern, die andere in ein Zimmer, aus dem ein geheimnisvolles, blaues Licht drang. Axel beschloss, es mit dieser Tür zu versuchen, und kramte in seiner Hosentasche. Glücklicherweise hatte man ihm seine Knickerbocker-Taschenlampe nicht abgenommen. Die konnte er jetzt wieder einmal gut gebrauchen.

Der Junge legte die Hand an die Tür, die nur aus dünnen Holzbalken und einer Papierbespannung bestand, und ließ sie lautlos zur Seite gleiten. Der Lichtkegel seiner Taschenlampe fiel auf einen hohen Tisch aus blitzendem Chrom mit einer weißen Arbeitsfläche. Axel schluckte. Das war doch ein Operationstisch. Und daneben stand eine der typischen großen Operationslampen. Aber es gab noch etwas anderes, das ihn sehr interessierte.

Der Knickerbocker ging näher und reckte den Hals. Nein, er hatte sich nicht getäuscht. Hinter dem Operationstisch befand sich ein kleiner Computer, der eingeschaltet war. Das blaue Licht, das er vorhin bemerkt hatte, strahlte der Monitor aus. Auf ihm erkannte der Juniordetektiv ein 3-D-Bild vom Kopf des japanischen Jungen. Das Bild drehte sich unentwegt um die eigene Achse, sodass man den Jungen auch von der Seite und von hinten zu sehen bekam. Anschließend tauchten von links nach rechts dünne Linien auf und schnitten den Kopf in dünne Scheiben, die nacheinander in die Höhe klappten und das Innere des Kopfes zeigten. Es waren der Schädelknochen zu sehen, das Gehirn, die Augäpfel und die Zähne.

Axel rieselte ein kalter Schauer über den Rücken. Allerdings erinnerte er sich dann an einen Bericht, den er im Fernsehen gesehen hatte. Ärzte besaßen heute Computer, die diese Scheibchenaufnahmen machen konnten. So schaffte man es, viele Krankheiten schnell zu entdecken. Aber war der japanische Junge krank? Wieso hatte jemand diese Computer-Bilder von ihm gemacht?

Von oben nach unten wischte ein roter Balken über den Bildschirm. Das Bild des kleinen Japaners verschwand und ein anderes tauchte auf. Axel zuckte zusammen, als hätte man ihm einen Peitschenschlag versetzt.

Auf dem Computer-Bildschirm drehte sich nun sein Kopf und wurde wie von einem Käseschneider in dünne Scheiben zerlegt. Was auch immer diese Leute hier mit dem kleinen Japaner vorhatten, sie schienen es auch mit Axel zu planen. Den Jungen packte die Panik. Er musste hinaus, aber wo und wie?

Während er noch überlegte, drangen Wortfetzen an seine Ohren, die in dem anderen Nebenraum gesprochen wurden. Axel horchte auf. Die Leute unterhielten sich auf Englisch und er bekam ungefähr mit, was sie sagten.

Um besser verstehen zu können, schlich er in das Zimmer zurück, in dem er geschlafen hatte, und stellte sich so nahe wie möglich an die Papierwand. Er konnte eine hohe und eine tiefe Stimme wahrnehmen. Außerdem redete noch eine dritte Person, die ziemlich heiser zu sein schien. Das Gespräch, das sie führten, hatte etwa diesen Inhalt:

„Es muss noch heute Nacht erledigt werden!“

„Aber ich habe nur mit einem gerechnet. Jetzt sind es zwei.“

„Dafür können wir nichts. Der Junge ist plötzlich aufgetaucht. Ich hatte die Wahl zwischen beseitigen und benutzen und habe mich für das Benutzen entschieden.“

„Sie wissen, dass es kein einfacher Eingriff ist, und ich kann nicht versprechen, dass ich beide in so kurzer Zeit schaffe.“

„Sie müssen, Doktor, schließlich zahlen wir Ihnen ein Vermögen dafür. Denken Sie an das Geld.“

Axel hatte genug gehört. Er taumelte zu dem Operationstisch zurück, ließ dabei aber die Schatten, die die drei Gestalten an die Papierwand warfen, nicht aus den Augen. Das hörte sich tatsächlich nach einer Operation an. Was wollten ihm diese Wahnsinnigen antun?

Noch ein Gedanke durchzuckte den Jungen. Wo wurde der kleine Japaner gefangen gehalten? Er musste mitkommen. Axel wollte versuchen ihn zu finden.

Zu spät bemerkte der Knickerbocker, dass eine der drei Personen zur Schiebetür trat und sie mit einem Ruck öffnete. Licht fiel aus dem Nebenraum auf Axels Bett. Eine schrille Frauenstimme schrie etwas, worauf auch die anderen Menschen hinter ihr in Bewegung gerieten. Schlagartig war alles rund um den Jungen beleuchtet. Jemand musste einen Zentralschalter betätigt haben. Licht kam aus vielen kleinen Lampen und fiel durch die Papierwände.

Es war die blonde Japanerin, die Axels Verschwinden entdeckt hatte. Als sie ihn vor dem Operationstisch stehen sah, zog sie den kleinen Bogen aus ihrem breiten Stoffgürtel und zückte einen Pfeil aus einem kleinen Köcher.

Der Juniordetektiv reagierte blitzschnell. Er kümmerte sich nicht um Türen, sondern rannte einfach los und sprang mit voller Kraft gegen die nächste Papierwand. Holz splitterte und das Papier riss. Axel spürte, dass unter seinen Füßen kein Boden auftauchte, und stürzte in die Tiefe. Oft hatte er im Judo-Unterricht das richtige Fallen trainiert und rollte sich daher jetzt völlig automatisch zu einer Kugel zusammen. Er landete auf weichem Grund und rollte ab. Zu den bohrenden Schmerzen, die der Giftpfeil in seinem Körper hinterlassen hatte, kamen dadurch keine neuen hinzu.

Der Knickerbocker blickte auf und erkannte einen weitläufigen Garten, der von hunderten Scheinwerfern beleuchtet wurde, die als Lampions getarnt waren. Der Garten bestand aus einem Meer von bunt blühenden Bäumen und Sträuchern, zwischen denen kleine Bäche und Seen angelegt waren. Über sie führten knallrot lackierte Brücken.

Zum Bewundern oder Staunen blieb jetzt keine Zeit. Axel versuchte auf die Beine zu kommen und rannte, so schnell er nur konnte. Normalerweise war Laufen seine absolute Stärke. In dieser Nacht war er allerdings stark geschwächt und kam bald außer Atem. Seine Lunge brannte und seine Beine versagten mehrere Male den Dienst. Hinter sich hörte er, wie die Schritte seiner Verfolger immer näher kamen. Der Juniordetektiv schlug Haken wie ein Hase, um die seltsamen Gestalten zu verwirren. Außerdem wurde es dadurch bedeutend schwieriger, ihn mit einem Pfeil zu treffen. Er kam an kleinen Bäumen vorbei, deren Äste in wilden Verrenkungen zum Himmel strebten, und lief unter hölzernen Torbogen durch, die wie japanische Schriftzeichen geformt waren.

Einmal wagte es Axel sogar, sich umzudrehen. Dabei sah er die blonde Frau und einen Mann in einem schwarzen Gewand, das den Jungen an einen Karateanzug erinnerte. Das Gesicht des Mannes erschien nur als metallische Fläche, da es von einer Art Maske aus Gitterstäben verdeckt war. Die beiden nutzten die Gelegenheit, dass Axel sein Tempo ein wenig verlangsamt hatte, und beschleunigten ihre Schritte. Sie holten schnell auf.

Der Knickerbocker musste alle Kraft zusammennehmen, damit der Abstand zwischen ihm und den Verfolgern nicht noch geringer wurde. Sein Kopf war wie leer gepustet, es gab nur noch einen Gedanken darin: rennen, rennen, rennen, noch schneller, noch schneller, noch schneller! Axel kam sich wie eine mechanische Laufpuppe vor, die die Beine nach vorn schleuderte und nicht darauf achtete, wohin sie trat.

Nachdem der Junge eine besonders lange, rote Bogenbrücke überquert hatte, erreichte er einen runden Platz, der mit winzigen weißen Kieselsteinen belegt war. Am Ende des Platzes erkannte Axel ein Tor, das aus dicken Holzstäben bestand. Es war mindestens vier Meter breit und fünf Meter hoch. Links und rechts davon erhoben sich zwei holzgeschnitzte Statuen, die wahrscheinlich japanische Götter darstellen sollten. Sie trugen alte Rüstungen der Samurais (= japanische Ritter), blickten grimmig auf das Tor herab und hielten Kampfstangen in den Händen. Wie von Geisterhand bewegt, schwenkten die beiden Hälften des großen Tores zur Seite und gaben den Weg aus dem Garten frei.

Axel konnte es nicht fassen. Er hatte den Ausgang gefunden. Außerdem waren die Schritte hinter ihm verstummt. Er schien die Frau und den Mann abgehängt zu haben. Das Gift des Pfeils hatte dem Jungen nicht nur große Schmerzen zugefügt, sondern auch seine Denkfähigkeit beeinträchtigt. Der Knickerbocker kam nicht einmal auf die Idee, dass es sich um eine Falle handeln könnte. Er tappte und torkelte völlig mechanisch auf das Tor zu. Als er es erreicht hatte, ertönten zwei kurze, scharfe Zischtöne und gleich darauf spürte er einen leichten Stich am Hals. Aus den Kampfstöcken der hölzernen Wächter waren Pfeile gesaust. Einer hatte sein Ziel getroffen.

Der Juniordetektiv sank bewusstlos zusammen. Die blonde Japanerin grinste zufrieden, als sie hinter einem Gebüsch hervortrat, das auf die Form eines Totenkopfes zurechtgestutzt war. Auf Japanisch sagte sie etwas zu ihrem Begleiter, das bedeutete: „Er hat uns nicht einmal eine Verzögerung bereitet, da der Doktor sich bereits um Shotoku kümmert. Der Kleine ist dann der Nächste. Ich sage dir, er wird uns von großem Nutzen sein. Du wirst sehen …“

Schreckliches Erwachen

Nur sehr langsam zerrissen die dunkelgrauen Schleier, die Axel umnebelt hatten. Durch die Löcher, die sich in der düsteren Suppe bildeten, erkannte Axel die strahlenden Gesichter seiner Knickerbocker-Kumpel.

„He, aufwachen, du verschlafener Vorgartenzwerg!“, rief Lieselotte.

„Es gibt Frühstück!“, verkündete Poppi fröhlich.

„Außerdem warten neue Saurier-Abenteuer darauf, von uns bestanden zu werden“, meinte Dominik.

Im Zeitlupentempo richtete sich Axel auf. Er hatte wieder die glühenden Schmerzen in seinem Kopf erwartet, aber sie blieben aus. Sein Herz begann etwas heftiger zu schlagen und bald darauf war die Mattigkeit aus seinem Körper gewichen. Er war hellwach. Axel befand sich im Zimmer des Dino-Hotels, das er mit Dominik bewohnte. Eigentlich war es kein Zimmer, sondern eine Höhle, in der alles an die Familie Feuerstein erinnerte. Die Betten bestanden aus dicken Ästen und Steinen und auf ihnen lagen Decken aus Fellen. Der Kühlschrank und der Fernseher waren ebenfalls in Schränken aus Stein untergebracht. Es befand sich keine einzige Glühbirne im Raum. Am Abend konnte man durch Druck auf einen Holzhebel mehrere künstliche Fackeln in Gang setzen.

„Wie … wie bin ich … hierher gekommen?“, fragte Axel zögernd.

Seine Freunde lachten. „Na, wie schon? Auf deinen Beinen natürlich! Gestern Abend hast du dich in das

Zimmer begeben und auf der Bettstatt niedergelegt!“, erzählte Dominik in seiner komplizierten, altmodischen Sprache.

Axel starrte ihn mit ungläubigen Augen an. „Das gibt es nicht … in der Schlucht der Tyrannosaurier … der Junge, der entführt worden ist … der fette Mann … die blonde Japanerin … die Computer-Bilder von mir … der Eingriff … der Garten … ich wollte fliehen!“, stammelte der Junge hilflos.

Lieselotte legte ihm theatralisch die Hand auf die Stirn, riss sie sofort wieder weg und schrie: „Aua, heiß! Ich habe mich verbrannt! Du musst sehr hohes Fieber haben!“

Axel schüttelte den Kopf. „Ich habe kein Fieber! Und ich habe auch nicht geträumt! Es ist wahr! Ich weiß es! Ich war die ganze Nacht fort!“

Für diese Bemerkung erntete er schallendes Gelächter. „Ich muss es wissen, ob du hier warst oder nicht!“, verkündete Dominik. „Du hast nämlich geschnarcht wie sieben Sägewerke zusammen und mir damit meine Nachtruhe geraubt!“

Axel packte seinen Kopf mit beiden Händen und rüttelte ihn. Er versetzte sich selbst eine Ohrfeige und zwickte sich. Anschließend sprang er auf und stürmte in das Badezimmer. Aus einem Wasserhahn, der wie der Rüssel eines Mammuts aussah, schoss ein dicker Wasserstrahl. Axel drehte den Mammutstoßzahn, der daneben angebracht war, auf Blau. Er brauchte jetzt eiskaltes Wasser.

Als er seinen Kopf darunter streckte, blieb sein Herz fast stehen. So groß war der Kälteschock. Aber auch danach war dem Jungen klar, er hatte nicht geträumt.

Doch wieso konnten seine eigenen Freunde behaupten, es wäre nichts gewesen?

Axel begann zu zweifeln. Hatte ihn vielleicht ein Doppelgänger vertreten? Als er diese Frage dem Rest der Bande stellte, begannen wieder alle nur zu kichern. Langsam schöpfte der Junge den Verdacht, dass bei seinen Kumpel etwas nicht stimmte.

„Komm zu dir!“, rief Lilo. „Dein Albtraum ist vorbei. Und jetzt iss etwas. Dann geht es dir bestimmt bald besser.“

Auf dem Tisch im Zimmer stand ein großes Tablett mit Steinzeitgeschirr und großen Platten, auf denen sich die seltsamsten Früchte türmten. Das „Saurier-Frühstück“ war üppig und bestand nur aus Obst, das keiner je zuvor gesehen hatte. Zum Beispiel zählten dicke, fleischige, gelbe Blätter zu Poppis Lieblingsspeise. Sie schmeckten nach Bananen, nach Milch und nach Kuchen. Dominik war wild auf rosa Tomaten, deren Geschmack ihn an Wassermelonen, Ananas, Feigen und Zimt erinnerte.

Während Axel kaute, kam ihm eine Idee. Der „Eingriff“. Er bedeutete eine Operation. Das heißt, irgendwo an seinem Körper musste sich eine Narbe befinden. Der Junge rannte wieder ins Badezimmer und sperrte die Tür mit einem Holzriegel ab. Zum Glück befand sich hier ein großer Spiegel. Axel schlüpfte aus seinem Schlafanzug und musterte jeden Zentimeter seines Körpers. Nichts, absolut nichts. Nicht einmal ein Kratzer war zu sehen.

Ziemlich verwirrt ließ der Junge die Arme sinken. Da er keine Wunde und schon gar keine Narbe entdecken konnte, hatten seine Kumpel vielleicht wirklich Recht.

Es war alles nur ein Albtraum gewesen. Aber … wieso konnte er sich dann nicht an den vergangenen Abend erinnern? In seinem Kopf war weder ein Abendessen noch das Schlafengehen vorhanden. Da bestand ein Loch!

Axel fasste einen Entschluss. Es brachte nichts, die ganze Zeit zu grübeln. Er musste zurück zu der Schlucht der Tyrannosaurier und dort suchen. Falls er im Maul eines Tyrannos den Turnschuh, das Stück Hose oder den Fetzen seines Pullis finden sollte, hatte er einen Beweis, nicht geträumt zu haben.

Axel stutzte. Sein Pulli! Der Raubsaurier hatte ihn doch zerfetzt! Aber wo war er jetzt! Der Junge stürzte ins Zimmer und durchwühlte den Kleiderschrank. Er fand weder die Jeans noch den blauweiß gestreiften Pulli, den er am Vortag getragen hatte.

„Habt ihr die Sachen gesehen?“, fragte er Lilo, Poppi und Dominik.

Die drei schienen über die Frage sehr überrascht. Dominik hob eine Augenbraue, was ihm einen besonders verwunderten Gesichtsausdruck verlieh, und meinte: „Wovon redest du? Du hast nie einen blauweiß gestreiften Pulli besessen.“

Axel schluckte. Verdammt, was war hier los? Wer war verrückt? Er oder seine Knickerbocker-Freunde? Das war nicht nur ein Traum gewesen! Oder doch? Axel überkam eine schreckliche Angst. Es war etwas geschehen, das ihm keiner glaubte. Im Tal der Donnerechsen war etwas im Gange und er war darin verwickelt. Doch seine Freunde schienen nichts zu bemerken. Oder … verdammter, obersteiler Mega-Mist! Der Junge kam sich vor wie in einem stockfinsteren Saal, in dem sich irgendwo ein Lichtschalter befand, der so groß wie ein Stecknadelkopf war. Ihn zu erwischen erschien auf den ersten Blick unmöglich. Aber ein echter Knickerbocker lässt niemals locker!

Der reichste Junge der Welt

Wieder hatte sich Axel drei Stunden lang angestellt, um die Schlucht der Tyrannosaurier zu durchqueren. Dabei interessierte ihn nur eine einzige der Schreckensechsen: Es war der Tyranno in der Enge des Tals. Axel hatte sich von ihm einen Hinweis auf die Ereignisse des Vortages erhofft, aber seine Erwartungen wurden enttäuscht. Das Monster schien sich die Zähne geputzt zu haben. Weder Schuhe noch Stofffetzen waren in seinem Maul zu finden.

Gemeinsam mit Lilo, Poppi und Dominik schlenderte der Junge später zum Brontosaurus-Ritt. Bei dieser Attraktion ritten die Besucher auf kleinen Brontosauriern. Klein klang dabei lächerlich, denn jedes der Tiere hatte noch immer die Länge eines Autobusses und war fast zwei Stockwerke hoch. In der Saurierzeit hatten die Brontosaurier sogar eine Höhe von etwa vier Stockwerken.

Die Tour führte durch eine Landschaft, wie sie vor über 120 Millionen Jahren ausgesehen haben könnte.

Auch hier hieß es wieder anstellen und Geduld haben. Als die vier Freunde endlich beim Eingang ankamen, zuckte Axel zusammen. Wie eine Wühlmaus bohrte sich der kleine Japaner wieder durch die Menge und wollte sich vordrängen. Axel zögerte nicht und packte ihn an seinem dunkelblauen Sakko. „Oh nein, heute nicht!“, zischte er.

Der Junge blickte ihn halb erstaunt, halb erschrocken an und rief dann etwas auf Japanisch. Sofort tauchte der Nilpferdmann auf und befreite den Jungen aus Axels Klammergriff.

„Scheint sein Leibwächter zu sein!“, murmelte Lieselotte.

„Dieser Mann hat mich am Ende der Schlucht der Tyrannos abgefangen!“, berichtete Axel aufgeregt.

Lilo lächelte: „Du meinst, in deinem Traum!“

Der Knickerbocker wollte protestieren, aber dann ließ er es bleiben. Ihm war ein anderer Einfall gekommen. Es gab jemanden, der ihm Auskunft geben konnte, und das war der Junge. Axel musste dazu nur irgendwie mit ihm ins Gespräch kommen.

„He, du, sprichst du zufällig Deutsch?“, fragte er frech.

Der kleine Japaner nickte und antwortete fast ohne Akzent: „Ich spreche nicht nur Deutsch, sondern auch Englisch, Französisch und ein wenig Chinesisch. Diese Sprachen sind für meine spätere Aufgabe sehr wichtig!“

Poppi traute ihren Ohren nicht: „Der redet ja fast so verdreht wie Dominik!“, zischte sie Lieselotte zu.

Der Fettkoloss wurde unruhig und wollte den Jungen fortziehen, aber dieser wehrte sich. „Das ist Tokugawa, mein Leibwächter. Er meint es immer zu gut mit mir. Mein Name lautet übrigens Shotoku Nintao! Ich möchte mich für mein schlechtes Betragen euch gegenüber entschuldigen. Meine Erziehung gebietet mir immer freundlich und höflich zu sein, aber von Zeit zu Zeit verspüre ich das Bedürfnis nach ein wenig Abwechslung. Ich möchte auch einmal ‚schlimm‘ sein!“

Der Junge verneigte sich und die Knickerbocker-Freunde stellten sich vor. Dominik runzelte die Stirn. „Nintao? ... So ein Zufall. Der Besitzer des Tals der

Donnerechsen heißt auch Nintao. Ist das ein häufiger Name in Japan?“

Shotoku verneinte. „Dieses Wunderland der Dinosaurier wurde von meinem Großvater erdacht und erbaut. Leider verstarb er vor vier Wochen. Sein einziger Erbe bin ich.“

Axel konnte es nicht fassen. „DU bist der Besitzer des Tals der Donnerechsen?“

Der kleine Japaner grinste. „Außerdem bin ich der Besitzer von vier Kaufhausketten, drei Hotelketten, mehreren Bohrinseln, vier großen Elektrofirmen und vor allem - was mir am besten gefällt - von einem Unternehmen, das die beliebtesten Computerspiele der Welt herstellt. Ich bin - ohne zu übertreiben oder angeben zu wollen - der reichste Junge der Welt.“

Axel war sofort klar, dass es einen grandiosen Grund gab, wieso jemand Shotoku entführen wollte. Aber er fand keine Begründung, warum ihn jemand wieder zurückbrachte.

„Als Besitzer dieses Vergnügungsparks muss ich selbstverständlich alle Attraktionen kennen, deshalb teste ich sie“, erklärte der japanische Junge.

„Dann können wir doch gemeinsam den Brontosaurier-Ritt machen!“, schlug Axel vor.

Shotoku war einverstanden.

Da immer nur zwei Leute auf einem Brontosaurier reiten konnten, hatte Axel gleich darauf Gelegenheit, mit dem Japaner allein zu reden. Die Jungen hockten in einer Art Korb auf dem Rücken des mächtigen Tiers, das sich mit schwankenden Schritten in Bewegung setzte.

„Shotoku, du warst doch gestern in der Schlucht der

Tyrannosaurier und bist dort in eine Felsspalte gelockt worden. Eine blonde Frau hat dich entführt und betäubt, nicht wahr?“

Der kleine Japaner richtete sich mit einem Ruck auf und starrte Axel entgeistert an. „Woher kennst du meinen Traum?“, wollte er wissen.

„Das war kein Traum“, sagte Axel eindringlich. „Wer will dir einreden, dass du nur geträumt hast?“

Shotoku überlegte und antwortete dann: „Niemand, aber als ich heute Morgen in meinem Bett aufgewacht bin, ist mir genau diese Geschichte eingefallen, und ich dachte mir: Das kannst du nur geträumt haben.“

Axel schilderte dem Jungen alles, was er in den vergangenen vierundzwanzig Stunden erlebt hatte.

Shotoku staunte. „Du meinst, auch ich wurde operiert?“, fragte er fassungslos.

Axel nickte.

„Aber mein Körper weist keine Wunden auf!“

Der Knickerbocker wusste das. „Meiner auch nicht, aber sie haben etwas mit uns gemacht. Außerdem ...!“ Erst jetzt kam dem Juniordetektiv etwas Wichtiges zu Bewusstsein. „Außerdem gibt es noch einen Zeugen: deinen Leibwächter!“

Shotoku beschloss, ihn sofort nach dem Brontosaurier-Ritt zu befragen.

Tokugawa, der Leibwächter, reagierte auf die Frage reichlich verwirrt. Er war am Morgen in seinem Bett, im Zimmer neben Shotoku aufgewacht und konnte sich erinnern, einen entsetzlichen Traum gehabt zu haben. Allerdings wusste er nicht mehr so genau, was darin vorgekommen war. Shotoku gab ihm mehrere Stichworte, aber Tokugawa schüttelte jedes Mal nur den

Kopf. Einzig und allein beim Begriff „Tyrannosaurier“ horchte er auf. Allerdings war das kein Beweis. Im Tal der Donnerechsen einen Albtraum von Tyrannos zu haben, war kein Kunststück.

Der Leibwächter schien es offensichtlich nicht sehr gern zu haben, dass sein Herr zu lange mit anderen Leuten sprach. Deshalb beeilte er sich, die Knickerbocker-Bande und Shotoku zu trennen. „Ich muss zu einem Treffen der Direktoren dieses Unternehmens“, enschuldigte sich der Junge höflich und verneigte sich. „Doch ich darf hoffen, dass wir uns wieder sehen!“

Lieselotte sah im grinsend nach. „Man könnte glauben, Shotoku ist bereits vierzig Jahre alt.“

Axel nickte nur. Seine Gedanken waren woanders. Er war sich nun absolut sicher, dass hier vieles nicht stimmte und er NICHT geträumt hatte. Um ein wenig Klarheit in die Sache zu bringen, lief er zurück in das Dino-Hotel und warf sich auf das Fellbett. Er zog einen Block heraus und machte folgende Notizen:

FALL „ENTFÜHRUNG VON SHOTOKU IN DER SCHLUCHT DER TYRANNOSAURIER“:
Zu den Entführern gehören eine blonde Japanerin, ein Mann, der eine Art Fechtmaske vor dem Gesicht trägt, und ein Arzt.
Frage: Warum wird Shotoku entführt und wieder zurückgebracht?
Frage: Was wurde ihm und mir eingesetzt?
Frage: Wieso wissen meine Kumpel von allem nichts?
Verdacht: Das Gift in den Pfeilen der blonden Japanerin bewirkt einen tiefen Schlaf, der verwirrt

macht. Das Gift hat bei Tokugawa sehr gut, bei Shotoku weniger gut und bei mir schlecht gewirkt. Ich bin zu früh aufgewacht. Grund: Als mir der Blinddarm rausgeschnipselt wurde, hat mir der Arzt erzählt, dass sie für mich eine Spezialnarkose gebraucht hätten. Alle normalen Betäubungsmittel haben bei mir nicht gewirkt.

Axel kaute an seinem Bleistift und überlegte. Shotoku war doch plötzlich und völlig überraschend in die Schlucht der Tyrannos gesaust. Die Falle für ihn war bereits errichtet, das stand fest. Aber woher wusste die blonde Japanerin, dass der Junge in diesem Moment kommen würde? Dafür gab es eine Erklärung: Das Mädchen neben den Triceratops-Schranken hatte sie benachrichtigt. Das wiederum bedeutete: Zu den Entführern gehörte auch dieses Mädchen.

VIELE FEINDE RUNDHERUM!!!
HÖCHSTE VORSICHT!!!
NIEMANDEM TRAUEN!!!!!!!!!

Das waren die letzten Zeilen von Axels Bericht. Er rollte sich auf den Rücken und starrte zur Decke der Zimmerhöhle. Verdammt! Er fühlte sich elendig allein mit all diesen Gefahren. Von seinen Kumpeln hatte er keine Hilfe zu erwarten. Aber wieso???

Stopp! Moment! Axel warf sich auf den Bauch und kritzelte noch einen Satz dazu:

Verdacht: Meine Knickerbocker-Freunde werden unter Druck gesetzt, diesen Blödsinn zu quat-

schen! Aber mit welchem Druckmittel? Es musste etwas Entsetzliches sein, sonst würden sie es nie machen!

Axel biss vor Verzweiflung in seine Faust, dass es schmerzte. Der Junge hatte plötzlich so viel Angst, dass er am ganzen Körper zu zittern begann. Was war mit ihm gemacht worden??? Würde er das alles heil überstehen? Wieso half ihm denn keiner?

„Die Goldene Stadt“

Es klopfte an der Tür zum Jungenzimmer. Axel bekam einen Riesenschreck. Das Klopfen riss ihn aus seinen Gedanken und brachte ihn in die Wirklichkeit zurück. „Wer … wer ist da?“, fragte er mit zittriger Stimme. Seine Überlegungen hatten ihm viel Furcht eingejagt.

„Ich hoffe, du verzeihst die Störung. Ich bis es, Shotoku. Ich habe mit dir etwas äußerst Wichtiges zu besprechen!“

Erleichtert rutschte Axel vom Bett und öffnete dem Jungen. Der kleine Japaner kam sofort zur Sache: „Axel, falls es stimmt, was du mir erzählt hast, so kommt mir dazu ein Gedanke. Am Tag, als mein Großvater starb, erreichte mich ein kleines Kästchen. Es ist schwarz lackiert und zeigt auf dem Deckel goldene Häuser. In dem Kästchen fand ich einen Brief, den mein Großvater geschrieben hatte. In diesem Brief teilt er mir mit, dass er mir hier etwas übergibt, das er nur mir anvertrauen kann. Er beauftragte mich, es zu suchen, zu finden, zu fördern und zu verbessern. Meine Zukunft hänge davon ab. So lauteten seine Worte. Aber noch etwas befand sich in dem Kästchen.“

Axel hörte gespannt zu. „Und? Was war das?“, wollte er wissen.

Shotoku verzog das Gesicht und blickte sehr verlegen. „Du wirst mir kaum Glauben schenken, wenn ich es dir verrate: Es handelt sich um ein Computerspiel. Eine CD-ROM der ganz besonderen, neuen Art. Auf ihr ist ein Spiel gespeichert, bei dem DU selbst in der

Aktion dabei bist. Diese Geräte gibt es noch nicht zu kaufen, aber es wird ein Hit. Das Spiel, das mir mein Großvater schenkte, trägt den Titel: ‚Die goldene Stadt'."

Der Juniordetektiv wurde immer aufgeregter. „Entweder ist das Ganze ein Scherz ..."

Shotoku hob abwehrend die Hände. „Mein verehrter Großvater würde sich nie einen solchen Scherz erlauben ...!"

Also lautete Axels nächster Gedanke: „Dann wollte er dir damit eine Nachricht übermitteln, die nur du verstehen sollst."

Der japanische Junge nickte. „Das denke ich jetzt auch. Bei diesen neuen Spielen kenne ich mich nämlich sehr gut aus. Es gibt sogar ein paar Tricks, die keinem außer mir und Großvater bekannt sind."

Der Juniordetektiv lief aufgeregt hin und her. „Shotoku, das könnte der Punkt sein. Dein Großvater wollte dir noch etwas sagen, das nur für dich bestimmt ist. Deshalb hat er eine ‚Sprache' verwendet, die ihr beide verstanden habt: dieses neue Spiel. Es klingt verrückt, aber geheime Botschaften werden auf die seltsamste Art und Weise übermittelt. Hast du schon versucht, das Spiel zu spielen?"

Shotoku schüttelte den Kopf. „Bisher war mir dazu nie Zeit geblieben. Aber ich möchte etwas vorschlagen. In wenigen Stunden reise ich zurück nach Tokio, wo ich zurzeit lebe. Komm doch mit. Wir können das Spiel gemeinsam erproben. Du scheinst mir eine gute Spürnase zu besitzen."

Der Knickerbocker war sofort einverstanden. Allerdings wollte er, dass seine drei Freunde mitkommen.

Shotoku lud die übrigen Mitglieder der Knickerbocker-Bande sofort ein.

Lilo, Poppi und Dominik schienen von der Einladung wenig begeistert zu sein. „Aber wir müssen doch jeden Tag einen Bericht über das Tal der Donnerechsen an deinen Onkel Arthur für die Zeitung faxen", gab Poppi vorsichtig zu bedenken.

Axel sah darin kein Problem. „Wir sind bereits drei Tage im Voraus. Und so lange werden wir nicht in Tokio bleiben."

Lieselotte, die sonst bei jedem Abenteuer dabei war, bremste ebenfalls. „Wir müssen zuerst Frau Ogrusek fragen." Von der Griesgram-Grunz-Ziege bekam das Superhirn allerdings keine Unterstützung. Ganz im Gegenteil, die Fotografin war von der Idee begeistert und verlangte mitzukommen. „Tokio bietet für mich jede Menge Motive für Fotos, die ich dann teuer verkaufen kann", lautete ihr Kommentar dazu.

Den drei Knickerbocker-Freunden blieb also nichts anderes übrig, als Axel und Shotoku zu begleiten. Am späten Nachmittag startete das luxuriöse Privatflugzeug, in dem sich außer der Bande, dem reichsten Jungen der Welt und Hilda Ogrusek noch Tokugawa befand. Auch er war mit den unerwarteten Gästen nicht einverstanden, musste aber tun, was ihm sein „Chef" auftrug. Und sein Chef war nun einmal Shotoku.

Der Jet brachte sie von der kleinen Insel, auf der sich der Saurier-Vergnügungspark befand, in drei Stunden nach Tokio. „Stellt euch vor, hier leben über acht Millionen Menschen!", berichtete Dominik den anderen.

Auf dem Flugplatz wartete bereits eine Luxuslimousine, die die Passagiere über die langen Stadtautobah-

MAGGY
銀座菊水

nen, durch die breiten Straßen, in denen tausende Neonreklamen brannten, zu einem Hochhaus brachte, dessen Form der Knickerbocker-Bande bekannt vorkam. „Das … das ist ja ein Taschencomputerspiel … als Haus!“, stellte Poppi fassungslos fest.

Shotoku lachte. „Richtig! Großvater wollte, dass sein Büro aussieht wie seine berühmteste Erfindung!“

Der lange Wagen schwenkte in eine Tiefgaragenzufahrt und hielt im Untergeschoss des Hauses vor einer knallrosa Schiebetür. Sie öffnete sich automatisch, und die Knickerbocker traten in ein gemütlich möbliertes Zimmer. „Der Lift!“, erklärte Shotoku stolz die Funktion des Raumes.

Nachdem auch Tokugawa und Frau Ogrusek eingestiegen waren, sagte der kleine Japaner etwas in seiner Muttersprache. Die Tür schloss sich und die Fahrt begann. „Der Lift ist stimmgesteuert!“, erläuterte Shotoku. „Übrigens befinden sich in diesem Gebäude nicht nur Büros. Die obersten drei Stockwerke werden von meinem Onkel Yoritomo und mir bewohnt.“

Axel zögerte kurz, wagte es dann aber doch zu fragen: „Und wo sind deine Eltern?“

Shotoku blickte auf seine Schuhe. „Sie sind beide ums Leben gekommen. Vor zehn Monaten … Es ist über dem Meer passiert …“

Die vier Juniordetektive blickten betreten. Der japanische Junge richtete sich auf und verkündete mit fester Stimme: „Dehalb ist es meine Aufgabe, die Geschäfte in ihrem Geist fortzuführen. Schließlich bin ich der letzte der Familie, der das tun kann!“

Dominik wunderte sich: „Und was ist mit deinem Onkel?“

Shotoku blickte ernst. „Onkel Yoritomo ist ein lustiger Mensch, aber Großvater sagte oft: Aus seinem Mund kommt viel Gift. Man kann ihm nicht trauen. Deshalb habe auch ich den größten Teil unseres Firmen-Imperiums geerbt. Mein Onkel ist fast leer ausgegangen."

Ein kaum spürbarer Ruck verriet, dass der Lift am Ziel angekommen war. Die Lifttür schob sich zur Seite und die Bande betrat einen riesigen Raum. Die Wand, die vor ihnen lag, bestand nur aus Glas und war mindestens sieben Meter hoch. Poppi erkannte sie sofort wieder. Von außen betrachtet, handelte es sich um den „Bildschirm" des Monster-Computerspiels. Es befanden sich nur wenige niedrige Sitzmöbel in der Wohnung. Dafür standen auf zahlreichen Säulen elektronische Geräte, die an ein Raumschiff erinnerten.

„Kommt, wir schauen uns sofort ‚Die goldene Stadt' an!", forderte der junge Japaner seine neuen Freunde auf. Er eilte auf eine schräge Rampe zu, die sich mitten im Raum befand. Jetzt erst fiel den Knickerbockern auf, dass es sich um eine Rolltreppe handelte, die in das nächste Stockwerk führte. Sieben Türen gab es hier. Shotoku rief seinen Namen, worauf sich eine der Türen automatisch öffnete.

Die vier Freunde betraten das Zimmer des Jungen und grinsten. Viel anders als bei ihnen sah es hier auch nicht aus. Von Ordnung schienen auch junge Japaner nichts zu halten. Es herrschte das totale Chaos. Shotoku blieb erschrocken stehen und blickte sich um. Dann lief er auf einen kleinen Schrank zu und durchstöberte die Fächer. Er ließ sich auf die Knie fallen und rutschte über den Fußboden, wühlte und kramte und wurde immer hektischer. Schließlich richtete er sich auf, streckte den Knickerbockern eine leere, schwarze Schatulle entgegen und sagte: „Das Computerspiel, das mir mein Großvater überlassen hat, ist weg. Ich habe den Verdacht, dass Einbrecher mein Zimmer durchsucht und es gefunden haben."

Ein guter Trick

Für Axel gab es keinen Zweifel mehr: „Dieses Computerspiel ist der Schlüssel zu etwas sehr Wichtigem. Aber wer hat - außer dir - davon gewusst?"

Shotoku gab keine Antwort, sondern rief nach seinem Leibwächter. Tokugawa kam - für sein ungeheures Gewicht - schnell und leichtfüßig gelaufen und betrachtete aufgeregt die Verwüstung. Der japanische Junge und der Mann unterhielten sich hektisch.

„Es ist Tokugawa unerklärlich, wie jemand in das Apartment eindringen konnte, da die Sicherungsanlage aktiviert war", berichtete Shotoku. „Er will meinen Onkel befragen."

Axel warf Lilo einen Blick zu. Das Mädchen war sonst immer das Superhirn der Knickerbocker-Bande, das sich sofort auf jeden neuen Fall stürzte, der sich auftat. Diesmal aber schien sie völlig kalt und uninteressiert zu bleiben. „Ihr beiden lauft einer völlig irren Idee nach", sagte sie bloß und schüttelte fassungslos den Kopf.

„Und bei dir scheinen im Kopf ein paar Mikrochips verschmort zu sein, du oberdämliche Sumpf-Ziege!", fauchte Axel. „Wieso behandelst du mich wie einen Vollidioten?"

Dominik grinste: „Richtig, wieso? Keiner ist vollkommen!" Er kicherte kurz, bevor sich Axel auf ihn stürzte und ihn zu Boden riss. Dominik wusste, dass er gegen seinen Kumpel keine Chance hatte. Axel war stärker und im Raufen äußerst geübt. Blitzschnell hatte er Dominik auf den Rücken gedreht und kniete auf seiner Brust.

„He, hört auf! Spinnt ihr?“, rief Lieselotte und versuchte die beiden zu trennen.

„Nein, ICH spinne nicht!“, stellte Axel fest. „Aber euch scheint jemand das Hirn mit dem Löffel aus dem Kopf geholt zu haben. Und wenn ihr es mir nicht sagt, werde ich herausfinden, wer das war.“

Der Knickerbocker konnte sehen, wie sich seine drei Freunde wanden. Poppi öffnete schon den Mund, um etwas zu sagen, aber dann ließ sie es doch bleiben. Was war mit den anderen Kumpeln nur los?

Shotoku, der ein wenig hilflos den Streit verfolgt hatte, sagte: „Bitte, bewahrt den Frieden. Böse Worte können mehr zerstören als Bomben!“

Lilo funkelte wütend und knurrte: „Stimmt, und Axel ist eine Stinkbombe! Eine KLEINE Stinkbombe!“

Nichts konnte den Knickerbocker mehr in Wut bringen als eine Anspielung auf seine Größe. Er bebte am ganzen Körper und überlegte, ob er Lieselotte die Zöpfe einzeln ausreißen oder ob er ihr ein blaues Auge schlagen sollte.

Shotoku trat zwischen die beiden und hob die Arme. „Schluss! In meinem Zimmer herrschen Ruhe und Frieden. Außerdem habe ich euch eine wichtige Mitteilung zu machen.“

Axel und Lilo starrten einander an wie zwei kampfbereite Saurier, die sich im nächsten Augenblick aufeinander stürzen wollten. Was der kleine Japaner zu sagen hatte, ließ Axel allerdings seinen Zorn vergessen: „Die CD-ROM mit der ‚Goldenen Stadt‘ befindet sich nach wie vor in meinem Besitz!“

Der Juniordetektiv konnte es nicht glauben. „Wieso das?“

Shotoku lächelte sehr stolz und triumphierend. „Weil mir gerade eine wichtige Erinnerung gekommen ist. Ich hatte von Anfang an das Gefühl, dass Großvaters letztes Geschenk in Gefahr war. Deshalb nahm ich die CD-ROM aus der Schatulle und löste das Etikett ab, auf dem der Titel stand. Ich klebte es auf eine ähnliche CD-ROM und legte diese zurück in die Schachtel. Die echte ‚Goldene Stadt‘ steht hier im Regal. Sie trägt keine Aufschrift.“

Der Junge zeigte auf eine Reihe von Computerspielen, die ordentlich nebeneinander in ein Fach geschichtet waren. Die eine CD-ROM ohne Titeletikett fiel kaum auf. Axel klopfte seinem neuen Freund anerkennend auf die Schulter. „Super gemacht, Shotoku. Toller Trick. Der Dieb wird sich wundern!“

Aus dem unteren Geschoss kam die Stimme von Tokugawa. Skotoku und die Knickerbocker-Bande verließen das Zimmer und fuhren mit der Rolltreppe wieder nach unten. In dem riesigen Wohnraum wurden sie von dem Leibwächter und einem zweiten, sehr hageren, groß gewachsenen Japaner erwartet. „Das ist mein Onkel Yoritomo“, stellte Shotoku den Mann vor.

„Ich begrüße die Gäste meines Neffen“, sagte der Japaner höflich und verneigte sich leicht.

Axel musterte ihn eingehend. Yoritomo sah nicht aus wie jemand, aus dessen Mund „Gift“ kam. Sein Gesicht schien stets zu lächeln. „In Kürze wird es Essen geben“, kündigte er an und führte die Besucher in einen Raum, der einen Stock tiefer lag.

Dort erwartete sie eine lange, sehr niedrige Tafel, die

aus vielen lackierten Tischchen zusammengestellt war. Stühle gab es keine. Alle mussten sich auf die honiggelben Matten auf dem Boden knien. Etwas hilflos blickten die Knickerbocker-Kumpel auf die Stäbchen, die es hier statt Messer und Gabel gab. Vor jedem Gast stand eine kleine Schale mit einem Deckel. Ein Koch füllte diese Schalen mit Reis und erklärte auf Japanisch, was sich auf den zahllosen Tellerchen befand, die über den Tisch verteilt standen. Geboten wurde vor allem Gemüse, gebacken, gebraten und gekocht, mit den verschiedensten Soßen. Darunter befanden sich auch Seetang, Farne und viele Köstlichkeiten aus Sojabohnen. Vor Dominik stand eine Platte mit Reisbällchen, die mit weißen, rosafarbenen und roten Fleischstücken belegt waren. „Das ist Sushi“, erklärte Onkel Yoritomo. „Roher Fisch, Lachs, Butterfisch, Tintenfisch und Tunfisch!“ Dominik verzog das Gesicht und widmete sich lieber dem Gemüse.

Satt wurden die Knickerbocker nur langsam. Das Essen mit den Stäbchen war äußerst anstrengend. Zum Abschluss servierte der Koch auf einem besonders schön bemalten Teller papierdünne, weiße, glänzende Scheiben. Shotoku deutete darauf und verkündete: „Euch zu Ehren, Fugu, eine besondere Spezialität!“ Die vier Freunde wussten, dass sie kaum ablehnen konnten, ohne ihren Gastgeber sehr zu beleidigen. Also griffen sie zaghaft zu. Sie kosteten und ihre Begeisterung war nicht übergroß. „Was ... was ist Fugu?“, wagte Lieselotte schließlich zu fragen.

Shotokus Onkel erklärte es ihr: „Fugu ist ein Fisch. Seine Leber ist so giftig, dass nur ein Tropfen ihres Saftes einen Menschen töten kann.“ Axel, Lilo, Poppi und

Dominik ließen gleichzeitig die Stäbchen mit Resten ihres Fugustückchens fallen. „Es ist eine hohe Kunst, den Fugu so zu zerlegen, dass seine Leber nicht verletzt wird. Deshalb dürfen nur ausgebildete Köche diese Arbeit ausführen. Unser Koch ist Spezialist dafür. Beim Essen des Fugus kommt zum Genuss auch der Kitzel der Nerven hinzu."

Die Bande saß regungslos da und wartete darauf, vergiftet umzufallen. Aber der Koch schien den Fisch gut zerteilt zu haben. Trotzdem spürten die Knickerbocker ein eigenartiges Grimmen und Ziehen in ihren Bäuchen. Sie hatten genug für heute und sehnten sich nach ein paar Tafeln Schokolade und einigen saftigen Hamburgern.

Wie auf Kommando begannen alle vier heftig zu gähnen. Es war die einzige Möglichkeit, sich auf höfliche Art und Weise vom Essen zurückzuziehen. Shotoku verstand sofort und begleitete die vier zu ihren Schlafräumen. Poppi und Lilo bezogen ein Zimmer, Dominik und Axel teilten sich das andere. Ohne „Gute Nacht" zu sagen, verzog sich Axel ins Bett. Er hatte von den anderen vorläufig genug. Was auch immer mit ihnen los war, sie konnten ihn doch nicht so blöd dastehen lassen. Der Junge wusste, dass er diesmal völlig auf sich allein gestellt war.

Mitten in der Nacht erwachte Axel. Ein Geräusch hatte ihn geweckt. Er blickte sich verschlafen um.

War irgendetwas los? Ja, die Tür stand offen und vom Vorraum fiel ein dünner Lichtstreifen in das Zimmer. Dominiks Bett war leer. Axel setzte sich auf und lauschte angespannt. Wo war sein Kumpel?

„He, wer bist du?", hörte er irgendwo, nicht weit entfernt, Shotoku sagen. „E… e… entschuldige, ich habe mich nur in der Tür geirrt", stammelte Dominik und kehrte gleich darauf in das Schlafzimmer der Jungen zurück.

„Wo warst du?", flüsterte Axel. Dominik zuckte erschrocken zusammen, als wäre er gerade bei einer verbotenen Sache ertappt worden. „Wo denkst du, werde ich gewesen sein? In der Nilpferd-Disco, beim Elefanten-Ballett oder auf der Toilette?"

Axel warf sich schnaubend in die Kissen und drehte sich weg. Es dauerte nur wenige Minuten und er war wieder eingeschlafen. Allerdings erwachte er in dieser Nacht noch einmal. Wieder war Licht im Zimmer und abermals war Dominiks Bett leer. „Hoffentlich ist er nicht ins Klo gefallen!", brummte der Knickerbocker, bevor er wieder die Augen schloss.

Wer ist der Dieb?

Beim nächsten Mal wurde Axel nicht von allein munter. Jemand rüttelte ihn heftig an der Schulter. „Bitte, wach auf! Axel, es ist etwas Entsetzliches geschehen!" Der Junge brauchte diesmal lange, um zu sich zu kommen. „Morgen, Shotoku, bist du schon auf?", fragte er etwas dämlich.

Der kleine Japaner trug einen hellblauen Morgenmantel aus Seide und schien völlig außer sich zu sein. „Axel, ‚Die goldene Stadt' ist verschwunden!", berichtete er mit zittriger Stimme.

Diese Worte wirkten besser als zwanzig Wecker zusammen. Axel hechtete aus dem Bett und rannte zu Shotokus Zimmer. Tatsächlich! Dort, wo die unbeschriftete CD-ROM im Regal gestanden hatte, klaffte eine Lücke. Der Dieb schien genau gewusst zu haben, was er wollte. Ein Griff und er besaß, wonach er suchte. In Axels Kopf zogen dunkelschwarze Wolken auf. Es gab nur fünf Personen, die davon wussten, auf welcher CD-ROM sich das Spiel „Die goldene Stadt" befand. Es handelte sich um Lilo, Poppi, Dominik, Shotoku und ihn! Er und Shotoku fielen als Dieb aus. Blieben seine Knickerbocker-Kumpel die sich ohnehin äußerst merkwürdig benahmen.

Stopp! Axels Zorn steigerte sich zum Orkan. Dominik! Er hatte doch zweimal in dieser Nacht das Zimmer verlassen und einmal war er sogar zu Shotoku gegangen. Axel raste in sein Schlafzimmer zurück und zerrte den völlig verdutzten Dominik an der Pyjamajacke aus dem Bett. „Sag sofort, was du mit dem Spiel gemacht hast! Wo ist es? Wieso hast du es geklaut? Was ist mit euch nur los?“, brüllte der Junge und schüttelte seinen Kumpel dabei so heftig, dass der Stoff des Schlafanzugs zerriss.

„Wovon redest du? Ich verstehe dich nicht!“, stammelte Dominik. „Ich denke, du hast eine geistige Störung und brauchst einen Arzt!“

Für diese Bemerkung bekam er eine schallende Ohrfeige. Axel ließ seinen Freund - oder besser besagt Exfreund - einfach fallen und drehte sich weg. Die Mädchen, die aus ihrem Zimmer gelaufen kamen, starrten die Jungen entsetzt an.

„Ich will mit euch nichts mehr zu tun haben!“, schrie Axel. „Ihr seid Verräter! Ich weiß, dass ihr mit den Gaunern aus dem Tal der Donnerechsen unter einer Decke steckt. Was haben sie mit euch gemacht? Eine Gehirnwäsche? Oder haben sie euch vielleicht so viel Geld angeboten, dass ihr schwach geworden seid?“

Klatsch! Diesmal gab es eine Ohrfeige für Axel. Lieselotte funkelte ihn wütend an und fauchte: „Vorgartenzwerg, reg dich ab. Ich will auch nichts mehr mit dir zu tun haben. Wenn jemand von mir behauptet, dass ich mich mit Geld bestechen lasse, dann ist er ein Schwein!“

„Was soll der Krach?“, mischte sich eine bekannte Stimme ein. Frau Ogrusek war aus ihrem Zimmer getreten und musterte die Bande fragend. An einer Antwort war sie aber gar nicht interessiert. „Ich habe mit eurem Onkel gesprochen. Er will von euch noch andere Fotos und Berichte. Heute werden wir Sumo-Ringer besuchen und dort einige Bilder von euch schießen.

Die Reportage erwartet er bis heute Abend. Ich habe mich erkundigt. Es gibt Schau-Kämpfe in der Stadt. Sie verlaufen nicht nach den strengen Regeln des Sumo-Ringens, aber die Kämpfer sind genauso fett wie die echten Sumos. Für mich ist das die Hauptsache."

Axel verschränkte die Arme vor der Brust und knurrte: „Ich mache nicht mehr mit!"

Aber die Fotografin wischte diesen Satz einfach weg. „Ihr vier habt diese Aufgabe übernommen und werdet sie jetzt auch ausführen. Disziplin, junge Freunde, Disziplin!"

Axel wurde halb wahnsinnig. Noch nie hatte es einen solchen Streit innerhalb der Knickerbocker-Bande gegeben. Die Ungewissheit, was geschehen war, während er sich in den Händen der Entführer befunden hatte, ließ ihn verzweifeln. Außerdem wurde alles immer verwirrender. Es musste noch einen Dieb in dem Apartment geben. Der hatte nämlich die falsche CD-ROM aus der Schatulle gestohlen. Da sich in der Wohnung aber nur der Koch und Onkel Yoritomo befunden hatten, kamen auch nur die zwei in Frage. Aber weshalb stahl Dominik? Seit wann war ein Knickerbocker auf die Gaunerseite gewechselt?

Am späten Vormittag trafen Axel und der Rest der Knickerbocker-Bande in einer großen Sporthalle ein. Während der ganzen Fahrt hatte der Junge kein Wort mit seinen früheren Freunden gewechselt. Er misstraute ihnen und hatte sogar Angst vor ihnen. Axel wurde den Verdacht nicht los, dass der Zwischenfall mit den Tyrannosauriern nur ein kleines Steinchen in einem riesigen Mosaik war. Aber was war das Mosaik?

In der Halle befanden sich hunderte Menschen, die rund um ein kniehohes Podest saßen, auf dem zwei unfassbar fette, fast nackte Männer standen. „Tragen die Windelhosen, oder was?“, kicherte Poppi.

„Es handelt sich hierbei um Sumo-Ringer mit ihren Sumo-Gürteln. Mehr dürfen sie beim Kampf nicht tragen!“, belehrte sie Dominik. „Bitte, beachte ihr Haar. Sie haben es zu einem Knoten aufgesteckt, was früher nur den Samurai-Kriegern erlaubt war. Ein Sumo-Ringer wiegt bis zu 165 Kilogramm! Früher kämpften sie auf Leben und Tod. Heute gilt es nur noch, den Gegner umzuwerfen.“

Lilo sah, wie die Kämpfer ihren Mund ausspülten und etwas Weißes auf die Kampffläche streuten.

„Die Ringer spülen ihren Mund vor dem Kampf immer mit ‚Kraftwasser‘ aus und streuen danach Salz“, erklärte Dominik. „Aber nicht, weil hier Glatteis herrscht, sondern weil damit böse Geister verscheucht werden sollen.“

Die beiden kugelbäuchigen Männer stellten sich gegenüber auf, starrten einander in die Augen und traten von einem Bein auf das andere.

Hilda Ogrusek drängelte sich bis zur ersten Reihe vor, wo sie ihre Tasche mit der Fotoausrüstung abstellte, die Kamera herausholte und anschließend die Sumo-Ringer bei ihren Kampfvorbereitungen von allen Seiten knipste. „So, und jetzt mit euch!“, sagte sie zu den vier Knickerbockern.

„Ich gehe aber nicht zu den Fettmöpsen in den Ring!“, protestierte Poppi.

Frau Ogrusek schnaubte ungeduldig. „Du sollst dich davorstellen, dummes Ding!“

Poppis Augen verengten sich zu schmalen Schlitzen: „Griesgram-Grunz-Ziege!“, zischte sie, tat aber dann, was von ihr verlangt wurde.

Artig grinste Axel in die Kamera. Aus den Augenwinkeln erkannte er aber, wie ein dünner Arm sich zwischen den Zuschauern, die hinter der Fotografin saßen und heftig über die Frau schimpften, durchbohrte. Axel drehte den Kopf und sah den Arm genauer. Er war von knapp über dem Handgelenk bis zur Schulter mit wilden, verschlungenen Ornamenten und Mustern verziert. Es musste sich um Tätowierungen handeln. Die blonde Japanerin war wieder da! Und sie schnappte sich eine der beiden Fototaschen von Frau Ogrusek. Mit einer schnellen Handbewegung zerrte sie die Tasche durch die Leute nach hinten.

Das war die Gelegenheit, seinen Kumpeln den endgültigen Beweis zu liefern, dass er nicht geträumt hatte. „Da ist die Frau, die mich entführt hat!“, schrie Axel und nahm die Verfolgung auf. „Los, kommt mit!“ Der Knickerbocker renkte sich fast den Hals aus, als er nach den hellen Haaren der Gaunerin Ausschau hielt. Aber er konnte sie nirgendwo entdecken. Hinter der letzten Zuschauerreihe bemerkte er schließlich eine Bewegung. Dort lief jemand. Eine Person, die etwas Dunkles auf dem Kopf trug. Es verrutschte, und darunter strahlte es weizengelb. Die blonde Japanerin.

Axel raste los. Er stürmte durch den Mittelgang bis zur letzten Reihe und kam gerade rechtzeitig, um zu sehen, wie die Frau hinter einem kleinen Vorhang verschwand. Er flitzte ihr nach und stolperte in einen kleinen Gang. Eine Tür wurde zugeschlagen. Das Geräusch war von rechts gekommen, und deshalb tastete sich der Junge an der rechten Wand entlang. Bald spürte er eine Tür und riss sie auf. Vor ihm standen sieben Sumo-Ringer, die drohend von einem Bein auf das andere traten. Hinter ihnen kreischte eine hohe Stimme. Axel erkannte sie sofort. Sie gehörte der blonden Frau. Es war nämlich eine eigenartig schrille Stimme. Die Worte, die die Frau von sich gegeben hatte, waren so etwas wie ein Kommando. Die Sumo-Ringer bildeten einen Kreis um den Jungen, den sie immer enger zuzogen. Ihre harten Fettbäuche kamen wie Schraubstöcke auf Axel zu.

„Nicht, lasst mich raus … Hilfe!“, schrie der Junge. Es gab keinen Ausweg aus diesem menschlichen Schraubstock. Wie einen Ball stießen die Ringer Axel von einem zum anderen. Der Junge fürchtete, dass sie ihm alle Knochen brechen würden, wenn sie erst einmal zupackten. Immer wieder kreischte die blonde Frau etwas, das die Sumo-Ringer besonders wütend zu machen schien. Die sonst nur im Ring so wilden Männer wurden immer gröber und gröber mit Axel. Der Junge stolperte und stürzte zu Boden. Er landete vor den unerwartet zarten Füßen der Ringer und bemerkte, wie sie immer näher und näher auf ihn zustapften.

Axel war klar, dass es reichte, wenn sich einer der Männer auf ihn fallen ließ. Der Knickerbocker würde unter den Fleisch- und Fettmassen ersticken. Axel war aber auch klar, dass die Ringer etwas in dieser Art mit ihm vorhatten. Er hob abwehrend die Hände und flehte: „Bitte nicht … nicht, ich habe nichts getan!“ Aber die wandelnden Menschengebirge kümmerten sich nicht um sein Jammern. Sie stießen einen langen Schrei aus und …

Was hat Lieselotte vor?

Für Axel schien die Zeit stillzustehen. Noch immer brüllten die Sumos, aber sie taten nichts. Wollten sie ihn quälen, einschüchtern oder fertig machen?

Der langgezogene, drohende Schrei der Ringer riss abrupt ab. Dafür brüllten die sieben Männer plötzlich vor Wut und taumelten wieder auseinander. Ein kalter Wasserschwall traf den Jungen mitten ins Gesicht. Sofort erkannte er, was die Kämpfer so aufbrachte. Lieselotte war ebenfalls in den Raum gekommen, der den Ringern als Garderobe diente, und hatte die Gefahr erkannt. Deshalb hatte sie das eiskalte Wasser aufgedreht und den Daumen auf den Hahn gepresst. Die plötzliche kalte Dusche kam so überraschend, dass sie sogar die harten Sumo-Ringer erschreckte und durcheinander brachte. „Hau ab!“, schrie Lieselotte. Der Knickerbocker sprang auf und raste in den Gang hinaus. Draußen blieb er stehen und blickte sich nach Lilo um. Wo blieb sie? Hatten die Ringer nun sie erwischt?

Nein, da kam sie. Auf allen vieren robbte sie aus dem Raum. So tief unten konnten sie die Ringer nämlich nicht so leicht packen. Ihre dicken Bäuche verhinderten das. Das Mädchen erhob sich und folgte Axel durch den Vorhang zurück in die Halle, wo der Wettkampf noch immer in vollem Gange war.

„Dominik! Poppi! Raus! Nehmt die Ogrusek mit!“, brüllte Axel durch den Mittelgang den anderen beiden zu. Die jüngeren Mitglieder der Bande hörten sofort am Klang seiner Stimme, dass Alarmstufe Rot angesagt war. Poppi riss die Fotografin am Arm und Dominik schnappte ihre große Fototasche. So schnell sie konnten, verließen die vier die Halle.

„Ihre kleine Tasche wurde gestohlen!", berichtete Axel keuchend. „Ich habe die Diebin verfolgt, aber sie ist entwischt …"

Die Fotografin zuckte nervös mit den Mundwinkeln. „Was … wie entsetzlich …!", stieß sie hervor.

Dominik stellte die andere Tragtasche ab und öffnete sie. „Ich hoffe, hier ist noch alles vollständig. Vor allem die teuren Objektive und …!" Er stockte. Stumm deutete er in die Fototasche. Frau Ogrusek riss sie ihm aus der Hand, aber es war zu spät. Die anderen hatten gesehen, was Dominik entdeckt hatte.

„Sie Diebin!", keuchte Lieselotte. „SIE haben das Computerspiel gestohlen. Hier ist es ja!" Das Superhirn griff unerschrocken in die Tasche und holte die rechteckige schwarze Plastikschachtel heraus. Es gab keinen Zweifel. Es war die CD-ROM der „goldenen Stadt". Die Klebespuren des abgerissenen Etiketts bewiesen es. Sie besaßen nämlich die Form einer doppelt geringelten Schlange. Das hatten sich alle vier Juniordetektive gemerkt. Hilda Ogrusek wich ängstlich von der Bande zurück.

„Sie stecken auch mit den Ganoven unter einer Decke!", schrie Axel. „So wie meine Kumpel!"

„Nein, wir …!" Poppi sprach nicht weiter und biss sich auf die Lippe, dass sie blutete.

„Sie miese Person!", knurrte Dominik.

Die Fotografin fummelte mit zitternden Fingern an ihrer Jacke herum. „Es … es war das Geld … das viele Geld … 30 000 Dollar!"

Axel verstand nicht sofort. „Was meinen Sie?", wollte er wissen.

„Gestern Abend lagen auf meinem Bett 30 000 Dollar und ein Brief. Ich solle in Shotokus Zimmer schleichen und aus dem Regal ein Computerspiel nehmen, das kein Etikett trägt. Heute solle ich es in meine Fototasche legen und die Tasche vor der ersten Sitzreihe abstellen. Ich habe sie in die falsche Tasche gesteckt."

Dominik warf die Brust heraus und meinte streng: „Mit Ihnen will ich nichts mehr zu tun haben. Das werde ich Onkel Arthur sofort mitteilen!" Die Knickerbocker-Freunde ließen die Frau einfach stehen und winkten ein Taxi herbei. Der Wagen brachte sie zurück zum Hochhaus, in dem Shotoku auf sie wartete.

Axel, der noch immer nicht wusste, ob er seinen Kumpeln wieder trauen konnte oder nicht, verzog sich in das Zimmer des japanischen Jungen. Er brauchte Ruhe. Durch die offene Tür hörte er allerdings, wie Lieselotte von Shotoku einiges verlangte. „Ich hätte gern einen Kassettenrekorder oder ein anderes Aufnahmegerät. Wir müssen nämlich für einen Radiobericht etwas aufnehmen", sagte sie. Axel horchte auf. Das war gelogen. Sie arbeiteten nicht für den Rundfunk. „Was ist das eigentlich für ein Ding?", erkundigte sich das Superhirn. „Ein Notepad", erklärte Shotoku. „Du schreibst mit einem Stift in Handschrift auf einen Bildschirm. Die Buchstaben werden vom Computer in Druckschrift umgesetzt. An dieses Notepad kann man sogar mehrere Zusatzmonitore anschließen, auf denen andere mitschauen können. Unsere Firma stellt diese Geräte her!" Lieselotte tat sehr ungläubig, und Shotoku versprach eine Demonstration.

Axel versuchte seine Gedanken irgendwie zu ordnen. „Woher weiß jemand, dass die CD-ROM mit der ‚goldenen Stadt' kein Etikett trägt?", fragte er sich immer wieder. Die einzige Antwort, die ihm einfiel, lautete: „Es muss uns jemand belauscht haben. Wir müssen auch abgehört worden sein, als Shotoku von dem schwarzen Kästchen erzählt hat. Vorher hatte niemand eine Ahnung davon!"

Axel sprang auf und raste in die Toilette. Er zog sich splitternackt aus und untersuchte seine Kleidung. War irgendwo eine „Wanze" (= Abhörgerät) eingebaut? Entdecken konnte er allerdings keine. Vielleicht steckte sie in den Klamotten seiner Kumpel. Aber keiner von ihnen trug zwei Tage hintereinander dieselbe Kleidung. Wer auch immer sie abhörte, er musste es gründlich machen. Tokugawa, der Leibwächter, fiel ihm ein. Um sich die Hände nicht schmutzig zu machen, hatte er Hilda Ogrusek den Auftrag erteilt, das Computerspiel zu beschaffen. Auf ihm musste sich etwas ungeheuer Wertvolles und Wichtiges befinden, wenn so wild nach ihm gejagt wurde.

„Heute möchte ich noch gern in Tokio etwas wirklich Tolles sehen", hörte Axel Lieselotte sagen. Shotoku schlug ihr verschiedene Sehenswürdigkeiten wie den Kaiserpalast, den Tempel oder das Schwertermuseum vor. Aber das Superhirn war mit nichts einverstanden. „In der Stadt befinden sich auch riesige Schwimmbäder", erzählte der japanische Junge. „Mit den längsten und großartigsten Wasserrutschen der Welt." Lilo schien etwas ganz anderes daran zu interessieren: „Ist es dort laut?" Shotoku lachte. „Und wie!" Für Lieselotte stand fest, dass sie hinwollte. „Die anderen kommen bestimmt gern mit!", sagte sie laut und eindringlich. Axel wusste, dass dieser Tonfall bedeutete: „Mitkommen, kapiert!" Aber warum und wozu?

„In einer Stunde können wir fahren. Vorher müssen sich Dominik, Poppi und ich aber noch ausruhen!", verkündete Lilo. Die drei zogen sich in das Mädchenschlafzimmer zurück und schlossen die Tür hinter sich. Axel fühlte sich ausgesperrt. Langsam reichte es ihm. Aber wirklich! Total!

Das hätte ich nie gedacht!

Axels Armbanduhr zeigte zehn Minuten nach zwei Uhr am Nachmittag, als die Knickerbocker-Freunde und Shotoku in die lange Luxuslimousine stiegen. Tokugawa war bereits in das Bad vorausgefahren, um dort alles abzusichern. Er nahm seine Aufgabe als Leibwächter sehr genau. Lieselotte gab Shotoku ein Zeichen, die Glasplatte zwischen dem Fahrer und den Fahrgästen in die Höhe fahren zu lassen. Als sie mit einem leisen Klick eingerastet war, begann das Superhirn plötzlich lautstark und aufgeregt Unsinn zu plappern. Lilo bewunderte die Schönheit Tokios, erzählte von ihrer Schule und fragte Poppi schließlich nach ihren Haustieren. Aber das Mädchen öffnete nicht den Mund. Stattdessen schaltete Lilo den Kassettenrecorder ein. Sofort ertönt Poppis Stimme, die von ihrem Minizoo und ihrem Bernhardiner Puffi schwärmte. Das Oberhaupt der Knickerbocker-Bande legte den Finger auf die Lippen und stellte den Recorder auf die Bank neben sich. Anschließend deutete sie auf Shotokus Tasche, in der sich das Computerschreibgerät befand. Der Junge holte es heraus, Lilo bekam den großen Bildschirm zum Schreiben und die anderen jeder einen kleinen Monitor. Aufgeregt machte sich das Mädchen an die Arbeit und Axel, Poppi, Dominik und Shotoku verfolgten mit großen Augen die Buchstaben, die auf ihren Bildschirmen erschienen.

„Axel, du bist ein misstrauischer Schrumpfgummi!“, lautete die erste Zeile.

Axel wollte wütend werden, musste dann aber grinsen. Er verstand. Jetzt würde er endlich erfahren, was los war.

„Natürlich warst du verschwunden. Aber auch wir sind von Akiko, dem Mädchen beim Eingang zur Schlucht der Tyrannosaurier, betäubt worden. Als wir wieder erwachten, lagen wir in unseren Zimmern. Akiko hat uns gewarnt: Falls wir dir nur ein Wort verraten oder zu irgendeinem anderen Menschen etwas sagen, würdest du augenblicklich getötet werden. Sie - wer auch immer das ist - überwachen uns Tag und Nacht. Ein Knopfdruck auf eine Fernsteuerung und du bist tot."

Axel bekam ein überaus mulmiges Gefühl im Bauch. Er wäre am liebsten völlig panisch geworden, aber was hätte es gebracht?

Lieselotte schrieb weiter: „Ich habe natürlich lange nachgedacht und einige wichtige Dinge entdeckt:

1. Die Operation. An Shotoku und dir ist etwas gemacht worden, aber es sind keine Narben erkennbar. Vielleicht ist euch etwas in den Mund gesetzt worden!

2. Ich tippe auf ein Mikroabhörgerät. Eventuell ist bei dir auch eine Art Giftkapsel dabei, die ferngesteuert geöffnet werden kann.

3. Das ist die einzige Erklärung dafür, dass jemand das schwarze Kästchen vor unserer Ankunft in der Wohnung gefunden und später Frau Ogrusek zum Diebstahl angestiftet hat. Durch die Geräte in eurem Mund, vielleicht in den Zähnen können die Feinde alles mithören. Deshalb auch der Trick mit dem Tonbandgerät und diesem Schreibcomputer.

4. Die Feinde wissen, dass das Computerspiel der

„goldenen Stadt“ zu irgendetwas unglaublich Tollem führen muss. Deshalb sind sie wild darauf. Das Abhörgerät haben sie auch eingebaut, damit Shotoku das Versteck des Computerspiels verrät.

5. Da wir das Computerspiel jetzt haben, sollten wir unbedingt versuchen, ihr Geheimnis zu lüften. Allerdings dürfen wir nie darüber reden, wenn Axel und Shotoku dabei sind. Sonst sind uns die Verfolger sofort wieder auf der Spur.

6. Shotoku und Axel, ihr beide geht ins Bad. Dann hören die Feinde die Geräusche und sind zufrieden. Außerdem haben wir auf der Rückseite der Kassette vergnügte „Badegespräche“ von Poppi, Dominik und mir gesprochen. Jetzt eine wichtige Sache für dich, Shotoku: Wir müssen das Spiel spielen. Wo können wir das machen?“

Der junge Japaner nahm den Schreibmonitor und den Metallstift aus Lilos Hand. „Nur in unserer Firma! Dort befindet sich das Gerät. Es heißt „Zero X“ und am besten kennt sich damit ein Techniker namens Craig (sprich: Kräg) Winkler aus. Fragt nach ihm. Ich gebe euch eine Geschäftskarte von mir mit, damit er euch hilft.“

Shotoku griff in sein Sakko, das er stets trug, und zog eine weiße Karte heraus. Auf ihr standen sein Name und die Unternehmen, die ihm gehörten. Auch wenn sie zurzeit noch von anderen Leuten für ihn verwaltet wurden.

Lieselotte wollte noch etwas wissen: „Kann man diesem Craig Winkler trauen?“, schrieb sie.

Shotoku nickte. Anschließend unterstrich er eine Adresse auf seiner Karte und kritzelte daneben: „Das ist die Adresse. Zeigt sie dem Fahrer, nachdem wir ausgestiegen sind."

Den Rest der Fahrt verbrachten die Juniordetektive schweigend. Axel reichte allen seinen Freunden die Hand und drückte sie fest zur Versöhnung. Allerdings hatten sich die anderen auch wirklich entsetzlich benommen. Als er dann mit seinem neuen japanischen Freund vor dem Eingang des Schwimmbades aus dem Wagen stieg, deuteten Dominik, Poppi und Lilo mit dem Daumen nach oben. „Alles okay und viel Glück!" bedeutete das Zeichen.

Kaum war die Wagentür wieder geschlossen, gab Lieselotte dem Fahrer die Anweisung sie weiterzufahren. Er tat es, ohne dabei eine Miene zu verziehen. Nachdenklich betrachtete das Superhirn die Plastikkassette in seiner Hand. Was sie wohl zu bedeuten hatte? Welches Geheimnis steckte in ihr? In Kürze würden sie mehr darüber wissen.

Erste Erklärungen

Die Firma, von der Shotoku gesprochen hatte, befand sich in einem Hochhaus, das keine Ecken zu haben schien. Alle Wände waren geschwungen und gebogen und bestanden nur aus blau glitzernden Spiegeln. Über die abgerundete Dachkante guckten die Köpfe vieler bekannter Figuren aus Computerspielen, die sich mit ihren dicken Pfoten am Rand anklammerten. Wer vom Gehsteig aus hinaufblickte, hatte den Eindruck, von vielen leuchtenden Augen gemustert zu werden. Über dem Portal waren riesige Buchstaben aus einem Material angebracht, das zu glühen schien. Sie stellten den Namen des Unternehmens dar. Mit einem ziemlich bangen Gefühl betraten Lieselotte und ihre Freunde die Halle. Sie bekamen nicht mehr mit, dass in der Luxuslimousine das Autotelefon piepste. Der Fahrer hob ab und meldete sich. Nach wenigen Worten legte er wieder auf, verschränkte die Arme vor dem Bauch und versuchte ein kleines Nickerchen zu machen.

In der Mitte der Halle prangte ein riesiger Tisch. An ihm hätten mindestens drei Fußballmannschaften bequem Platz nehmen und essen können. Dabei saß nur ein einziges lächelndes Mädchen in einer rosa Uniform dahinter.

Lilo lächelte nicht. Ihr war noch das tiefgefrorene Lächeln von Akiko in schrecklicher Erinnerung. „Guten Tag, wir möchten zu Craig Winkler!“, sagte sie zu dem Mädchen.

„In welcher Angelegenheit?“, wollte es wissen.

Lilo überlegte. „Im Auftrag von Shotoku Nintao. Wir sind Tester aus Europa und sollen die neuen Computerspiele ausprobieren!"

Der Name Nintao wirkte wie ein Zauberwort. Das Mädchen griff zum Telefon und führte ein kurzes Gespräch. „Mister Winkler wird euch in Kürze zur Verfügung stehen!", meldete es, ohne dabei auch nur für eine Sekunde das Lächeln zu unterbrechen.

Die „Kürze" dauerte fast zehn Minuten. Lilo nutzte die Zeit und blickte sich in der Halle um. An einer Wand hing ein mindestens zwei Meter großes Ölgemälde, das einen freundlichen, grauhaarigen Japaner zeigte, der stolz ein Stück Papier in den Händen hielt und präsentierte. Von einer kleinen Tafel, die neben dem Bild angebracht war, erfuhr das Mädchen, dass es sich um den Firmengründer - also Shotokus Großvater - handelte. In den Händen hielt er seine erste Aktie. Lilo betrachtete das Bild lange und eingehend. Irgendetwas war seltsam daran, aber was? Es gab etwas, das sie störte. Ihr war, als hätte der Maler einen Fehler gemacht. Aber sie konnte nicht herausfinden, was es sein könnte.

Als sie zu Poppi und Dominik zurückkehrte, trat ein schlanker, ungefähr 50-jähriger Japaner aus dem Lift und ging auf die drei Knickerbocker zu. „Mein Name ist Craig Winkler. Ihr wollt mich sprechen?"

Lilo hob erstaunt die Augenbrauen. Sie hatte nicht mit einem Japaner gerechnet. Der Name klang so amerikanisch.

„Ist etwas?", fragte sie Herr Winkler, der ihren kritischen Blick bemerkte.

Lieselotte platzte einfach damit heraus: „Ich ...

dachte, Sie wären Amerikaner oder Engländer … Sie heißen doch Craig!“

Der Mann lachte. „Ich bin auch Amerikaner. Mein Vater und meine Mutter sind aber trotzdem Japaner. Geboren und aufgewachsen bin ich allerdings in den USA.“

Lilo hatte verstanden. „Wir möchten Sie um einen Gefallen bitten, aber nicht hier!“, sagte sie mit einem Augenzwinkern.

Craig Winkler führte die drei Freunde in den 13. Stock, wo sich sein Büro befand. Dort angekommen, zog Lilo die CD-ROM hervor und zeigte sie ihm. „Wir möchten gern dieses Spiel ausprobieren. Es nennt sich ‚Die goldene Stadt‘!“

Der Techniker machte ein erstauntes Gesicht. „Merkwürdig, ich hatte es bereits vergessen“, murmelte er.

„Was vergessen?“, bohrte Lilo sofort nach.

„Masujiro Nintao - also der Gründer des Unternehmens - hat mich vor zwei Jahren besucht und mir die Idee zu einem neuen Spiel geliefert. Als ich es gestaltet habe, ist er mehrere Male zu mir gekommen und hat mich gebeten, am Ende des Spiels die Möglichkeit für ihn zu lassen, etwas einzugeben. Er wollte nicht verraten, was es war. Es durfte auch niemand dabei sein, als er es getan hat. Stellt euch vor, mein oberster Boss lässt sich wochenlang komplizierte Computerprogrammierungen erklären, um dann selbst in ein Spiel einzugreifen. Ein Spiel, das es nur einmal gibt und das außerdem den unpassendsten Namen ‚Die goldene Stadt‘ trägt. Er hat auch mir gegenüber diesen Titel erwähnt, aber er hat mit dem Inhalt des Spieles nichts zu tun. Seltsam, nicht wahr?“

Die drei Knickerbocker konnten dem Techniker nur Recht geben.

„Aber wie kommt ihr an das Spiel?“, fragte er misstrauisch.

„Shotoku hat es uns gegeben“, sagte Dominik und grinste dabei so überzeugend, dass der Mann gar nicht weiterfragte. Dafür überlegte er laut: „Ich habe mich oft gefragt, was ‚Goldene Stadt‘ bedeuten könnte. Und einmal ist mir sogar ein Verdacht gekommen.“ Die Juniordetektive horchten auf. „Als Masujiro Nintao noch sehr jung war, entwickelte er Pläne für eine Unterwasserstadt. Japan ist kein großes Land. Der Platz auf den Inseln wird immer enger und enger, knapper und knapper. Ein Ausweg sind entweder Städte, bestehend aus Wolkenkratzern oder riesige Wohnanlagen unter Wasser, in denen es nicht nur Wohnungen, sondern auch Felder und Gärten gibt. Ein neuer Lebensraum, in dem Menschen sich wohl fühlen können. Herr Nintao hat alles genauestens geplant, aber seine Idee ist von allen offiziellen Stellen abgeschmettert worden. Das hat ihn natürlich sehr beleidigt und getroffen, und einmal ist mir der Gedanke gekommen, dass er seine Unterwasserstadt irgendwo verwirklicht hat. Sie befindet sich an einer Stelle vor der japanischen Küste, und wir ahnen nichts davon, obwohl dort bereits hunderte Menschen wohnen.“

Lilo hatte neugierig zugehört. Die Überlegung klang glaubhaft. Vielleicht war das Spiel eine Art Wegweiser zu dieser Stadt.

Allerdings hatte Mister Winkler noch etwas zu erzählen: „Als ‚goldene Stadt‘ wird auch das reiche Vorkommen eines Stoffes genannt, aus dem Mikrochips für Computer erzeugt werden können. Dieser Rohstoff wird immer wichtiger und ist eines Tages - wenn andere Quellen auf der Welt versiegen - nicht mit Gold aufzuwiegen. Es könnte natürlich auch sein, dass Großvater Nintao - so nennen ihn die meisten in seinen Firmen - so einen Ort entdeckt hat. Allerdings hielt er ihn streng geheim."

Lieselotte brannte darauf zu erfahren, was sich auf der CD-ROM befand.

Mister Winkler sah es ihr an und nahm ihr das Plastikkästchen aus der Hand. „Komm mit!", sagte er zu ihr und führte das Mädchen zu einem Metallkasten, der ungefähr die doppelte Größe einer Telefonzelle hatte. „Hier drinnen wirst du jetzt ein Abenteuer erleben, wie du es dir in deinen kühnsten Träumen nicht vorstellen kannst. Du bist der Mittelpunkt, wirst alles, was du siehst, auch spüren. Sogar Gefahren! Angriffe! Aber keine Sorge, wir können die Heftigkeit einstellen, und außerdem hast du jederzeit die Möglichkeit, durch den Druck auf einen Notknopf das Abenteuer zu beenden. Falls es dir gelingt, das Land, das du jetzt betrittst, zu durchqueren, wirst du am Ende vielleicht etwas entdecken, das Großvater Nintao als Hinweis auf die ‚Goldene Stadt' eingegeben hat. Tritt ein in die neueste Generation der Computerspiele! Millionen Kinder und Jugendliche auf der ganzen Welt würden dich für diese Möglichkeit beneiden!"

Nicht nur Lilo konnte es kaum erwarten, die Spielkabine zu betreten. In einem Nebenraum trommelte eine blonde Japanerin unruhig mir den Fingern auf eine Tischplatte. Der Augenblick war gekommen, sich der vier lästigen Kinder endgültig zu entledigen!

Ein tödliches Spiel

Mister Winkler öffnete eine Klappe an der Außenwand der Kabine und zeigte auf einige Knöpfe und Schalter. „Wie ich dir schon gesagt habe, wirst du in diesem Spiel in alle Gefahren und Abenteuer selbst verwickelt. Du musst dich bewegen, ausweichen, laufen, springen, dich verstecken und vor allem stets die Augen offen halten. Falls du überfallen oder angegriffen wirst, so wirst du das spüren, an deinem eigenen Körper. Hier kann ich einstellen, wie stark.“ Der Techniker deutete mit den Fingern auf eine Skala, die von 0 bis 12 reichte. „Bei 0 spürst du gar nichts“, erklärte Craig Winkler. „12 gibt es nur auf diesem Gerät, denn diese Einstellung kann sogar tödlich enden. Ich würde die Stufe 2 vorschlagen. Tut nicht wirklich weh, ist aber spürbar.“

Lilo war nicht ganz sicher, ob sie das wirklich wollte, aber vielleicht gehörte es dazu. Sie nickte schließlich langsam und widerstrebend.

„Können wir Lieselottes Abenteuer mitverfolgen?“, fragte Dominik aufgeregt.

Der Techniker schüttelte den Kopf. „Nein, leider nicht.“ Er öffnete die Tür und das Superhirn betrat die Kabine. Dort legte ihr Mister Winkler eine Art Riesen-Taucherbrille über die Augen, die bis unter die Nase reichte. „Auf der Innenseite der Brille befinden sich Bildschirme, die dir deine Bilder liefern werden. Die Geräusche kommen aus den Kopfhörern. Bevor ich sie dir aufsetze, noch etwas: Ich werde deine Hände und Füße in die Steuerhebel legen und anschnallen. Diese

Mechanik überträgt jede deiner Bewegungen auf den Computer. Du kannst dich nicht selbst daraus befreien. Aber es gibt eine Art Notbremse. Du musst nur das Wort KA-IN-TA schreien, dann schaltet sich das Gerät sofort aus. Alles klar?"

„Ja", antwortete Lieselotte. Nachdem die Vorbereitungen abgeschlossen waren, verriegelte Craig Winkler die Tür, legte die CD-ROM ein und drückte den Startknopf. „Viel Spaß!", sagte er augenzwinkernd. Poppi und Dominik standen vor dem kleinen Häuschen und kauten unruhig an ihren Nägeln. Es gefiel ihnen gar nicht, dass sie nicht kontrollieren konnten, was mit ihrer Freundin geschah.

Im Büro des Technikers piepste das Telefon. Er entschuldigte sich und eilte, um abzuheben. Die beiden Knickerbocker hörten ihn etwas sagen. Dann ertönte ein dumpfer Schlag und ein heftiges Poltern. Es klang nach einem Körper, der zu Boden stürzte. „Mister Winkler ... hallo?", rief Dominik. Keine Antwort. Der Junge blickte Poppi entsetzt an. „Mister Winkler ... ist etwas?", krächzte das Mädchen mit heiserer Stimme. Wieder nichts. Dominik atmete schwer. „Wir ... müssen ... nachschauen ...!", flüsterte er seiner Freundin zu.

Die beiden Knickerbocker pressten sich an die Wand des Raumes und schoben sich langsam in Richtung der Tür, die in das Büro des Technikers führte. Im Zeitlupentempo drehte Dominik den Kopf um den Türrahmen, um einen Blick in den Raum werfen zu können. Aber er konnte nichts sehen. Das Büro schien leer zu sein.

Für Lieselotte begann das Abenteuerspiel der neues-

ten Art. Das Mädchen stand in der Maschinerie angeschnallt und starrte angespannt in die Riesen-Taucherbrille. Aus den Kopfhörern kam donnernde Musik, die Hochspannung versprach. Vor Lilos Augen tauchte langsam ein prachtvoller Sternenhimmel auf, wie sie ihn nur sehr selten in Wirklichkeit gesehen hatte. „Wow!", staunte das Superhirn. Aber das war erst der Anfang. Plötzlich spürte das Mädchen, wie es vom Boden abhob und flog. Es konnte tatsächlich fliegen! Lieselotte raste auf die Sterne zu. Sie hob ihren rechten Arm ein wenig und steuerte augenblicklich nach rechts. Dann hob sie den linken Arm und sah und fühlte, wie sich ihre Flugbahn nach links änderte. Lilo warf die Arme in die Höhe und ihre Geschwindigkeit wurde noch größer.

Vor ihr tauchte nun aus dem Schwarz des Alls ein blauer Planet auf. Die Erde. Das Superhirn hatte das Gefühl, die Flugrichtung nicht mehr steuern zu können. Unter ihm wurden die Meere und Kontinente erkennbar. Das Mädchen zog eine breite Kurve über Afrika und Asien und ging dann über einer lang gestreckten Inselkette nieder. Das war Japan! Und das Ziel dieses Fluges war keine der vier Hauptinseln, sondern ein winziger, graugrüner Fleck vor der Küste. Als sie noch tiefer sank, erkannte Lieselotte riesige Saurier. Landete sie vielleicht im Tal der Donnerechsen, im Vergnügungspark des Nintao-Unternehmens? ... Da ... da war eine Schlucht, aus der ihr mehrere Tyrannosaurierschädel entgegenstarrten. Die Schlucht, in der ihr eigenes Abenteuer begonnen hatte! Lieselotte steuerte mit den Armen und drehte einen großen Kreis, um nicht einem der Raub-Saurier genau in die Dolchzähne zu fliegen. Zum echten Tal der Donnerechsen gab es einen Unterschied: Im Spiel waren alle Urzeit-Landschaften echt. Es gab keine anderen Besucher, keine Schranken, keine Ein- und Ausgänge und keine Saurierstessen. Das Tal der Donnerechsen war hier tatsächlich ein Tal, in dem Saurier lebten.

Lieselotte setzte sanft auf einer matschigen Wiese auf. Sie spürte den weichen Boden unter ihren Fußsohlen und die feuchte, warme Luft, die ihr entgegenschlug. Aber was sollte sie jetzt machen? Das Mädchen entschied sich schließlich dafür zu gehen. Wenn sie nur dastand, hatte sie keine Möglichkeit, etwas zu entdecken. Immer wieder drehte Lilo den Kopf nach allen Seiten und beobachtete die dichten Baumgruppen, das Buschwerk und die mächtigen Farne. Wieso war es hier so still? So verdächtig und beängstigend still? Wo blieben die anderen Saurier? Nicht einmal ein Flugsaurier war am Himmel zu sehen.

Lieselotte machte erschrocken einen Schritt zurück. Vor ihr ringelte sich eine Schlange. Vielleicht war sie giftig? Sie stieß das Tier mit der Schuhspitze an, aber es bewegte sich nicht. Mutiger geworden, trat Lilo sogar darauf, aber die Schlange blieb starr liegen. Als sich das Mädchen bückte, wurde ihm klar, dass es sich um einen dicken, völlig ausgetrockneten Grashalm handelte. Er war mindestens drei Meter lang und biegsam wie ein Gartenschlauch, der lange in der Sonne gelegen hatte. Das Superhirn hob ihn auf und schwenkte ihn fröhlich durch die Luft. Wieder marschierte das Oberhaupt der Bande ein Stück und noch immer war keines der Urzeitwesen zu sehen. Dafür entdeckte das Mädchen zwei schwarze, glatte, glänzende Steine, die es ebenfalls mitnahm. Obwohl Lieselotte unbehaglich zu Mute war und sie überall Gefahr spürte, wurde sie übermütig. Sie hüpfte und sprang über den seltsam weichen, federnden Boden und genoss das Spiel von Minute zu Minute mehr. Es war ein Hit. Dieses neue Computer-Abenteuer würde die Welt erobern. Vom Wohnzimmer aus konnte man die irrsten Dinge erleben. Wahnsinn!

Das Mädchen hatte das Ende der Wiese erreicht und stand vor einem hohen, kegelförmigen Berg, aus dem dumpfes Dröhnen und Donnern drang. Es schien sich um einen Vulkan zu handeln. Aber auch über Lilos Kopf braute sich etwas zusammen. Schwarze Wolken türmten sich am Horizont und rückten rasch näher. Und das Abenteuerspiel? Wann beginnt das?, fragte sich Lilo. Ein bisschen Donnern und Gewitterstimmung waren doch nicht aufregend. Außerdem, wo blieben die Saurier? Wieso ließen sie sich überhaupt nicht blicken?

Ein eigenartiger Geruch stieg dem Mädchen in die Nase. Es roch nach … nach … konnte es Gas sein? Vor seinen Schuhen erkannte es ein Loch im Boden, und als Lilo den Kopf nach unten neigte, konnte sie sogar ein Zischen wahrnehmen. Hier trat tatsächlich Gas aus dem Boden. Es war also besser zu verschwinden. Aber in welche Richtung sollte sie gehen? Wo konnte sie einen Hinweis auf die ‚goldene Stadt' finden?

Das Mädchen drehte sich einmal im Kreis und ließ die Augen über die Millionen Jahre alte Landschaft gleiten. Hinter ihm raschelte und rasselte es leise. Lilo wirbelte herum und sah nur ungefähr zwanzig Schritte entfernt einen Stegosaurus stehen. Es war einer der Saurier, der wie ein Drache aussah, der lange, breite, harte Platten auf seinem Rücken trug. Mit ihnen konnte er seine Körpertemperatur regeln und außerdem rasseln. Als Saurierfan wusste das Superhirn, dass nicht die Rückenplatten des Stegosaurus gefährlich waren, sondern die drei handlangen Dornen an seiner Schwanzspitze. Unruhig und angriffslustig begann das Tier mit dem Schwanz durch die Luft zu peitschen. Der Saurier schien es auf Lieselotte abgesehen zu haben.

Aber er war nicht der einzige Angreifer. Wie aus dem Nichts tauchten plötzlich zwanzig, dreißig, vielleicht sogar vierzig kleine Saurier auf, die an geschrumpfte Tyrannos erinnerten. Sie wieselten um Lieselottes Beine und begannen sie zu beißen. Das Mädchen spürte genau ihre Zähne an ihren Hosenbeinen. Lilo strampelte und trat nach allen Seiten, aber die kleinen Monster ließen sich nicht abschütteln. Dazu gesellte sich auch noch ein Deinonychus-Saurier, der für seine gebogenen, spitzen Krallen an Vorder- und Hinterbeinen bekannt war. In Lieselottes Saurierbuch hatte über ihn gestanden: Der gefährlichste Raub-Saurier, den es je gab. Er zerriss seine Beute in Sekunden zu kleinen Fetzen, die er gierig verschlang. Hatte es der Deinonychus auf das Mädchen oder den Stegosaurus abgesehen? Lieselotte musste fliehen. Aber wie? Die kleinen zwickenden Ungeheuer ließen ihr keinen Platz. Die anderen beiden Saurier rückten immer näher. Zum Glück spüre ich alles nur ganz leicht. Sonst wäre das der totale Horror!, schoss es Lilo durch den Kopf. Aber so ist es nur ein Spiel!

Nicht nur ein Spiel!

„Hier … hier ist keiner … vielleicht ist Mister Winkler aus dem Fenster gestürzt!“, hauchte Dominik, als er in das leere Büro starrte. Poppi blieb dicht hinter ihm, als die beiden zaghaft den Raum betraten. Sie waren nicht einmal drei Schritte weit gekommen, als die Tür hinter ihnen zugeschleudert wurde und zwei starke Arme sie packten. Hände legten sich über ihren Mund und ihre Nase und pressten ihnen die Luft ab. Wehren war zwecklos, der Angreifer hätte sie einfach erstickt. Die Finger und Arme, die mit bunten Tätowierungen überzogen waren, schienen Bärenkräfte zu haben. Dominik stieß verzweifelte Laute aus und ruderte wild umher. Das Gefühl, nicht atmen zu können, war für ihn ganz schrecklich. Die beiden Knickerbocker wurden mit voller Wucht auf den Boden geschleudert, wo sie auf dem Bauch landeten und sich sofort wie zwei Hunde, die einsahen, dass sie unterlegen waren, auf den Rücken rollten. Abwehrend und sich ergebend streckten sie alle viere von sich.

Über ihnen stand eine Frau. Ihr Gesicht war schneeweiß geschminkt. Die Augen waren mit schwarzen Linien umrahmt und die Lippen kirschrot angemalt. Ihr halblanges, blondes Haar war etwas strubbelig. Sie hatte einen kleinen Bogen auf die beiden Knickerbocker gerichtet und bedeutete ihnen damit, sich nach hinten zu bewegen. Die beiden krabbelten in Richtung Schreibtisch, ließen den Pfeil dabei aber nie aus den Augen. Es war alles so plötzlich gekommen, dass Poppi und Dominik nicht einmal Angst hatten. Sie waren wie hypnotisiert. Der Junge streckte die Hand nach hinten und spürte etwas Weiches, Warmes. Er warf einen flüchtigen Blick darauf und erkannte Mister Winkler. Die Frau hatte ihn niedergeschlagen und hinter eine Bank gezerrt.

Die Frau zog eine dünne Kette aus ihrer Jacke und begann die beiden Juniordetektive damit zu fesseln. Als sie fertig war, schlang sie die Kette auch noch mehrere Male um den bewusstlosen Techniker, sodass die drei nicht mehr auseinander konnten. Als Dominik versuchte seine Hand zu bewegen, spürte er, wie sich das Metall der Kette augenblicklich in die Haut schnitt. Die einzelnen Glieder mussten scharf zugefeilt sein und waren wie kleine Messer. Eine teuflische Art, jemanden zu fesseln, da jeder Ruck einen kleinen, blutigen Schnitt bewirkte. Die blonde Frau hastete aus dem Zimmer. Poppi und Dominik hielten den Atem an. Ging sie oder holte sie etwas oder …? Der weiche Teppichboden schluckte ihre Schritte. Allerdings war ein leises Klappern hörbar. Tasten wurden gedrückt. Danach kurz Stille und wieder eine Tür. Die blonde Japanerin war fort.

Die Knickerbocker warteten noch einige Sekunden, bevor sie sich aus der Kettenfessel zu befreien versuchten. Die Folge waren dünne rote Linien, die sich über ihre Handgelenke zogen. Poppi kam der entsetzliche Gedanke dann als Erste: „Lieselotte … sie ist doch in diesem Gerät … Dominik … vielleicht hat die Frau diesen Schmerzhebel auf 12 gestellt …?“ Ihr Kumpel wusste, dass Poppi Recht hatte. Natürlich, das war das Klappern gewesen. Sie mussten hinaus. Hatte Craig

Winkler nicht vorher erklärt, dass die höchste Stufe auch tödlich enden könnte? Welcher Wahnsinnige baute überhaupt so ein Spielgerät?

Egal, das war jetzt nicht wichtig. Poppi trat den Techniker mit den Füßen gegen das Schienbein und in den Bauch. Sie schaffte es, ihren Kopf neben seinen zu bringen, und pustete ihm ins Gesicht. „Aufwachen … he, aufwachen … Mister Winkler, bitte!“, flehte das Mädchen. Aber der Techniker bewegte sich nicht.

Lieselotte spürte sofort, dass sich etwas verändert hatte. Mit einem Schlag war das Knabbern der kleinen Reißzahnsaurier zu einem heftigen Beißen geworden. Wie Stecknadeln bohrten sich die Zähne der Tiere in ihre Haut. Außerdem war die Luft noch heißer und stickiger geworden. Aus der Richtung des Deinonychus wehte ihr der Geruch von faulem Fleisch entgegen. Er musste aus den verdreckten Krallen und dem blutverschmierten Maul des Monsters kommen. Der Stegosaurus spürte die Gefahr hinter sich. Der Deinonychus – sein Name bedeutet übersetzt so viel wie „Scharfe Kralle“ – schien es auf ihn abgesehen zu haben. Deshalb drehte sich der Stegosaurus mit unbeholfenen Schritten um und fauchte den Feind an. Er schlug mit dem Schwanz heftig nach allen Seiten und dabei streifte eine der drei messerspitzen Dornen Lieselottes Hosenbein. Das Mädchen spürte, wie der Stoff sofort durchgeschnitten wurde und herunterhing. Jeder weitere Kontakt mit den Dornen konnte für sie blutig und mit einer tiefen Wunde enden.

Da … da ist irgendetwas mit dem Gerät passiert!, zuckte Lilo der Schreckensgedanke durch den Kopf. Sie brüllte, so laut sie konnte: „KA-IN-TA!“ Im nächsten Moment stürzte von rechts ein straußenähnlicher Saurier auf das Superhirn zu und riss es zu Boden. Mit großen Schritten eilte er weiter. Er wollte nicht angreifen, er hatte das Mädchen einfach übersehen. Lilo landete inmitten der schnappenden und beißenden kleinen Monster, die sich sofort hungrig auf ihre Arme stürzten. „Blut … ich blute!“, schrie sie entsetzt. Sie rappelte sich auf und wollte fliehen, aber an ihren Beinen hingen so viele Saurier, dass sie kaum vom Fleck kam.

Der Deinonychus hatte es sich jetzt auch anders überlegt und schien Appetit auf das Oberhaupt der Knickerbocker-Bande zu entwickeln. „KA-IN-TA!“, schrie Lieselotte. Und immer wieder „KA-IN-TA! KA-IN-TA! KA-IN-TA!“ Aber nichts geschah. Der Spielcomputer stellte sich nicht ab. Lilo war den Raubtieren hilflos ausgesetzt. Obwohl alles nur ein Spiel und nicht wirklich war, konnte sie nicht fliehen. Sie versuchte ihre Arme und Beine aus den Halterungen zu reißen, aber es war unmöglich. Dicke Riemen ließen das nicht zu. Ganz im Gegenteil. Lieselotte geriet durch das Zerren in noch größere Bedrängnis, da sie nämlich stolperte und direkt auf den Deinonychus zustürzte. Dieser hob sofort die schwarzen Krallen, die die Größe von Sicheln hatten, mit denen früher einmal das Gras geschnitten worden war. Auch die Krallen an seinen Laufbeinen stellten sich auf, bereit, das Mädchen in Stücke zu reißen.

Es schien unmöglich aus dem Spiel zu fliehen. Der Computer würde alle Schrecken am Körper von Lilo verursachen, die sie auf den Bildschirmen in der riesigen Brille vor ihren Augen erlebte. Es war mehr als der totale Horror. Es war Wahnsinn! Die Bande hatte schon viele Gefahren zu bestehen gehabt, doch jedes Mal hatte es einen Ausweg gegeben. Dieses Mal war es anders. Aber wieso bemerkten ihre Kumpel nichts davon?

Dominik und Poppi lagen mit verdrehten Armen und Beinen hilflos auf dem Teppichboden hinter dem Sofa im Büro von Craig Winkler. Der Techniker war noch immer nicht zu Bewusstsein gekommen. Er atmete wenigstens, aber der Schlag der blonden Japanerin schien sehr stark gewesen zu sein. Beim Versuch, den Messerketten-Fesseln zu entkommen, hatten sich die beiden Knickerbocker so verrenkt, dass sie es nicht mehr schafften, in eine nur halbwegs bequeme Lage zurückzukommen. Von draußen drang ein schriller Pfeifton an ihre Ohren. Er dauerte jeweils fünf Sekunden, dann folgte eine Sekunde Pause, bevor das Pfeifen weiterging. Dominik zählte im Kopf mit. Es hatte bereits 40-mal gepfiffen, als die Töne kürzer wurden. Jetzt dauerten sie nur noch vier Sekunden. Nach weiteren 40 Pfiffen verkürzten sie sich auf drei Sekunden.

Craig Winkler bewegte den Kopf und schlug die Augen auf. „Mister Winkler … Lieselotte ist in dem Wahnsinnsding und es pfeift. Die blonde Japanerin hat es bestimmt auf Stufe 12 gestellt!“, schrie Poppi.

Der Techniker benötigte einige Augenblicke, bis er völlig zu sich gekommen war. Die Pfeiftöne beförderten ihn aber sehr schnell in die Wirklichkeit. Er wollte sich aufrichten, doch die Kette ließ es nicht zu. „Vorsicht … die Fesseln verletzen uns bei jeder Bewegung!“ Mister Winkler schnappte nach Luft und stieß mühsam hervor: „Wir … das ist … der Alarm. Das Mädchen im Computer … höchste Gefahr … es kann umkommen … letzte Möglichkeit abzudrehen!“

„Aber wie kommen wir zu dem Höllending?“, brüllte Dominik außer sich. „Wie? Wir sitzen fest!“

Rettungsversuche

Der Techniker spannte alle Muskeln an und hob den Oberkörper. „Dieses Biest … dieses miese Stück!“, fluchte er vor sich hin. Poppi und Dominik fragten nicht nach, wen er damit meinte. Mister Winkler warf einen Blick auf die Schreibtischplatte und keuchte: „Ich habe es gewusst … eine Zange! Die brauchen wir jetzt!“

„Aber wie kriegen wir sie?“, wimmerte Dominik, der durch die Bewegungen des Mannes ziemliche Schmerzen erdulden musste.

„Wir … werden versuchen aufzustehen. Ganz langsam, aber wir stehen auf!“

Auch wenn der Gedanke an das Einschneiden der scharfen Kettenglieder Poppi und Dominik bereits Qualen bereitete, waren sie fest entschlossen, es zu versuchen. Von draußen kamen nämlich immer kürzere Pfeiftöne. Sie waren nur noch zwei Sekunden lang und in der Tonhöhe noch schärfer und durchdringender geworden. Sie klangen wie ein Hilfeschrei in allerletzter Not.

„Hoffentlich … befindet sich das Mädchen nicht in Stufe 1 … dem Angriff der Saurier … wenn es den Trick nicht durchschaut, ist es verloren … falls wir es nicht schaffen!“, stieß Mister Winkler hervor.

Der Japaner gab den Knickerbockern mit dem Kopf ein Zeichen, sich zu erheben. Es war ein schwieriges Unternehmen, bei dem die drei Menschen zuerst ihre Arme und Beine entflechten mussten, bevor sie überhaupt nur einige Zentimeter in die Höhe kamen. Die

Zange war noch weit entfernt. Obwohl es sich höchstens um zwei Meter handelte, erschienen sie den dreien wie Kilometer.

Lieselotte brüllte und schrie, aber nichts davon drang durch die schalldichten Wände der Spielkabine. Die Hebel und Stangen, in die sie eingespannt war, waren schlimmer als der ärgste Folterstuhl. Noch dazu verschlechterte das Mädchen mit jeder falschen Bewegung seine Situation. Die Geschichte, in der es sich befand, wurde bedrohlicher und gefährlicher. Die Schmerzen immer stärker.

Der Deinonychus stieß gurgelnde, krächzende Laute aus und rülpste. Seine violette Zunge schoss mehrere Male aus dem Maul und schnalzte. Gierig fuhr er mit den Krallen durch die Luft. Mit behäbigen Schritten setzte er sich in Richtung Lieselotte in Bewegung. Mittlerweile hatten sich so viele der kleinen Beißer an ihren Beinen festgezwickt, dass es dem Mädchen unmöglich war, sich von der Stelle zu bewegen. „Schleich dich! Hau ab! Verzieh dich! Blödes Trampeltier!“, schrie und keuchte Lilo, aber die Saurier erschreckte das in keiner Weise.

„Behalte einen kühlen Kopf! Lass nicht locker! Lass nicht locker! Es gibt vielleicht einen Weg. Es gibt ihn, du musst ihn nur finden. Wo ist er?“, hämmerte sich das Superhirn in seine Grübelwindungen. Als es wieder einen der kleinen Reißzahnsaurier abwehrte, der versuchte an ihrer Hose hinaufzuklettern, spürte Lieselotte die Steine in der Tasche. Sie holte sie heraus und hatte eine Idee: „Feuersteine … das sind Feuersteine … und der lange, dürre Halm … der brennt, wenn es mir gelingt, mit den Steinen Feuer zu machen und ihn in Brand zu setzen. Das ist bestimmt so eine Art Prüfung in diesem Spiel … Feuer könnte die Tiere verscheuchen!“ Das Mädchen klemmte den graubraunen, dürren Halm unter den Arm, sodass ein Ende sich ungefähr in Bauchhöhe befand. Die schwarzen Steine schlug es knapp darüber gegeneinander. Es war zu hell um zu sehen, ob Funken sprühten oder nicht, aber Lieselotte ließ nicht locker. Immer mehr und mehr und schneller und schneller schlug sie die Steine aufeinander. „Bitte … bitte, fang zu brennen an!“, flehte sie innerlich. Groß war ihre Hoffnung nicht! Als es mit den Feuersteinen nicht klappte, brach das Mädchen den Halm in zwei Hälften und begann, die beiden Teile heftig aneinander zu reiben. Durch die Reibung entstand Hitze und vielleicht … vielleicht schaffte sie es. Viel Zeit blieb nicht mehr. „Scharfe Kralle“ wankte geradewegs auf sie zu.

Rauch!!! Rauch!!! Eine winzige, dünne Rauchfahne stieg auf. Der Halm hatte sich entzündet. Das Mädchen pustete aus Leibeskräften darauf und hatte die winzige Flamme damit sofort wieder ausgelöscht. Also alles nochmal von vorn. Reiben, reiben, reiben … wieder Rauch! Diesmal blies Lilo vorsichtig. Eine kleine Flamme, zuerst nur blau, dann auch gelb und rot, züngelte in die Höhe. Der Halm fing Feuer und bald brannte ein unterarmgroßes Stück. Das Mädchen fuchtelte damit durch die Luft und schlug nach den kleinen Sauriern an seinen Beinen. Die Tiere ließen sich davon beeindrucken und einige flüchteten. Der Deinonychus hingegen schien die Flamme nicht einmal zu sehen. Sie breitete sich schnell über den ganzen Halm aus und die Hitze wurde für Lieselotte zu groß. Sie konnte die Fackel nicht mehr halten und schleuderte sie weg.

Jetzt war sie völlig hilflos dem blutgierigen Monster ausgeliefert!

Im Büro hatten es Poppi, Dominik und Mister Winkler geschafft. Sie befanden sich in der Höhe der Tischplatte und der Techniker bog seinen Oberkörper so weit wie möglich in Richtung Zange. Die beiden Knickerbocker pressten sich eng gegen ihn und folgten jeder seiner Bewegungen, um weitere Schnitte zu vermeiden. Der Mann streckte die gefesselten Hände aus und Poppi schrie. „Zähne zusammenbeißen!“, riet ihr der Techniker, machte einen letzten Ruck und hatte die Zange in den Fingern. Die Freude und Erleichterung war so groß, dass sich die drei viel zu schnell und ruckartig zurücksinken ließen, um aus der anstrengenden, verdrehten Lage zu kommen. Das hätten sie aber lieber nicht tun sollen. Diese Aktion bewirkte bei allen dreien ein neuerliches Zuziehen der Messerkette und einen stechenden Schmerz! „Huuuaaa!“, brüllte Craig Winkler und war den Bruchteil einer Sekunde nicht achtsam. Seine Finger lockerten den Griff, und die Zange fiel zu Boden. Sie landete weit weg, an einer Stelle, die die drei Gefangenen nie erreichen konnten.

Vom Gang her kamen kurze Pfiffe. Mittlerweile dauerten sie nur noch eine Sekunde!

Lieselotte war es bisher gelungen, noch irgendwie einen klaren Gedanken zu fassen. Das war jetzt aber vorbei. Sie schlug wild um sich, trat nach allen Seiten, versuchte die bissigen Saurier, die sich wieder auf sie stürzten, zu beseitigen, und merkte genau, wie erfolglos sie dabei war. Der Deinonychus würde sie mit seinen Krallen töten. „Nein!“, brüllte Lilo, als sie den riesigen Kopf und die säbelartigen Krallen auf sich zukommen sah. „Nein!!!“

Was dann geschah, war wie ein Wunder! Aus dem Boden, nur drei oder vier Meter von Lieselotte entfernt, schoss ein Feuerstrahl. Er raste viele Meter in die Höhe und traf den Deinonychus an der Brust, auf dem Kopf und an den Beinen. Das Urzeitwesen brüllte vor Schmerz und drehte ab. Auch der Stegosaurus suchte mit tollpatschigen Schritten eilig das Weite. Zu ihrer Erleichterung bemerkte Lilo, dass die kleinen Beißsaurier auch auseinander gestoben waren. Nur noch Staubwolken, die sich immer mehr entfernten, erinnerten an die Angreifer.

Das Superhirn blickte auf den Boden, wo noch immer der verkohlte Halm lag. Er war die Rettung gewesen. Die Glut hatte das Gas, das aus dem Bodenloch strömte, entzündet und die Feuersäule verursacht. Lieselotte spürte noch immer die Verletzungen, die ihr die Saurier zugefügt hatten, aber sie schienen nicht allzu schlimm zu sein. Doch wie kam sie aus diesem Spiel wieder heraus? Wo blieben Poppi und Dominik? Be-

CHOOOM

merkten sie nichts? Oder hatten sie sich vielleicht sogar einen Scherz erlaubt und selbst den Regler in die Höhe gedreht?

Das Mädchen bemerkte, dass es sich setzen konnte. Es ließ sich auf einem Stein in der Saurierlandschaft nieder und atmete tief durch.

Drei Stunden vergingen.

Poppi, Dominik und Mister Winkler hatten gehört, dass der Alarm beendet war, aber sie wussten nicht, ob das Lieselottes Ende oder Rettung bedeutete.

Es war kurz nach sechs Uhr, als die Gangtür geöffnet wurde. Kam die blonde Japanerin zurück, um zu sehen, ob sich alles erledigt hatte?

„Shotoku! Axel!“, keuchte Dominik, als er die beiden Jungen in der Tür erkannte. Sofort legte sein Kumpel den Finger auf die Lippen und bedeutete ihm still zu sein. Die Feinde mussten nicht wissen, wo sie sich befanden. Sie hatten kein Wort darüber verloren und die Fahrt schweigend verbracht. Hastig befreiten sie die drei von den Folterfesseln. Mister Winkler erhob sich ächzend und stürzte zu der Spielkabine. Er riss die Tür auf und atmete erleichtert auf. Lieselotte hockte auf einem der Podeste, das automatisch aus der Kabinenwand gefahren kam, wenn der Spieler sich setzen wollte. Er nahm ihr die Brille und die Kopfhörer ab und befreite sie aus der Maschinerie. „Du musst Grauenhaftes erlebt haben!“, meinte er. Das Superhirn nickte heftig, sagte aber ebenfalls kein Wort. Der Techniker verstand nicht, was in die fünf gefahren war. Aus einer Tasche holte Shotoku das Schreibgerät und stellte es im Büro von Craig Winkler auf. Mit wenigen Stichworten beschrieben die Knickerbocker-Freunde einander, was sich alles getan hatte. Für großen Jubel über die Rettung und große Erleichterung blieb keine Zeit.

„Shotoku, du musst das Spiel spielen. Denn nur du kommst bis zum Ende!", schrieb Lieselotte.

Der kleine Japaner nickte. „Aber die Feinde werden hören, was ich tue, und uns verfolgen!", kritzelte er.

Lieselotte verstand. „Ich bin nach wie vor sicher, dass sich diese Abhörgeräte in euren Zähnen befinden müssen. Habt ihr Plomben, Axel und Shotoku?" Beide Jungen bestätigten diesen Verdacht. „In eine wurde das Ding eingesetzt. Ihr müsst zum Zahnarzt, und dann kommen wir hierher zurück. Mister Winkler, werden Sie auf uns warten und uns helfen?"

Der Techniker versprach es. Er war noch immer entsetzt darüber, dass jemand den Spielschmerzregler auf die tödliche Stufe 12 gestellt und den Notalarm abgedreht hatte.

Shotoku wusste, zu welchem Zahnarzt sie gehen mussten. Es war sein Zahnarzt, der ihn immer betreute und auch an diesem Abend für ihn zur Verfügung stand. Mister Winkler hatte den Jungen und seinen Freund per Telefon angekündigt. Axel und Shotoku hatten sich, während der Techniker telefonierte, weit weg von ihm gestellt, damit die lauschenden Feinde nichts mitbekamen.

Dr. Yamamoto war ein kleiner, zierlicher Mann, der eine Praxis in einem der typischen alten japanischen Häuser besaß. Er schien überhaupt ein großer Kunstsammler zu sein, denn sogar in seinem Wartezimmer standen Löwen und Drachen, aus Holz geschnitzt und in knalligem Rot bemalt. Zum Glück sprach er ein we-

nig Deutsch, sodass Lieselotte allein mit ihm reden und ihm die Lage schildern konnte. Der Mann lachte. Seine Erziehung schien es ihm zu verbieten, Lilo als Spinnerin zu bezeichnen. Er ließ die beiden Jungen auf dem Zahnarztstuhl Platz nehmen und betrachtete prüfend die Zähne. Dabei schüttelte er immer wieder den Kopf und gab dem Superhirn ein Zeichen, dass er nichts entdecken konnte. Lieselottes Verdacht schien also völlig falsch zu sein. Sie schickte Axel und Shotoku wieder hinaus und fragte ungläubig: „An den Zähnen der beiden ist bestimmt nichts gemacht worden? Sind Sie da sicher? Wollen Sie nicht noch eine Röntgenaufnahme machen?“ Der Zahnarzt lächelte höflich: „Kleines Fräulein, ich denke, du siehst zu viele Zeichentrickfilme. So etwas gibt es nur dort.“

Die Tür zum Wartezimmer wurde aufgerissen und Axel gab seiner Freundin ein Zeichen hinauszukommen. Lilo folgte ihm und der Knickerbocker führte sie zu einem großen Foto, das, fein säuberlich gerahmt, an der Wand hing. Er deutete darauf. Dr. Yamamoto war nachgekommen und nickte stolz. „Das ist einer meiner größten Schätze. Ein Himmelswächter. Es handelt sich um eine Figur, die viele Meter hoch ist. Ich besitze sogar zwei davon. Sie standen früher im Kaiserpalast. Sie sind die Beschützer vor allem Übel und haben sogar einen Trick eingebaut. Aber den verrate ich nicht!“ Axel schnappte einen Zettel und einen Kugelschreiber und kritzelte: „Lieselotte, die Figuren standen in dem Garten, in dem ich vor der Japanerin und dem anderen Mann geflüchtet bin!“

Eine Gefahr gebannt!

„Wo befinden sich diese Figuren?“, erkundigte sich Lieselotte ganz arglos bei dem Zahnarzt. Dr. Yamamoto begann zu schwärmen. „In meiner Klinik, die drei Stunden von hier entfernt liegt. Sie ‚bewachen‘ das Portal! Wieso willst du das wissen?“

Das Superhirn kannte kein Pardon mehr. Es schubste den Mann zurück in den Behandlungsraum und schloss die Tür. „Kleines Fräulein, was erlaubst du dir?“, protestierte der Japaner. „Ich bin kein kleines Fräulein!“, schnauzte ihn Lieselotte an. „Und ich werde auf der Stelle die Kriminalpolizei rufen, damit sie Axel und Shotoku untersucht. Bestimmt werden sie in ihren Zähnen die Sender finden, die SIE ihnen eingebaut haben!“

Blass war der Zahnarzt schon die ganze Zeit gewesen. Nun wich auch noch das Blut aus seinen Lippen. Er taumelte nach hinten und sank auf den eigenen Behandlungsstuhl. „Wieso ... woher ... woher weißt du ... dass ICH ...?“, stammelte er.

„Weil Axel die beiden Figuren wieder erkannt hat. Er ist doch aus der Betäubung aufgewacht und hat versucht zu flüchten. Dabei ist er aber nicht weit gekommen. Der ‚Trick‘ Ihrer Figuren ist ein Giftpfeil, den sie auf unerwünschte Gäste abfeuern, stimmt's?“

Dr. Yamamoto gab es sofort zu.

„Wer sind die beiden Leute gewesen, die Sie beauftragt haben?“, forschte das Oberhaupt der Bande weiter.

Der Zahnarzt konnte nur ungefähre Angaben machen. „Es muss sich um ungeheuer reiche Leute handeln, die mir ihre wahren Gesichter nie gezeigt haben. Sie sprachen mit mir nur englisch, nie japanisch, obwohl es sich um Japaner gehandelt hat. Sie haben mir für den Eingriff so viel Geld gegeben, wie ich in zehn Jahren nicht verdiene. Ich wollte es unbedingt haben, um mir weitere Kunstschätze zu kaufen. Ich … ich bin wie süchtig darauf!“

„Und was haben Sie Axel und Shotoku genau eingesetzt?“, wollte Lilo erfahren.

Der Zahnarzt senkte den Kopf. „Nicht alles, was meine Auftraggeber verlangt haben. Weil ich es nicht mit meinem Gewissen vereinbaren konnte. Sie haben mir einen Mikrosender gebracht, den ich beiden Jungen in zwei plombierte Backenzähne montiert habe. Aber da war noch etwas … etwas … ich habe nur so getan, als hätte ich es eingepflanzt!“

Lieselotte wollte es genau wissen. „Was war das?“

Dr. Yamamoto holte tief Luft. „Ein Gerät, das es ermöglicht, elektrische Impulse an das Gehirn abzugeben. Dazu wird mit einer dünnen Sonde ein Draht durch den Kieferknochen gezogen. Ich habe zum Schein Computer-Röntgenbilder der beiden Jungen gemacht und so getan, als würde ich alles nach Wunsch ausführen.“

Das Mädchen verstand noch nicht ganz. „Was bedeutet das? Wozu wären diese Geräte gut?“

Der Arzt senkte den Blick. „Obwohl die Maschinen nicht einmal die Größe eines halben Stecknadelkopfes haben, können sie Menschen zu völlig irrsinnigen Aktionen und sogar in den Wahnsinn treiben. Im schlimmsten Fall ist es möglich, jemanden damit … zu töten!“ Lilo stockte fast der Atem, als sie das hörte. „Ich … ich konnte es nicht tun und lebe seither in der Furcht, dass meine Auftraggeber meine Täuschung entdecken.“

„Los, holen Sie die Sender aus den Zähnen von Axel und Shotoku … wir haben jetzt nicht mehr viel Zeit! Halten Sie die Daumen, dann werden Ihre Auftraggeber nie die Möglichkeit haben, sich bei Ihnen zu beschweren, weil sie bald hinter Gittern sitzen.“

Der Zahnarzt lächelte schwach und Lilo holte ihren Knickerbocker-Kumpel und den japanischen Jungen herein. Eine Stunde später hatten beide ein dumpfes Gefühl von der Betäubungsspritze in der Backe. Dafür aber konnten sie endlich ungestört miteinander reden.

Das Superhirn Lieselotte trat voll in Aktion. „Shotoku, eines steht fest: Diese ‚goldene Stadt‘ hat etwas mit dem Tal der Donnerechsen zu tun. Davon bin ich hundertprozentig überzeugt. Aus diesem Grund musst du unbedingt noch heute das Spiel versuchen und es schaffen, bis zum Ende zu gelangen. Dort hat dein Großvater für dich den entscheidenden Hinweis versteckt. Wir brauchen ihn, um dann in dem Saurievergnügungspark nach dem zu suchen, was er dort vielleicht versteckt hat. Es könnte natürlich auch etwas ganz anderes sein, aber ich glaube es nicht. Ich habe irgendwie das Gefühl, dass Großvater Nintao den Park aus dem Grund errichtet hat, um etwas vor anderen dort zu verbergen.“

Shotoku grinste: „Ich werde das Spiel schaffen. Großvater hat gewusst, dass mich keiner schlagen kann. Ich werde seine letzte Botschaft an mich finden. Das bin ich ihm schuldig.“

„Wir müssen gleich morgen früh ins Tal der Donnerechsen und an Ort und Stelle ermitteln ... falls sich mein Verdacht im Spiel bestätigt. Und die Zeit drängt. Die Verfolger werden nicht schlafen. Ich fürchte, sie bleiben uns auch ohne Abhörgerät auf den Fersen. Aber wir müssen schneller sein."

Es war bereits neun Uhr, als die Knickerbocker-Bande und Shotoku hungrig in der Computerspiele-Firma eintrafen. Sie eilten durch die große Halle, wo sich der Nachtwächter tief vor seinem jungen Chef verneigte. Wieder fiel Lieselottes Blick auf das Ölgemälde des Großvaters und abermals kam ihr der Verdacht, der Maler habe sich geirrt. Aber den genauen Grund konnte sie einfach nicht herausfinden.

Unter der Anleitung von Mister Winkler begab sich Shotoku in die Spielkabine. Die vier Knickerbocker-Freunde beschlossen zurück in das Apartment zu fahren, wo Onkel Yoritomo bestimmt schon auf sie wartete.

„He, was hast du eigentlich mit deinem Leibwächter gemacht?", wollte Lilo wissen.

Shotoku grinste. „Mit Axels Hilfe und dank eurer Knickerbocker-Tricks abgehängt. Bestimmt grast er schon halb Tokio nach mir ab!"

Lieselotte fand das nur kurz lustig: „Und bestimmt wäre es besser, wenn er hier aufpassen würde. Kannst du ihm trauen? Meinst du, er ist sauber, oder könnte er mit den Gaunern unter einer Decke stecken?"

Der Junge überlegte. „Er ist seit fünfundzwanzig Jahren in den Diensten unserer Familie. Ich kann mir nicht denken, dass sich jemand so lange verstellen kann."

„Kannst du ihn irgendwie verständigen, dass du dich hier befindest?“, fragte das Mädchen.

Shotoku nickte und griff zum Telefon. Er drückte vier Tasten, dann drei, dann fünf und zum Abschluss noch einmal zwei. „Jetzt meldet ihm sein Standortgerät, wo ich mich befinde. Er wird in Kürze hier eintreffen!“

Die Knickerbocker-Bande verabschiedete sich von Shotoku und wünschte ihm viel Glück. Sie waren auf das Ergebnis seines Spieles gespannt, wussten aber, dass sie ihm hier nicht helfen konnten. Ganz im Gegenteil. Es war besser, sich zu verteilen und auf diese Weise die Verfolger zu verwirren.

Beim Hinausgehen aus dem Firmenhochhaus zeigte Lilo Dominik das Bild und erklärte ihm ihren Verdacht. Der Junge nickte, hatte aber im Moment auch keine Antwort bereit.

Es passt etwas nicht zusammen!

Im Apartment wurde die Bande bereits ungeduldig von Shotokus Onkel erwartet. Er wollte auf der Stelle erfahren, wo sein Neffe geblieben war und was die blutverkrusteten Wunden der Knickerbocker zu bedeuten hatten.

„Zu wild getobt im Bad!“, schwindelte Lieselotte. „Viel zu wild!“

Herr Yoritomo schimpfte über die schlechten Manieren der vier Freunde und dass sie für seinen Neffen kein guter Umgang wären. Axel, Lilo, Poppi und Dominik senkten schuldbewusst den Kopf.

„Und wo steckt Shotoku jetzt?“, wollte der Japaner wissen.

Die vier zuckten mit den Schultern. „Er hat uns nicht gesagt, wohin er noch wollte!“

Das verschmitzte Lächeln war aus dem Gesicht des Mannes verschwunden. Er schien unruhig, was kein Wunder war. Schließlich war er für Shotoku verantwortlich. „Der Bengel kann etwas erleben. Er soll nicht glauben, dass er sich in seinem Alter schon als Boss aufspielen darf! Das hat noch Zeit!“, brummte Yoritomo. Er trug an diesem Tag einen seidenen Mantel mit weiten Ärmeln, der fast bis zum Boden reichte. Verzweifelt rang er die Hände, streckte sie in Richtung Himmel und jammerte: „Wieso muss ich so gestraft werden?“ Dabei rutschten die Mantelärmel zurück und gaben den Blick auf seine Arme frei.

Axel machte einen Schritt zurück. „W… w… was ist

das?“, fragte er mit bebender Stimme. Er deutete auf die bunten Tätowierungen, die die Haut des Mannes bedeckten. Es schien kaum ein Fleck auf seinen Unterarmen und den Oberarmen frei zu sein.

„Ich trage ein Kunstwerk auf mir!“, erklärte der Onkel stolz. Er öffnete den Mantel, unter dem er eine seidene Hose trug, und präsentierte stolz seinen Oberkörper, auf dem ein eintätowierter Karpfen prangte. Rund um ihn strahlten Blumen, Blüten, Blätter und Ornamente. „Es hat fast ein Jahr gedauert, bis diese Tätowierung fertig war. Einer der berühmtesten Künstler des Landes hat sie mir verpasst.“

Dominik hatte in einem seiner zahlreichen Japanbücher etwas gelesen. „Diese Tätowierungen waren doch eine Art Erkennungszeichen von Verbrecherbanden, nicht wahr?“

Zur großen Überraschung der vier Juniordetektive gab der Japaner das zu. „Auch ich habe einer angehört, als ich noch sehr jung war. Ich wollte mich damals gegen meinen Vater, den verehrten und angesehenen Masujiru Nintao, durchsetzen. Ihm beweisen, dass auch in mir etwas steckte. Wenn es auch der falsche Weg war, was ich bald erkannt habe.“

Axel wollte mehr wissen. „Das heißt, es gibt viele Leute mit diesen Tätowierungen?“

Der Onkel bejahte. „Tausende! Allein die Organisation, der ich angehörte, hatte 2700 Mitglieder. Alle waren am ganzen Körper tätowiert!“

Das war es nicht, was Axel hören wollte. Er nahm seine Baseballkappe vom Kopf und knetete sie. Dabei hatte er geglaubt, die blonde Japanerin entlarvt zu haben. Schließlich besaß auch sie tätowierte Unterarme.

Aber eigentlich war der Gedanke dumm von ihm gewesen. Sie war eine Frau und vor ihm stand ein Mann. Im Augenblick und nach all den Schrecken, die sie überstanden hatten, war er jedenfalls wild darauf, den wahren Täter zu entlarven. Es musste ein eiskalter Killer sein, wenn er vorgehabt hatte, Shotoku und ihn zu töten. So ein Mensch durfte unter keinen Umständen frei herumlaufen.

An diesem Abend hatte der Koch eine köstliche Mahlzeit vorbereitet, die hauptsächlich aus frischen Früchten bestand. Keiner der vier Freunde hatte vorher geahnt, was man alles aus Obst machen konnte. Sogar würzige und salzige Gerichte gab es da.

Anschließend an die Mahlzeit legte sich Lilo in dem großen Wohnraum auf ein Polstermöbel, das die Form einer Muschel hatte. Sie blickte durch die riesige Glasscheibe auf das Lichtermeer der Stadt und knetete ihre Nasenspitze. Irgendwie war ihr der ganze Fall plötzlich zu einfach und zu durchsichtig. Großvater Masujiru hat ein Geheimnis, das er nur seinem Enkel und Haupterben mitteilen wollte. Dafür benutzt er das Computerspiel. Was die „goldene Stadt" sein kann, weiß allerdings sogar der Techniker in der Firma. Falls seine Erklärungen stimmten, dann erwartete Shotoku tatsächlich ein Schatz. Sowohl die Unterwasser-Stadt als auch das Vorkommen des Mikrochip-Rohmaterials wären unglaubliche Funde. Aber wozu die Geheimnistuerei? Was gab es zu verbergen? Wem nützte es, die „goldene Stadt" zu finden? Befand sie sich tatsächlich im Tal der Donnerechsen, dann gehörte sie ohnehin Shotoku und keinem anderen.

Daraus folgerte das Superhirn: Hinter dem Decknamen „goldene Stadt“ versteckte sich etwas ganz anderes. Wieso war ihr das nicht früher eingefallen! Warum hatte sie sich so lange blenden lassen? Es gab so viele Fragen, aber so wenige Antworten!

Axel ließ sich neben Lilo nieder und erzählte ihr leise von dem Verdacht, der ihm vorhin gekommen war. Zu seiner Überraschung fand ihn das Mädchen gar nicht weit hergeholt. „Das Einzige, was mich stört, ist die blonde Perücke. Aber unter dem weiß geschminkten Gesicht der Frau kann sich ohne weiteres ein Mann verbergen. Dominik hat mir irgendetwas von einem Theater in Japan erzählt, in dem immer ältere Männer die Frauenrollen spielen!“ Sie rief nach ihrem Kumpel, der ihnen genaue Auskunft geben konnte.

„Das stimmt. Die Theaterform heißt Kaibuki. In den Stücken werden wilde Schauergeschichten von großen Helden, Herz-Schmerz-Liebes-Abenteuern und grimmigen Kämpfen erzählt. Manchmal glaubst du, auf der Bühne ein junges Mädchen zu sehen, dabei ist es in Wirklichkeit ein 60-jähriger Mann. Die weiße Schminke, die schwarzen Augenlinien, der rote Lippenstift und seine perfekten Bewegungen täuschen darüber hinweg.“

Das Superhirn starrte in die Luft und überlegte: „Eigentlich ist Onkel Yoritomo Hauptverdächtiger Nummer eins. Es geht um etwas sehr Wertvolles. Er hat nur wenig geerbt und möchte sich auf diese Art noch etwas holen. Wahrscheinlich weiß er auch, was die ‚goldene Stadt‘ bedeutet. Er hat Tätowierungen wie die blonde Japanerin auch. Dass er schon einmal selbst auf die schiefe Bahn geraten ist, hat nichts damit zu tun. Jeder Mensch kann sich bessern." Lieselotte staunte. Die Lösung des Falles schien so nahe. Auf jeden Fall wollte sie für einen Notfall gerüstet sein. „Sagt, gibt es hier irgendetwas, das man nicht abwaschen kann … von der Haut … für ein paar Tage?", fragte sie ihre Kumpel.

Axel lief in Shotokus Zimmer und suchte. Er hatte auch Glück. Shotoku war an manchen Tagen ein ganz normaler Junge, der zum Beispiel Modellflugzeuge baute und bemalte. Aus eigener Erfahrung wusste Axel, dass dieser Lack von der Haut nur sehr schwer zu entfernen war. Es dauerte oft zwei bis drei Wochen, bis die Flecken verschwanden.

Lieselotte lobte ihren Kumpel und bat Dominik, bei einem kleinen Täuschungsmanöver mitzuspielen. Die beiden waren jetzt ausgelassene, dumme Kinder, die durch das Wohnzimmer tobten. Dabei versuchte Lieselotte, ihren Kumpel mit Modellbaulack zu bemalen. Dominik kreischte so laut, dass Shotokus Onkel in den Raum gestürzt kam. Er lief auf Lieselotte zu und versuchte ihr den kleinen Lacktiegel zu entreißen. Genau darauf hatte das Superhirn gehofft. Es kippte das Gefäß und der Lack ergoss sich über die Hand des Japaners. Onkel Yoritomo fluchte und schimpfte. Weniger über die Farbe auf seiner Hand, als über die Flecken auf dem Boden. Er schickte die Knickerbocker sofort ins Bett und kündigte an, sie bereits am nächsten Morgen in das Tal der Donnerechsen zurückfliegen zu lassen. Sie sollten ihre Sachen holen und dann nach Europa zurückfliegen.

Das werden wir machen!, dachte Lilo. Aber zuerst gibt es noch etwas Wichtiges zu tun! Erst jetzt kam dem Mädchen etwas zu Bewusstsein. Es ging nach wie vor um ein Leben. Das Leben von Shotoku. Nur weil das Mörderding aus seinem Zahn entfernt war, war er noch nicht in Sicherheit …

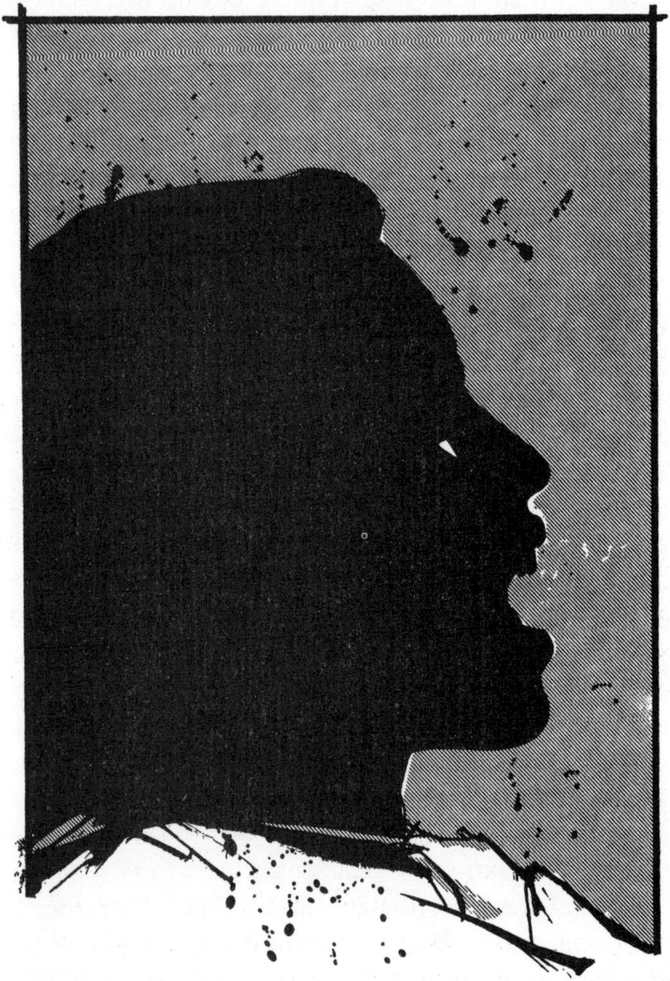

Die Tür im Vulkan

„Axel … Axel, wach auf … Ich weiß es jetzt! Ich habe es herausgefunden." Der Knickerbocker brauchte lange, bis er es schaffte, die Augen zu öffnen. Er lag auf dem Bauch im Bett und drehte sich langsam herum. Über sich erblickte er das verschwitzte Gesicht von Shotoku. Die Brille des Spiels hatte einen deutlichen Abdruck hinterlassen. „Ich kenne jetzt die ‚goldene Stadt'!"

Axel wurde munter. „Was? Wirklich? Das müssen wir auch den anderen sagen!" Schnell wurde Dominik geweckt, und Axel holte die Mädchen aus ihrem Zimmer.

„Ich habe das Spiel bis zum Ende gespielt. Es war schwierig und ich musste immer wieder von vorn beginnen, aber in fast all diesen Spielen gibt es Abkürzungen, und so eine habe ich entdeckt. Mit ihr bin ich im 45. Anlauf bis zum Ende gelangt. Es ist dort, wo das Abenteuer beginnt. Im Vulkan!!! Am Fuße des Feuer speienden Berges befindet sich eine Tür mit einem Nummerncode als Schlüssel. Dieser Code besteht aus meinem Geburtstag und meinem Alter. Danach öffnet sich die Tür und man betritt einen Gang. Ich wusste augenblicklich, dass es sich dabei um eindeutige Hinweise handeln musste, denn was macht eine Tür mit Nummerncode in einem Urzeit-Spiel?"

Die Knickerbocker hingen an Shotokus Lippen. „Weiter … erzähl!", drängten sie ihn.

„Durch den Gang gelangt man dann zu einer weiteren Tür, dort muss man abermals einen Code eingeben.

Dieselben Zahlen, aber in verkehrter Reihenfolge. Ich musste das nicht versuchen. Das Spiel hat es mir von selbst erklärt!!! Nach dieser Tür gibt es einen runden Raum, der für mich Ähnlichkeit mit einem Lift hat. In ihm befindet sich ein einziger Stationsknopf und neben dem steht ‚goldene Stadt‘."

Dominik rieb sich die Hände. „Also doch die Unterwasser-Stadt. Sie führt in den Berg hinein, der ja früher ein Vulkan war."

Shotoku zuckte mit den Schultern. Das wusste er nicht so genau.

Lieselotte hatte sich bereits überlegt, welcher Vulkan damit gemeint sein könnte. „Im Tal der Donnerechsen gibt es doch auch das Donnerland. Dort kann man erleben, wie es klingt, wenn eine Herde von Diplodoci gerannt kommt. Diese Saurier waren immerhin 30 Meter lang und so schwer wie acht Elefanten! Es ist ein irres Spektakel, wenn die Saurier angestampft kommen. Aber im Donnerland befindet sich auch der künstliche Vulkan, der dreimal am Tag ausbricht. Ich kann mich erinnern, dass wir unter einer Art Glasglocke gestanden haben, während der Aschen- und Glutregen über uns niedergegangen ist."

Der kleine Japaner nickte. „Ja, ja, ich denke auch, dass dieser Vulkan gemeint ist. Ein künstlicher Vulkan, der auf einem echten Vulkan steht, der aber nicht mehr hochgehen kann, da ihm das Feuer ausgegangen ist!", lachte er.

„Der aber ein großes Geheimnis birgt!", fügte Dominik mit bedeutungsschwerer Stimme hinzu.

„Okay, und jetzt schlafen!", gab Lilo als Befehl aus. „Wir müssen morgen topfit sein!"

Von topfit waren die vier Knickerbocker und ihr japanischer Freund allerdings weit entfernt, als sie in der Früh bereits kurz nach sechs Uhr das Apartment verließen. Müde und überaus verschlafen blinzelten sie in den neuen Tag. Tokugawa begleitete sie selbstverständlich. Der Grund für den frühen Aufbruch war Onkel Yoritomo, der Shotoku den Flug zur Insel bestimmt verboten hätte. So konnte er es nicht mehr verhindern.

Als die Knickerbocker-Bande und der Junge im Tal der Donnerechsen ankamen, hatten sie einiges zu tun. Sie nahmen sich im Dino-Hotel fünf Zimmer, gaben aber falsche Namen an. Falls sie gesucht würden, sollte sie keiner finden. In diese Zimmer zogen sie sich während des Tages zurück. Die blonde Japanerin hatte Verbündete im Park - zum Beispiel die Saurierstess Akiko - und sie wollten von diesen Komplizen nicht gesehen werden. Also schliefen sie sich aus, oder besser gesagt, versuchten zu schlafen. Erst nach 22 Uhr, wenn der Park geschlossen und kein einziger Besucher mehr unterwegs war, wollten sie durch das unterirdische Gangsystem, das die Attraktionen verband, zu dem Vulkan vordringen und dort nach der Geheimtür suchen.

Die Stunden schlichen dahin. An Schlaf war kaum zu denken. Unruhig wie die Raubtiere marschierten die Juniordetektive und der kleine Japaner auf und ab. Einzig und allein Tokugawa schien nichts aus seiner Gleichmut zu bringen. Poppi traute ihm nicht. Sie verstand nicht, wieso Lieselotte noch nie auf die Idee gekommen war, dass dieser Mann genauso ein Ganove sein könnte. Wie oft schon hatten sie es erlebt, dass die freundlichsten Leute die gefährlichsten waren.

Zehn Minuten vor 23 Uhr brachen die Knickerbocker und Shotoku auf. Tokugawa ging voraus, denn er kannte sich in dem Gewirr der Verbindungsgänge am besten aus. Sie fuhren mit dem auf urzeitlich gestylten Lift in ein Geschoss, das das Putzpersonal nur mit einem Spezialschlüssel erreichen konnte.

„Müssen wir nicht befürchten, dass uns Leute, die die Attraktionen reinigen oder warten, um diese Zeit begegnen?", fragte Dominik leise.

Shotoku verneinte. „Mein Großvater war ein Morgenmensch und hat aus diesem Grund überall die Arbeit in der Nacht verboten. Geputzt wird ab vier Uhr morgens!"

Durch die verwinkelten Tunnels gelangten die Juniordetektive schließlich zum Donnerland und traten in die kühle Nachtluft. Das riesige Gebiet, auf dem üppige Palmen, Farne und Schachtelhalme aus Kunststoff aufgebaut waren, lag fast völlig im Dunkeln. Nur da und dort erhellte ein versteckter Scheinwerfer den Boden oder leuchtete von unten gegen die Riesenblätter. In der Ferne waren die langen, dünnen Hälse und die winzigen Köpfe der Diplodocussaurier zu erkennen. Starr und steif standen sie da, bereit, am nächsten Tag wieder loszutrampeln.

Jetzt ging es darum, die versteckte Tür zu finden. Shotoku hielt in jeder Hand eine Taschenlampe und leuchtete die Außenseite des künstlichen Vulkankegels ab. Es war ihm klar, dass der Zugang versteckt liegen musste. Aber wo? Wo sollte er sein, wenn ihn bisher noch keiner entdeckt hatte? Die sechs Schatten huschten an den Glaskuppen vorbei, unter denen man den Vulkanausbruch erleben konnte, und hatten den ganzen Feuer speienden Berg schließlich umrundet. Ohne Ergebnis. Also noch einmal. Diesmal untersuchten sie auch jedes Gebüsch und jede braune Falte, die der Vulkanhang machte. Wieder nichts!

„Bist du sicher, dass du das richtig gesehen hast?“, fragte Axel seinen japanischen Freund.

Shotoku war tief in seiner Ehre gekränkt: „Absolut sicher!“

Dominik fiel etwas ein: „Halt … an einem Platz haben wir noch nicht gesucht. In den künstlichen Stein des Vulkans ist doch auch die Garage für den Zug gehauen, mit dem man zu den Stampfsauriern fährt. Vielleicht ist dort etwas.“

Sofort rasten die Freunde los. Sie krochen hinter den Zug, der aus lauter riesigen, ausgehöhlten Steinen zu bestehen schien, und tasteten den kalten Fels ab.

„Ich habe sie! Ich habe sie! Ich habe sie gefunden!“, schrie Axel.

„Psssst!“, ermahnte ihn Lieselotte. „Halt die Klappe oder willst du alle auf uns aufmerksam machen?“

Hinter ihnen knackte es und Tokugawa drehte sich um und ging in Verteidigungsstellung. Doch es war niemand zu sehen!

Eine Tür war eigentlich nicht zu erkennen. Es gab nur eine dünne Ritze im Stein, die ein zwei Meter hohes und ein Meter breites Rechteck bildete. In der Mitte befand sich eine Vertiefung, in der Nummerntasten von 0–9 zu sehen waren. Shotoku trat darauf zu und begann zu tippen. Zuerst sein Geburtsdatum, den 22. Februar. Dann das Geburtsjahr und schließlich sein derzeitiges Alter.

Es funktionierte. Die Tür ließ sich öffnen. Dahinter

lag, wie im Spiel beschrieben, der Gang. Die Juniordetektive leuchteten hinein, und als keine Gefahr, nur graue Wände und die nächste Tür zu erkennen war, betraten sie den Tunnel.

An der nächsten Tür dasselbe. Shotoku tippte wieder, diesmal in verkehrter Reihenfolge, und abermals öffnete sich die Tür. Vor ihnen lag nochmals ein Gang und am Ende war eine gläserne Kabine zu erkennen. Es war ein Lift und die Tür stand offen.

Die Höllenfahrt

Vor Spannung blieb den Knickerbocker-Freunden der Mund offen. Shotoku wischte sich immer wieder die Hände in seiner Hose ab und wollte vorangehen. Aber sein Leibwächter ließ es nicht zu. Er schob sich an ihm vorbei und inspizierte den Raum. Misstrauisch näherte er sich der Aufzugskabine und musterte sie prüfend. Jetzt erst durften die anderen nachkommen. Wie ein Juwel funkelte der goldene Knopf, neben dem japanische Schriftzeichen prangten. „Das bedeutet ‚goldene Stadt‘!“, übersetzte Shotoku. „Wollen wir … hinunterfahren?“ Er blickte seine Freunde fragend an.

Lieselotte überlegte und sagte schließlich: „Na ja … warum nicht?“

Eine hohe, schrille Frauenstimme zerriss die fast andächtige Stimmung. Entsetzt drehten die Knickerbocker die Köpfe in Richtung Tür und sahen dort die blonde Japanerin. Wieder hielt sie ihren kleinen Bogen in den Händen und diesmal zitterten sie. Ein Pfeil war eingelegt, das war nicht zu übersehen. Sie schlich geduckt wie eine Katze vor dem Angriff näher und warf einen Blick in die Aufzugskabine. Zufrieden kicherte sie.

„Sie können aufgeben, Herr Yoritomo!“, sagte Lieselotte laut.

„Was? Onkel Yoritomo?“ Shotoku konnte es nicht fassen. Entsetzt schlug er die Hände vor dem Gesicht zusammen. „Du hast mir das alles angetan!“

Der kirschrote Mund im weißen Gesicht verzog sich

zu einem wütenden Grinsen. Die blonde Perücke wurde vom Kopf gerissen und das schwarze Haar des Japaners tauchte darunter auf. Er wischte sich mit dem Jackenärmel über die Wangen und die Augen und verschmierte die Schminke zu einer grauroten Soße. „Ja, ich!“, sagte er, jetzt wieder mit tiefer Stimme.

„Aber … aber wieso …?“ Shotoku schien der Boden unter den Füßen weggezogen zu werden. „Du bist der letzte Verwandte, den ich noch habe! Mein Vater und meine Mutter sind tot. Großvater ist gestorben. Es ist keiner mehr für mich da, außer dir!“

Der Mann mit dem Bogen lachte. „Wer war für mich da? Mein eigener Vater hat mich immer nur als Nichtsnutz bezeichnet und sein ganzes Vermögen dir geschenkt! Dir, einem Zwerg! Einem Zwerg, den ich auspusten kann! Aber ich habe von dem Spiel erfahren und von seinem ungeheuren Wert. Ich wusste, dass ich es haben wollte und dass du mich zu seinem Geheimnis führen würdest. Ich hatte nicht immer die Geduld und deshalb auch meine Versuche, das Spiel an mich zu bringen. Aber später ist mir klar geworden, dass ich dich und dein Können dazu brauche, und so habe ich dich weiterforschen lassen. Zum Glück hast du dank deiner europäischen Freunde nicht lange gebraucht, um den Zugang zu entdecken. Brav, brav! Und ihr vier, ihr hättet schon viel früher aufhören sollen, euch in Sachen einzumischen, die nicht für euch bestimmt sind! Habt ihr die vielen Warnungen nicht verstanden, die ich euch gegeben habe? Die Ringer, das tödliche Spiel … Jetzt ist es zu spät!“

Plötzlich stutzte Onkel Yoritomo. „Wieso … wieso habt ihr mich erkannt?“, wollte er wissen.

Lieselotte deutete stumm auf den schwarzen Fleck auf seiner Hand. Der Modellbaulack!

Entgeistert starrte der Japaner darauf. Lieselotte zögerte keine Sekunde, sondern nützte den unaufmerksamen Moment und packte den kleinen Bogen, der nicht auf sie gerichtet war. Der Japaner war aber schneller und schoss den Pfeil, der den Leibwächter traf. Augenblicklich brach er bewusstlos zusammen. In Panik geraten, schleuderte das Mädchen den kleinen Bogen fort, und er landete in der gläsernen Aufzugskabine. Axel wollte ihn holen, aber Onkel Yoritomo war abermals schneller und stieß den Jungen brutal zur Seite. Er zog einen weiteren Pfeil aus einem kleinen Köcher, den er am Gürtel trug, und streckte ihn wie einen Dolch vor sich. Gebückt starrte er die fünf Freunde an und drohte: „Noch einen Schritt weiter und ich steche zu. Dieses Gift betäubt aber nicht, sondern tötet." Im Rückwärtsgang näherte er sich dem Lift und setzte seinen Fuß hinein.

Ein Splittern ertönte, dem ein erschrockener Schrei folgte. Onkel Yoritomo war verschwunden.

Die Juniordetektive erwachten aus ihrer Starre und liefen zu dem Aufzugschacht. „Nein … nicht!" Poppi konnte es nicht glauben. Der gläserne Boden des Liftes war zerborsten. Shotokus Onkel war in die Tiefe gestürzt. „Nein … da ist er … da …!" Der kleine Japaner deutete aufgeregt auf den Mann, der sich mit letzter Kraft an der Kante festklammerte, die der Gangboden in den Liftschacht machte. „Hilfe …!", keuchte der Japaner. „Hilfe!"

Lieselotte kommandierte: „Sicherheitsgriff! Je zwei nehmen einen Arm und einer passt auf, dass wir nicht alle abstürzen!“ Die Finger des Mannes gerieten ins Rutschen. Die Knickerbocker-Freunde packten mit aller Kraft zu und nahmen keine Rücksicht darauf, dass sich ihre Fingernägel in die Haut des Onkels bohrten. Sie stemmten sich gegen die Gangwand und zerrten den Japaner nach oben. Stück für Stück brachten sie ihn weiter aus dem Schacht heraus. Schließlich war der Mann so weit heraus, dass sein Oberkörper das Übergewicht bekam, nach vorn kippte und Onkel Yoritomo das letzte Stück selbst robben konnte. Keuchend blieb er auf dem Boden liegen. Lieselotte beugte sich vorsichtig über die Kante und leuchtete in die Tiefe. „Der Schacht ist mindestens dreißig Meter tief oder vielleicht sogar noch tiefer!“

Dem Superhirn kam jetzt der Gedanke, der Puzzelstein, nach dem es so lange gesucht hatte. Es war alles viel zu einfach gegangen. Jetzt wusste das Mädchen auch, wieso. „Das ist eine Falle!“, rief es. „Hinaus! Schnell! Schnell!“

Aber der Weg war versperrt. Akiko stand in der Tür. In den Händen hielt sie eine Kampfstange, wie sie in manchen japanischen Kampfsportarten bei friedlichen Wettbewerben verwendet wurde. Mit einem lang gezogenen Schrei, der für besonders gute Durchblutung ihres Körpers sorgen sollte, rannte sie auf die Bande, auf Shotoku und den noch immer liegenden Onkel Yoritomo zu. Sie wollte alle in den Schacht stoßen, denn sie hielt die Stange quer zum Gang, sodass es kein Entkommen gab.

Noch immer schreiend, raste das Mädchen mit wildem Blick auf die Gruppe zu. Ein Kampfstock konnte zur tödlichen Waffe werden, vor allem wenn der Gegner sich so nahe an einem Abgrund befand. Während die anderen Juniordetektive völlig wehrlos dastanden, war es Poppi, die sich bückte und einen Pfeil aus dem Köcher von Onkel Yoritomo zog. Sie tat das so schnell, dass Akiko gar nicht mitbekam, was geschah. Als sie die Bande schon fast erreicht hatte, spürte sie einen leichten Stich im Bauch und sank darauf in sich zusammen. Die Stange landete auf Shotokus Onkel, der leise aufstöhnte. Poppi konnte noch nicht fassen, was sie getan hatte. Sie stand wie versteinert da. Tief gebückt, mit zusammengekniffenen Augen und dem ausgestreckten Arm, in dem sie den Pfeil gehalten hatte.

„Poppi … irre … du bist irre!“, japste Axel. „Irre! Echt irre!“

Lieselotte schnitt den Lobesgesang ab. „Jajaja, brems dich ein und raus da! Los! Onkel Yoritomo schleifen wir nach. Ich glaube, er kann nicht gehen. Der Schock hat in völlig geschafft!“

Die vier Knickerbocker packten jeder eine Hand oder ein Bein und wollten endlich hinaus. Ohne Behinderung erreichten sie den Ausgang und stolperten ins Freie. Der Schreck machte sich erst jetzt in ihren Körpern breit. Sie schafften es gerade noch, aus der Garage des Steinzeitzuges zu stolpern, bevor ihre Beine den Dienst versagten und sie sich zu Boden sinken ließen.

„Falle ... was für eine Falle?“, stieß Shotoku hervor.

Lieselotte holte mehrere Male tief Luft, um zu einer Erklärung anzusetzen, aber sie kam nicht dazu. Eine laute Explosion unterbrach sie. Über ihren Köpfen zuckte ein rot glühender Blitz. Heißer Regen prasselte lautstark nieder. „Der Vulkan ... der Vulkan bricht aus ...!“, schrie Axel. Jemand musste das Donnerland in Betrieb gesetzt haben, denn als die Knickerbocker in der Garage wieder Schutz suchen wollten, setzte sich der Steinzeitzug in Bewegung. Nur durch einen gewagten Sprung zur Seite konnten sie sich vor ihm retten. Hinter ihm schloss sich rasselnd ein Felstor, das das neuzeitliche Gebäude verdecken sollte. In der Ferne stampften die langgestreckten Saurier und ließen bei jedem Schritt die Erde beben. Der Aschenregen wurde immer heftiger und die glühenden Körner brannten auf der Haut der Knickerbocker. „Unter die Glasglocken!“, schrie Lieselotte durch das Getöse. Sie rannten, kamen aber nicht weit. Die gläsernen Beobachtungskäfige waren längst alle geschlossen und mit Sicherheitsmechanismen verriegelt, damit niemand in ihnen verletzt werden konnte.

Der Vulkanausbruch hatte sogar Onkel Yoritomo wieder auf die Beine gebracht, der hilflos und wie betrunken durch die Gegend torkelte. Eine fußballgroße Feuerkugel fiel von oben herab und verfehlte Dominik nur um wenige Zentimeter. Zum Glück trugen die Juniordetektive Jacken und Hosen mit langen Ärmeln und Beinen, die sie vor dem Schlimmsten bewahrten. Aber Dominik erinnerte sich genau an den Vulkanausbruch, den er unter der schützenden Glasglocke miterlebt hatte. „Die Feuerbälle werden jetzt mehr und dann kommt noch der echte Feuerregen. Das ist lebensgefährlich!“

Das Donnern im Vulkan wurde immer lauter. Die Saurier kamen näher. Lilo stutzte. Es gab einen Schutz. Sie machten es ganz einfach so, wie die Saurierbabys es früher wahrscheinlich getan hatten. „Los, zu den Sauriern und unter ihre Bäuche! Dort sind wir halbwegs sicher!“ Die Bande rannte los. Shotoku hielt mit seinen Freunden Schritt, drehte sich aber immer wieder nach seinem Onkel um, der Mühe hatte, ein Bein vor das andere zu setzen. Shotokus Erziehung erlaubte es nicht, den Mann im Stich zu lassen. Er lief zu ihm und stützte ihn.

Die vier Juniordetektive waren unter den stampfenden Donnerechsen angekommen und erkannten, dass die Plätze direkt unter ihren langen Bäuchen absolut sicher waren. Die Tiere bewegten nur die Beine. Die Körper waren starr auf Platten montiert, die sich auf Schienen über den Boden schoben. „Dort … Lilo … schau!“ Axel deutete auf eine dunkle Gestalt, die nur unweit von einem beleuchteten Gebüsch stand. Der nächste Feuerball, der niederging, erhellte die Landschaft so sehr, dass die Knickerbocker mehr erkennen konnten. Sie sahen einen Mann in einem schwarzen Kampfanzug mit einer Art Fechtmaske vor dem Gesicht, die Augen und Mund durch dicke Gitterstäbe schützte. In den Händen hielt die Gestalt … Steine! Sie holte aus und zielte auf Shotoku und seinen Onkel, die sich noch immer auf der offenen, ungeschützten Fläche befanden.

„Pass auf, Shotoku!“, schrie Lieselotte aus Leibeskräften. Der Junge erschrak und stolperte. Der Stein verfehlte ihn nur um Zentimeter. Aber die dunkle Gestalt gab nicht auf. Sie holte abermals aus und wollte werfen. Durch die Maske und den Lärm erkannte sie aber nicht die Gefahr, in der sie sich selbst befand. Von der Seite näherte sich nämlich der Steinzeitzug. Er stieß den Schatten zu Boden und rollte über ihn hinweg.

Shotoku und sein Onkel hatten nun auch die Saurier erreicht und Schutz gefunden. Gerade rechtzeitig, denn draußen hagelte es Feuerbälle und glühende Asche. Schlimmste Verbrennungen wären die Folge gewesen, wenn Lieselotte nicht rechtzeitig die rettende Idee gehabt hätte.

Als der Vulkanspuk vorbei war, wagten sich die Juniordetektive wieder aus dem Unterschlupf. „Wer … wer war das dort?“, fragte Dominik aufgeregt und deutete auf die dunkle Gestalt, die noch immer regungslos zwischen den Schienen lag.

Lilo knetete eine Sekunde ihre Nase und meinte: „Ich wette, das ist Mister Winkler!“

Axel und das Superhirn wagten sich näher an den Mann und nahmen ihm vorsichtig die Maske ab. Er war es tatsächlich! Shotoku, der nachgekommen war, schüttelte nur immer wieder den Kopf. „Aber … wieso wollte er, dass Onkel und ich stürzen und im Feuer vielleicht umkommen?“

Lieselotte wusste sogar darauf eine Antwort: „Damit er endlich das bekommt, was er schon lange will: das ganze Unternehmen! Shotoku, das ist nämlich dein Halbonkel! Der Halbbruder deines Vaters. Nach dem Tod von dir und Yoritomo wäre er der Erbe eurer Firmen gewesen.“

Verräterische Finger

Zum Glück hatten alle die entsetzlichen Vorfälle der Nacht überlebt. Der Leibwächter, Shotokus Onkel und Mister Winkler wurden ins Krankenhaus gebracht. Shotoku bestand darauf, noch in dieser Nacht alles zu erfahren, was Lieselotte kombiniert hatte. Den Titel Superhirn verdiente sie diesmal tatsächlich.

„Es war das Ölbild deines Großvaters, das mich auf die Spur gebracht hat", begann sie. „Irgendetwas störte mich, und jetzt weiß ich auch, was es war. Dein Großvater hat darauf vier gleich lange Finger. Zeigefinger, Mittelfinger, Ringfinger und sogar der kleine Finger haben alle dieselbe Länge. Das habe ich auch bei dir gesehen und bei deinem Onkel ebenfalls! Das bedeutet: Es wird in eurer Familie weitervererbt. Dieses Merkmal hat aber auch Mister Winkler. Es ist so einzigartig, dass mir die Idee gekommen ist, er könnte mit euch verwandt sein.

Diese Idee ist richtig! Ich wage es zu wetten. Dein Großvater hat in Amerika ... na ja ... eine Freundin und mit ihr auch ein Kind gehabt ... Craig Winkler. Irgendwann muss dieser Mann erfahren haben, wer sein Vater ist, und da hat er etwas Teuflisches beschlossen. Er wollte euch alle beseitigen, um sich dann zu erkennen zu geben und selbst die Milliarden zu erben. Heute gibt es Tests, die eindeutig beweisen können, dass er der Sohn deines Großvaters ist. Beinahe wäre ihm dieser Plan auch geglückt!"

Shotoku schluckte. „Aber die ‚goldene Stadt'?"

Lilo lachte. „Alles nur ein Trick! Es gibt sie nicht. Das Computerspiel hat Mister Winkler gemacht. Den Brief hat auch er gefälscht. Alles hat er dir zugespielt. Und deinen verrückten Onkel hat er heimlich zur Seite genommen und ihm erzählt, dass du noch einmal etwas Wertvolles kriegen würdest. Dein Onkel hat es geglaubt und sich von ihm alles einreden lassen. Dabei hat Mister Winkler es nur auf eines abgesehen: Euch beide in den Schacht zu stürzen, der sich im Vulkan befindet. Die Geschichte von der ‚Goldenen Stadt' sollte euch neugierig machen und hinlocken. Es hätte dann alles wie ein Unfall ausgesehen! Akiko war natürlich eine Verbündete, die hier an Ort und Stelle alles vorbereitet hat. Mir ist immer wieder aufgefallen, dass das Versteck nicht gut genug ist, und ich hatte auch Recht. Der Mann hat es nur darauf abgesehen, dass dein Onkel zuerst dich mit diesem ferngesteuerten Nerv im Zahn und dann sich selbst in dem kaputten Lift, der gar keiner ist, tötet."

Shotoku traten Tränen in die Augen. „Heißt das ... er hat meine Eltern ... meine Eltern ... auch getötet?"

Lieselotte legte dem Jungen den Arm um die Schultern. Sie sagte nichts, und das war ein eindeutiges Ja. Alle Gefahren waren überstanden, die Schuldigen entlarvt, aber glücklich war das Ende dieses Falles für die Knickerbocker-Bande nicht. Als sie eine Woche später zurück nach Europa reisten, ließen sie einen völlig einsamen und traurigen Jungen zurück. Shotoku versprach sie zu besuchen, und bemühte sich, „tapfer zu sein". Was nützte alles Geld dieser Welt, wenn du niemanden mehr hast und völlig allein bist. Mit Onkel Yoritomo wollte der Junge nichts mehr zu tun haben.

Dominiks Onkel Arthur bekam von der Bande die Story seines Lebens. Mit riesigen Bildern erschien sie in mehreren Zeitschriften im In- und Ausland. Onkel Arthur war es auch, der drei Wochen später der Knickerbocker-Bande die tollste Neuigkeit des Jahres brachte. „Ich habe es soeben über eine Presseagentur erfahren!“, bellte er ins Telefon, als er mit Dominik telefonierte. „Shotokus Eltern leben! Sie sind bei dem Absturz nicht ums Leben gekommen und von einem Fischkutter verletzt aus dem Meer gerettet worden. Allerdings hatten sie durch den Schock ihr Gedächtnis verloren. Sie wussten nicht mehr, wo sie zu Hause waren und wie ihre Namen lauteten. Deshalb waren sie in einem Heim, doch durch die großen Berichte in den japanischen Zeitungen und im Fernsehen konnten sie endlich identifiziert und erkannt werden. Shotoku hat sie bereits besucht, und jetzt kommt das Schönste an der Sache: Sie haben ihn erkannt. Das bedeutet, er war für sie ein Auslöser, der wahrscheinlich auch die übrigen Erinnerungen wachrufen wird!“

Axel, Lilo, Poppi und Dominik saßen an diesem Abend in Axels Bude beisammen und stießen mit Cola an. Sie konnten sich gut vorstellen, wie Shotokus schmale Augen glitzerten und glänzten.

„Na ja, und das nächste Mal … was wird das nächste Mal sein?“, fragte Dominik. Allgemeines Achselzucken. Das nächste Mal würde es die Bande auf hohe See verschlagen, auf ein Schiff, das eigentlich schon seit vielen Jahren auf dem Meeresgrund lag. Die „Titanic“* …

---

* Siehe Knickerbocker-Abenteuer Nr. 28: „Titanic, bitte melden!“.

HOKKAIDO
Sapporo

Karte von Japan

DIE KNICKERBOCKER-BANDEN-CHECKLISTE

KREUZE EINFACH DIE KNICKERBOCKER-BÄNDE AN, DIE SCHON IN DEINEM REGAL STEHEN.

- ❑ 1 Rätsel um das Schneemonster
- ❑ 2 Ein Ufo namens Amadeus
- ❑ 3 Lindwurmspuk vor Mitternacht
- ❑ 4 Wenn die Turmuhr 13 schlägt
- ❑ 5 Bodenseepiraten auf der Spur
- ❑ 6 Das Phantom der Schule
- ❑ 7 Die Tonne mit dem Totenkopf
- ❑ 8 Wo ist der Millionenstorch?
- ❑ 9 Treffpunkt Schauermühle
- ❑ 10 Der Fluch des Schwarzen Ritters
- ❑ 11 Die Nacht der Weißwurst-Vampire
- ❑ 12 Schokolade des Schreckens
- ❑ 13 Der Ruf des Gruselkuckucks
- ❑ 14 Jagd auf den Hafenhai
- ❑ 15 Das Zombie-Schwert des Sultans
- ❑ 16 SOS vom Geisterschiff
- ❑ 17 Die Rache der Roten Mumie
- ❑ 18 Kolumbus und die Killerkarpfen
- ❑ 19 Die Gruft des Barons Pizza
- ❑ 20 Insel der Ungeheuer
- ❑ 21 Frankensteins Wolkenkratzer
- ❑ 22 Der tätowierte Elefant
- ❑ 23 Die Drachen-Dschunke
- ❑ 24 Der weiße Gorilla
- ❑ 25 Der Grüne Glöckner
- ❑ 26 Im Dschungel verschollen
- ❑ 27 Im Tal der Donnerechsen
- ❑ 28 Titanic, bitte melden!
- ❑ 29 Der Eiskalte Troll
- ❑ 30 Im Reich des Geisterzaren
- ❑ 31 Der Bumerang des Bösen
- ❑ 32 Kennwort Giftkralle
- ❑ 33 Das Riff der Teufelsrochen
- ❑ 34 Das Geheimnis der gelben Kapuzen
- ❑ 35 Der Geisterreiter
- ❑ 36 Im Wald der Werwölfe
- ❑ 37 Die giftgelbe Geige
- ❑ 38 Das Haus der Höllensalamander
- ❑ 39 Das Biest im Moor
- ❑ 40 Die Maske mit glühenden Augen
- ❑ 41 Die Hand aus der Tiefe
- ❑ 42 13 blaue Katzen
- ❑ 43 Die Rote Mumie kehrt zurück
- ❑ 44 Die Höhle der Säbelzahntiger
- ❑ 45 Der Mann ohne Gesicht
- ❑ 46 Hinter der verbotenen Tür
- ❑ 47 Das Phantom der Schule spukt weiter
- ❑ 48 Der unsichtbare Spieler
- ❑ 49 Es kam aus dem Eis
- ❑ 50 Der Schrei der goldenen Schlange
- ❑ 51 Der Schatz der letzten Drachen
- ❑ 52 Das Wesen aus der Teufelsschlucht
- ❑ 53 Das Diamantengesicht
- ❑ 54 Das Gold des Grafen Drakul
- ❑ 55 Der Taucher mit den Schlangenaugen
- ❑ 56 Das Geheimnis des Herrn Halloween
- ❑ 57 Das Internat der Geister

Auflösung von Seite 10:

Als die vier den Zeichenwettbewerb einer Lederhosenfirma gewannen und einander bei der Preisverleihung kennen lernten.

Marion Dane Bauer
Zutritt erst ab zehn

Marion Dane Bauer

Zutritt erst ab zehn

Aus dem Amerikanischen
von Barbara Lehnerer

Deutscher Taschenbuch Verlag

Deutsche Erstausgabe
In neuer Rechtschreibung
August 2007
Deutscher Taschenbuch Verlag GmbH & Co. KG, München
www.dtvjunior.de

Titel der amerikanischen Originalausgabe: ›The Double-Digit-Club‹,
2004 erschienen bei Holiday House, Inc., New York

Umschlagkonzept: Balk & Brumshagen
Umschlagbild: Nina Spranger
Titelschrift: Markus Spang
Gesetzt aus der Berling 11,5/14,5˙ und aus der Bebop (3B2)
Gesamtherstellung: Druckerei C. H. Beck, Nördlingen
Gedruckt auf säurefreiem, chlorfrei gebleichtem Papier
Printed in Germany · ISBN 978-3-423-71247-7

Für Myra Bauler, die mit dem Herzen sieht

Kapitel 1

Freundin für immer und ewig

Das Schuljahr war zu Ende. Die vierte Klasse für immer vorbei. Und ein goldener Sommer breitete sich nach allen Seiten aus wie Butter, die auf heißem Toast zerschmilzt. Sarah blieb auf der Veranda vor ihrem Haus stehen, um die Luft einzuatmen, die nach Blauem Flieder duftete. Dann klemmte sie sich die Puppe unter den Arm, die sie aus ihrem Zimmer nach unten mitgebracht hatte, und lief über den Rasen. Was konnte schöner sein? Ihre beste Freundin Pia wartete auf sie an ihrer Lieblingsstelle unter der Reihe Fliederbüsche, die die Grenze des Gartens bildeten.

»Ich habe Anastasia mitgebracht«, verkündete Sarah. Die blonde Puppe vor sich haltend tauchte sie in die Blätterhöhle ein. »Sie ist perfekt.«

»Perfekt? Wofür denn?«, fragte Pia. Die Grübchen in ihren runden Backen blitzten auf.

»Perfekt zum Üben. Für deinen Geburtstag morgen, weißt du doch.«

»Aha.« Die Grübchen zogen sich zurück. »Wir müssen aber nicht schon wieder üben, oder?«

Sarah seufzte, antwortete aber geduldig: »Klar müssen wir das. Schließlich ist es wichtig.«

Pia beugte den Kopf über ihre eigene Puppe, strich ihr Kleid glatt und verstrubbelte das kupferfarbene Haar. Es war eine neue Puppe, die ihre Großmutter ihr zum Geburtstag geschickt hatte. Pia durfte sie schon einen Tag früher haben, hatte ihre Mutter erlaubt. »Vielleicht«, meinte Pia, ohne Sarah dabei anzusehen, »vielleicht fragt sie mich ja gar nicht.«

»Du weißt genau, dass Valerie Miller dich fragen wird.« Sarah setzte sich im Schneidersitz auf den erdigen Boden und schob eine Blüte beiseite, die ihr ins Gesicht hing. »Du wirst zehn. Und sie fragt jeden, der zehn wird – na ja, fast jeden –, ob er in ihren Club eintreten will.«

»Die Gomez-Zwillinge hat sie nicht gefragt«, erinnerte sie Pia.

»Stimmt«, räumte Sarah ein. »Aber sie sind auch mitten im Schuljahr nach Crystal Lake gezogen und kein Mensch wusste, wann sie zehn werden.«

Die Konservenfabrik am Rande ihrer kleinen Stadt in Minnesota lockte zwar gelegentlich Arbeiter aus Mexiko herbei, doch in der Schule blieben die Latino-Kinder meist unter sich. Juanita und Estelle waren da keine Ausnahme. Vielleicht wussten sie nicht mal von Valeries albernem Club für Mädchen über zehn. Und falls sie's wussten, waren sie vermutlich viel zu schlau, um beitreten zu *wollen*.

»Dich wird sie aber fragen«, sagte Pia und ihre Grübchen zeigten sich wieder, »wenn dein Geburtstag kommt.«

Sarah schüttelte den Kopf. »Mein Geburtstag ist ja erst im Spätsommer. Und außerdem wird sie mich nicht fragen. Valerie hasst mich.«

»Valerie hasst dich doch nicht.« Pias Stimme klang schockiert. Allerdings war Pia immer von der Vorstellung schockiert, dass zwei sich nicht leiden konnten.

»Gut, dann *mag* sie mich halt nicht. Ich mag sie ja auch nicht. Aber dich wird sie fragen, weil dich alle mögen.«

Pia zuckte mit den Achseln und sagte nichts weiter. Sarah sah zur Seite über den mit Sonnenlicht besprenkelten Rasen. Ein bisschen widersprechen hätte Pia schon dürfen, zumindest hätte sie betonen können, dass Sarah auch beliebt bei allen war, egal, was sie von sich behauptete.

»Da waren wir uns doch immer einig«, erinnerte sie Sarah. »Ob wir gefragt werden oder nicht, wir werden auf keinen Fall in diesen Club eintreten. Weder du noch ich.«

»Natürlich nicht«, sagte Pia endlich.

Sarah war beruhigt, ein bisschen jedenfalls. Sie

fischte in ihrer Hosentasche nach einem der Karamellbonbons, die sie im Vorbeigehen aus dem Wohnzimmer mitgenommen hatte, und reichte es Pia hinüber. Pia bedankte sich mit einem Lächeln.

»Vermisst du es nicht manchmal, mit Kate zu spielen?«, fragte sie, den Mund voller Bonbon.

»Doch«, gab Sarah zu. Kate war nach Pia ihre zweitbeste Freundin gewesen. Die drei hatten zusammen für ihr Pfadfinderabzeichen gearbeitet, hatten für das Biologieabzeichen Laub gesammelt, die Blätter bestimmt und anschließend in ein Album eingeklebt. Und für ihre Abzeichen in Kunst und Werken hatten sie sogar gemeinsam ein Theaterstück inszeniert – mit Sarah als Autorin. »Und Rachel und Therese vermisse ich auch. Aber sie hätten ja nicht in den Club eintreten müssen. Kein Mensch hat sie dazu gezwungen.«

War man einmal aufgefordert worden, Mitglied in Valeries Club zu werden, durfte man mit niemandem zu tun haben, der erst neun Jahre alt war. Die Clubmitglieder gingen nicht mal mehr zur Pfadfindergruppe, die sich jeden zweiten Dienstag im Monat nach der Schule traf. Sie fanden, Pfadfinder seien »Kinderkram«, und als das Frühjahr kam, erschienen nur noch so wenige Mädchen, dass Mrs Holmgren aufgab und die Gruppe auflöste, ohne in Aussicht zu stellen, wann sie wieder neu starten würde.

Pia hatte jedes Mal geweint, wenn eine ihrer Freundinnen zehn geworden und zu Valerie übergelaufen war. Sarah hatte es auch leidgetan, na klar, aber geweint hatte sie nie. Eine Valerie Miller brachte sie nicht zum Weinen, da weigerte sie sich. Und außerdem hatte sie ja noch Pia, oder? Sarah und Pia waren schon befreundet, seit sie ganz kleine Mädchen waren, und im Grunde brauchte Sarah niemand anderen.

»Es ist ein bescheuerter Club«, murmelte Sarah.

»Ja«, stimmte Pia zu. »Wer hat schon je von einem Club gehört, der mit nur einem Mitglied startet?«

Sarah und Pia hatten gelacht, als Valerie im letzten Herbst an ihrem Geburtstag in die Schule gekommen war und ihren neuen Club angekündigt hatte. Sie war das einzige Mädchen in der Vierten, das schon zehn war, daher auch einziges Club-Mitglied. Aber in der darauffolgenden Woche war dann Renée Lukens zehn geworden. Und ein paar Tage später Paulette Schwandt. Die drei waren jetzt die beliebtesten Mädchen in der vierten Klasse. Im Grunde waren sie es gewesen, die den Ton in der Pfadfindergruppe angegeben hatten, genauso wie in der Sonntagsschule in der Lutheranerkirche, in die die meisten Leute der Stadt gingen.

Kaum hatten sich die drei zu einem Club zusammengetan, fingen alle Mädchen in der Klasse an, die Tage bis zu ihrem nächsten Geburtstag zu zählen. Alle, mit Ausnahme von Sarah und Pia.

Das lag nicht nur daran, dass sie die einzigen Mädchen in der Vierten waren, deren Geburtstag in den Sommer fiel. Sie hatten von Anfang an entschieden, dass sie Valeries albernem Club nicht beitreten würden, ganz unabhängig davon, wann sie zehn wurden.

Wie oft hatte sich Sarah allerdings gewünscht, ihr eigener Geburtstag würde auf den ersten Tag der Sommerferien fallen und Pia müsste bis August warten, um gefragt zu werden. Es wäre ein solcher Spaß gewesen, das allererste Mädchen zu sein, das Valerie ins Gesicht sagte, sie wolle nicht in ihren blöden Club. Jetzt konnte sie zumindest Valeries Gesicht sehen, wenn Pia ihr eine Abfuhr gab, und das war fast genauso gut.

Sarah nahm Pia die neue Puppe aus der Hand und betrachtete sie von oben bis unten. »Ich weiß, warum deine Granny sie für dich ausgesucht hat. Sie sieht genauso aus wie du.« Das stimmte wirklich: Die Puppe hatte Locken von der Farbe eines neuen Pennys und strahlend blaue Augen. Sogar ein bisschen pummelig war sie. Das Einzige, was fehlte, waren Pias Sommersprossen.

Pia hasste ihre Sommersprossen, aber Sarah

hatte sie immer um die kräftig zimtfarbenen Flecken beneidet, die ihre Arme, ihr Gesicht, selbst ihre Ohrläppchen übersäten. Sarahs helle Haut war langweilig dagegen.

»Wie willst du sie denn nennen?«, fragte sie, während sie die Puppenhaare verstrubbelte.

Pia zögerte. »Na ja … ich hab gedacht, vielleicht … Gertrude?« Der Name klang wie eine Frage.

»Gertrude?« Sarah warf den Kopf in den Nacken und lachte. »Du kannst doch so eine schöne Puppe nicht Gertrude nennen.«

Die Haut zwischen Pias Sommersprossen färbte sich leicht rötlich. »Wie würdest du sie denn nennen?«

Sarah schloss die Augen. In solchen Dingen war sie gut. Viel besser als Pia. Sie wusste selber nicht, woher die Namen kamen, doch wenn sie eine neue Puppe sah, ein Kätzchen oder sonst etwas, das einen Namen brauchte, dann musste sie nur warten – oft nur ein paar Sekunden lang – und schon fiel ihr genau der richtige ein.

»Gwendolyn«, verkündete sie triumphierend. Sie gab Pia die Puppe zurück. »Sie heißt Gwendolyn.«

»Oh«, hauchte Pia. »Wie schön. Wir könnten sie dann Gwen nennen.«

»Klar«, stimmte Sarah zu.

Pia holte Notizblock und Bleistiftstummel hervor, zwei Dinge, die sie immer dabeihatte, und notierte sich den Namen. GWENDOLYN. »Ein Wissenschaftler muss immer darauf vorbereitet sein, sich Notizen zu allen wichtigen Beobachtungen zu machen«, sagte sie.

»Besonders zu Puppennamen«, zog Sarah sie auf und Pia kicherte.

Pia war genauso wenig Wissenschaftlerin, wie Sarah eine Königin war. Aber trotzdem, sie war gut in Mathe und Physik – Fächer, die Sarah nicht so lagen – und vielleicht wurde sie ja wirklich eines Tages Wissenschaftlerin. Vielleicht sogar eine, die entscheidende Beobachtungen zu Puppen machte. Pia liebte Puppen mehr als jedes andere Mädchen, das Sarah kannte. Die meisten Mädchen, die die vierte Klasse gerade hinter sich hatten, fanden Puppen kindisch und Sarah selbst war auch nicht so wild auf sie – jetzt nicht mehr jedenfalls –, liebte es aber, Geschichten zu erfinden, die Pia und sie anschließend mit ihnen spielen konnten.

Pia steckte Block und Stift zurück in ihre Tasche.

»Jetzt lass uns üben«, sagte Sarah. »Meine Puppe …« Sie hielt die Puppe hoch, die sie aus ihrem Zimmer mit nach unten gebracht hatte. Anastasia hatte lange, champagnerfarbene Haare und ein leicht verkniffenes Lächeln. »Meine Puppe spielt Valerie. Sieht sie nicht aus wie Valerie? Und Gwen spielt dich.«

Pia hob die neue Puppe hoch. »Okay, und ich gehe zum Strand, um dort meinen Geburtstag zu feiern. Zusammen mit dir natürlich. Wir hätten noch eine Puppe mitbringen sollen, die hätte dich dann spielen können. Also, wir haben Sommerferien, es ist der zweite Ferientag, ich gehe zum Strand und ...«

»Und Valerie taucht auf und sagt ...« Sarah ließ die Valerie-Puppe zur Gwen-Pia-Puppe hinübergehen und sagte mit hoher honigsüßer Stimme: »Pia! Wie *fantastisch,* dich zu sehen!«

»Und Valerie hat lauter Mädchen mit dabei. Einen ganzen Haufen. Wir hätten viel mehr Puppen mitbringen sollen.«

»Wie fantastisch, dich zu sehen«, wiederholte Sarah. Sie schob den angewinkelten Arm der Valerie-Puppe nach unten, sodass die Puppenhand in eingebildeter Pose auf der Puppenhüfte liegen blieb. »Hast du heute nicht Geburtstag? Auch endlich zehn geworden, ja?«

»Genau«, sagte die Pia-Puppe. »Zehn ganze Jahre. Was uns auf eine Stufe stellt, Valerie Miller. Oder?«

»So ist es super.« Sarah nickte anerkennend. »Genau richtig!« Dann fuhr sie fort, für die Valerie-Puppe mit süßlicher Stimme zu sprechen: »Natürlich stehen wir auf einer Stufe, Pia Picotte. Und deshalb lade ich dich auch ein, Mitglied des Clubs zu werden! Du kommst doch jetzt zu uns, oder?«

»Zu euch kommen?«, sagte die Pia-Puppe. »Du meinst, du willst, dass ich deinem Club beitrete?« Die Puppenhände flogen in die Luft und die Stimme, mit der Pia sprach, klang regelrecht entsetzt.

»Ja.« Die Valerie-Puppe drehte affektiert den Kopf. »Ich habe das ganze Jahr darauf gewartet, dass du zehn wirst, damit ich dich endlich fragen kann. Und heute ist dein Geburtstag. Also, was sagst du?«

Natürlich gab es nur eine einzige Antwort darauf. Niemals würde Pia ihre beste Freundin sitzen lassen und mit diesen hochnäsigen Ziegen für den Rest des Sommers abziehen. Und trotzdem merkte Sarah jedes Mal, wenn sie an diesen Punkt der Übung kamen, wie ihr der Atem stockte.

Pia ließ ihre Puppe ganz dicht an die Valerie-Puppe herangehen, so dicht, dass sich ihr kastanienbraunes Haar hell und glänzend gegen das blasse, unscheinbare Material der Valerie-Puppe abhob, und als sich die beiden kleinen Gesichter beinahe schon berührten, sagte sie mit Schadenfreude in der Stimme: »Klar, Valerie Miller, es gibt nichts, was ich mir mehr wünschen würde, als mit dir in deinem Club zu sein!«

Sarah war so schockiert, dass sie ihre Puppe fallen ließ. Anastasia-Valerie kippte wie ein Miniatur-Bäumchen um und verbarg ihr Lächeln in der schmutzigen Erde unter den Büschen. Auch Pia war nach hinten gekippt. Das Mädchen, nicht die Puppe. Sie lag auf dem Rücken, hielt ihre Puppe in die Luft und kicherte.

»Oh!« Sie rang nach Luft. »Oh … du hättest eben dein Gesicht sehen sollen. Du hast so komisch ausgesehen!« Und sie lachte immer weiter.

Sarah presste die Lippen zusammen. Wie konnte Pia das komisch finden? Sie griff in die Zweige über sich und zupfte eine Fliederblüte ab. Dann saß sie da und betrachtete die konfettiähnlichen Blütenblättchen, die an ihrer Handfläche hafteten, während sie darauf wartete, dass Pias Albernheitsanfall nachließ. »Jetzt komm schon«, sagte sie, als sich das Kichern endlich gelegt hatte. »Sag es jetzt richtig. Sag, was du morgen zu Valerie Miller sagen wirst.«

Pia setzte sich gerade hin. Plötzlich sah sie ernst aus. »Ich sage das, was du mir aufgetragen hast.« Und dann ließ sie die Worte in einem einzigen zusammenhängenden Strom aus sich herausfließen. »Nein-ich-will-nicht-in-deinen-Club-Valerie-Miller-weil-ich-nirgends-mitmache-wo-meinebeste-Freundin-Sarah-Reines-nicht-dabei-sein-darf.« Sie holte Atem und sah direkt in Sarahs Augen. »So … können wir jetzt was anderes spielen?«

Was Pia gesagt hatte, war schon korrekt. Es war genau das, was Sarah sich für sie ausgedacht hatte. Aber etwas an der Art, wie sie es gesagt hatte, verbunden mit dem »was du mir aufgetragen hast«, verdarb die Sache völlig. Doch in Pias Augen lag ein Blick, der sie davor warnte, vorzuschlagen, das Ganze noch einmal zu wiederholen.

»Okay«, sagte Sarah, bemüht, ihre Stimme gleichgültig klingen zu lassen. Sie rieb die Handflächen gegeneinander, um die zerdrückten Blütenblätter loszuwerden, die daran klebten. »Was willst du denn dann spielen?«

Pia pflückte sich auch eine Fliederblüte ab, trennte sie aber säuberlich vom Stängel und steckte sie sich hinters Ohr. Dann kroch sie aus ihrer Höhle hervor, stand auf und begann sich in das Grünblau dieses Sommertags hineinzuwirbeln. »Ich will Sommer spielen«, rief sie. »Ich will spielen, dass ich frei bin und keine Schule habe und keine Hausaufgaben, keine Klavierstunden und keinen … keinen … niemand, der mir immer und immer und immerzu sagt, was ich zu tun habe!«

Und sie drehte und drehte sich im Kreis, die neue Puppe in der Hand. Sie wirbelte herum, bis ihr eigenes glänzendes Haar und das der Puppe miteinander zu verschwimmen schienen, bis die Fliederblüte hinter ihrem Ohr davonflog und im Gras landete.

Sarah lächelte. Sie konnte gar nicht anders. Genau das wollte sie doch auch. Genau das. Mit Pia zusammen Sommer spielen, Sommer spielen und Pias Freundin sein – für immer und ewig. Warum nur machte sie sich Sorgen?

Sarah kroch unter dem schützenden Busch hervor, stand auf und begann sich ebenfalls im Kreis zu drehen. Sie sang dabei ein neues Lied. »Freundin für immer und ewig«, sang sie.

Und wie vermutet stimmte Pia sofort mit ein. »Freundin für immer und ewig.«

Sie drehten sich und drehten sich und wirbelten herum – »Freundin für immer und ewig« –, bis sie sich nebeneinander ins Gras fallen ließen und eine neue Kicherwelle sie überrollte.

Kapitel 2

Los, sag schon!

Noch ehe Pia und sie dicht genug herangekommen waren, um einen ersten Blick auf den Strand zu werfen, konnte Sarah den See schon riechen. Nasser Sand, Seegras und ein Hauch von totem Fisch, all das in einem. Schwer und dunkel, frisch und leicht zugleich. Mit diesem Geruch waren sie aufgewachsen, Pia und sie. Als Babys hatten ihre Mütter sie zum Strand gebracht und an den Wasserrand gesetzt, dort, wo der Sand fest und kühl war und der See ihre Zehen umspielen konnte. Vielleicht war das der Grund, weshalb sie sich schon immer gut verstanden hatten, weil sie den See so liebten, alle beide. Am schönsten war es immer hier gewesen, ob sie nun schwimmen lernten oder Sandburgen bauten, Volleyball spielten oder im Winter Schlittschuh liefen.

Und Anfang Juni war's am allerschönsten. Die Sonne strahlte an einem Himmel, der so blau wie das Ei eines Blaukehlchens war, und es wehte genau die richtige Brise, um der aufsteigenden Hitze die Spitze zu nehmen. Und außerdem hatte der

Sommer noch nicht mal richtig angefangen. Die Sommerleute, die hier am Crystal Lake ein Ferienhaus, das heißt ein zweites, nur im Sommer bewohntes Haus besaßen, waren noch nicht wieder zurückgekehrt; Sarah und Pia würden daher den Strand mehr oder weniger für sich alleine haben, wenn man von ein paar Müttern absah, die ihre Babys nach unten an den Saum des Wassers brachten … ja, und vom Club natürlich.

»Ist es nicht super hier?«, rief Sarah. »Der ganze Sommer wird so werden, glaub mir.«

Ein leises Lächeln huschte über Pias Gesicht, verlosch aber beinahe schon wieder, kaum dass es sich gezeigt hatte. Pia war oft ruhig, doch heute ganz besonders, seit Sarah sie zu Hause abgeholt hatte. Wahrscheinlich war sie aber nur nervös, weil sie mit Valerie sprechen musste. Pia hasste jede Art von Auseinandersetzung, das wusste Sarah. Hatte sie die Begegnung mit dem Club erst einmal hinter sich, dann würde sie so guter Laune sein wie immer.

Sie bogen auf den Parkplatz ab, um den Weg zum Strand abzukürzen, hatten ihn aber noch nicht zur Hälfte überquert, als unmittelbar vor ihnen zwischen zwei parkenden Autos Estelle Gomez auf einem Skateboard hervorgeschossen kam. Sie zischte über den glatten Asphalt und kam am Ende des Parkplatzes zum Stehen, wo

Juanita stand und ihr zuschaute. Aber vielleicht war's ja auch Juanita, die mit wehendem, blauschwarz glänzendem Haar dahinglitt, und Estelle, die ihr dabei zusah. Mrs Wesley, ihrer Lehrerin, gelang es inzwischen, die Zwillinge auseinanderzuhalten, aber soweit Sarah wusste, war kein anderer in der Klasse dazu in der Lage. Der Zwilling auf dem Skateboard machte eine schnelle Drehung um die eigene Achse und bremste dann abrupt ab. Die Spitze des Boards ragte in die Luft.

Pia klatschte Beifall, das Äußerste an Begeisterung, das Sarah an diesem Morgen an ihr hatte beobachten können. »Du bist richtig gut«, rief sie zu dem Mädchen mit dem Board hinüber.

Die Zwillinge drehten sich um; sie wollten sehen, wer gerufen hatte, und die Überraschung, die sich in ihren Gesichtern zeigte, wetteiferte mit der Freundlichkeit darin. Als sie Pia und Sarah sahen, nickten sie ihnen zu, wandten sich aber, ohne Antwort zu geben, wieder ihrem Skateboard zu. Das Mädchen, das gefahren war, nahm das Board mit Schwung hoch, sodass die Räder rotierten, und erklärte der anderen etwas.

Sarah und Pia gingen weiter.

Sarah tat es jetzt leid, dass sie den beiden nicht auch etwas zugerufen hatte. Sie hatte doch nichts gegen sie. Es war eher so, dass sich bisher nie wirklich die Gelegenheit ergeben hatte, die beiden kennenzulernen. Das ging wohl allen so. Während der Pause und des Mittagessens blieben sie immer für sich und sprachen in einem weichen melodischen Spanisch miteinander, und wenn man ehrlich war, so hatte niemand in der Klasse sich sonderlich darum bemüht, mit ihnen in Kontakt zu kommen.

Als Sarah ihren Fuß auf den Strand setzte, sank sie mit ihren Sandalen im bräunlich gelben Sand ein. Sonnenlicht flirrte dicht über der Wasseroberfläche und sie schirmte die Augen mit einer Hand ab, um die Umgebung besser überblicken zu können. Sie sah sofort, wonach sie suchte. Auf der anderen Seite des Weges, im toten Winkel des Strandes, reflektierte das Sonnenlicht einen Haarschopf, der sich in vollendeter Blondheit gegen einen bereits gebräunten Rücken abhob.

Valeries Familie war in den Frühlingsferien in Florida gewesen was, soweit Sarah wusste, in der ganzen Stadt noch nie jemand getan hatte. Und irgendwie war es Valerie und ihrer Mutter gelungen, sich diese frühe Bräune zu erhalten. Vielleicht stimmte es ja, dass Valeries Mutter ihr tatsächlich erlaubte, in Pams Sonnenstudio zu gehen.

Sechs oder sieben Mädchen lagen ausgestreckt um Valerie herum wie Speichen um die Nabe eines Rades.

»Lass uns hierbleiben.« Pia zeigte auf die Ecke

des Strandes, an der sie stehen geblieben waren. »Wenn wir in der Nähe der Bäume bleiben, dann haben wir Schatten, wenn es zu heiß wird.«

»Hier wollen wir doch nicht bleiben!« Sarah reagierte überrascht, fügte aber in vernünftigem Tonfall hinzu, als sie das Stirnrunzeln in Pias Gesicht bemerkte: »Du weißt doch, dass wir's hinter uns bringen müssen.« Sie deutete mit einem Kopfnicken zu der Mädchenschar hinüber. »Wir gehen jetzt rüber und setzen uns direkt neben sie. Okay?«

»Aber …«, begann Pia.

Sarah ließ sie nicht aussprechen. Sie kannte Pia. Alles, was unangenehm war, schob sie, wenn irgend möglich, bis in alle Ewigkeiten vor sich her. »Du hast Geburtstag«, erinnerte sie Sarah. »Wenn hier jemand die Mitte des Strandes für sich haben darf, dann du.«

Pia ließ den Kopf hängen und stand schweigend da. Mit der Spitze ihrer Sandale zeichnete sie einen Halbkreis in den Sand.

»Komm schon«, sagte Sarah und marschierte auf die Mädchen zu; natürlich würde Pia ihr folgen. Ein paar Meter von der kleinen Gruppe entfernt ließ sie ihr altes gestreiftes Handtuch in den Sand fallen. Das Mädchen, das am nächsten zu ihr im Sand lag, war Kate Connolly. Sie sah von ihrem Badetuch auf und hob die Hand ein wenig, um zu grüßen. Dann schien sie sich zu besinnen und drehte das Gesicht zur Seite, bevor Sarah auch nur irgendeine Reaktion zeigen konnte.

Als Sarah sich nach Pia umsah, stand sie zu ihrer Verblüffung immer noch hinten bei den Bäumen.

Sarah ließ ihre Sachen auf das Handtuch fallen: die Strandtasche mit dem Sonnenschutz, auf dem ihre Mutter bestand, ihre Sonnenbrille und zwei neue Taschenbücher. Eines für sie und eins für Pia. Und außerdem enthielt die Tasche auch noch eine Überraschung: eine Packung gefüllte Schokokekse und zehn Kerzen. Und Streichhölzer. Sogar an Streichhölzer hatte sie gedacht. Pia liebte die gefüllten Schokokekse von *Hostess*.

Sarah lief wieder zu Pia zurück. »Was ist los?«, fragte sie jetzt ungeduldig. »Du wirst sie doch nicht den Strand beschlagnahmen lassen, oder? So wie sie alles in der Schule beschlagnahmt haben? Der Strand gehört uns genauso wie jedem anderen auch. So wie der See. Und wie die Stadt.«

»Mir gefällt's hier aber«, entgegnete Pia und machte eine Geste, um das Fleckchen Schatten anzudeuten, auf dem sie immer noch wie angewurzelt stand. »Ich will keinen Sonnenbrand kriegen.«

Sarah seufzte. Pia verbrannte sich leicht, doch es war nie ein Grund gewesen, um unter den

Bäumen in der Ecke des Strandes zu bleiben. »Jetzt komm schon«, sagte sie in dem autoritären Ton, den sie Pia gegenüber manchmal anschlagen musste. »Ich habe jede Menge Sonnencreme dabei.« Diesmal legte sie einen Arm um Pias Taille, um sicherzugehen, dass sie auch mitkam. »Und außerdem«, fügte sie hinzu, »kannst du jetzt nicht einfach kneifen.«

»Warum eigentlich nicht?«, fragte Pia. Sarah zwang sich zu einem Lachen. Natürlich meinte sie das nicht ernst!

Ein kleines Kind, das Eimer und Schaufel in der Hand trug, lief watschelnd in ihr Blickfeld, dann Richtung Wasser. Seine Mutter folgte ihm mit einem Baby auf der Hüfte und einer riesigen Windeltasche, die an ihrer Schulter zerrte.

Sie hätten auch Eimer und Schaufeln mitbringen sollen, Sandburgen bauen war schließlich nicht nur Babysache, oder? Auch wenn Valerie das wahrscheinlich behaupten würde. Solange es den Club noch nicht gab, hatte sich Sarah nie solche Fragen stellen müssen. Ihre Freunde und sie hatten einfach getan, wozu sie Lust hatten, und wozu sie Lust hatten, war genau richtig für ihr Alter gewesen.

Valerie lag auf einem übertrieben großen gelben Badetuch im Zentrum der Mädchengruppe. Sie richtete sich auf und lächelte, als Sarah und Pia auf die Stelle zutraten, die Sarah einen Moment vorher belegt hatte. »Seht mal, wer da kommt!«, rief sie den anderen Mädchen in freundlichem Ton zu.

Sarah wusste kaum, wie sie reagieren sollte. War das Spiel vorbei? Vielleicht hatte der Club ja keine Bedeutung mehr, jetzt, wo keine Schule mehr war. Vielleicht …

Dann setzte sich auch Renée aufrecht hin. »Hi, Pia«, rief sie. »Komm doch rüber. Wir dachten schon, du kommst nicht mehr.«

So also sah es aus. Sarah wurde es heiß, dann kalt, dann wieder heiß. Sie wandte sich um, um Pia ins Gesicht zu sehen. *Sag es,* befahlen ihre Augen. *Wie wir es ausgemacht haben. Sag es!*

Aber Pia schaute Sarah nicht an. Sie schaute auch die Mitglieder des Clubs nicht an. Plötzlich war sie voll und ganz damit beschäftigt, ihr Handtuch auszubreiten, eine Falte darin zu glätten und ihre Badetasche mit dem versprochenen Picknick abzustellen.

Beklommenes Schweigen stellte sich ein; es wurde nur von einem Mädchen im Teenageralter unten am Wasserrand gebrochen, das laut kreischte, weil ein Junge im selben Alter sie mit Wasser vollspritzte. »Nein, hör auf!«, rief sie immer wieder, spritzte aber dann selbst zurück.

Endlich richtete Pia sich auf. »Hi«, sagte sie. Es

war kein sonderlich freundliches »Hi«, aber auch kein wirklich unfreundliches. Es klang eher tonlos … aber es war da.

Sarah sah abwartend von Pia zu den Mädchen.

»Happy birthday«, sagte Kate. »Schön, dass du jetzt dabei bist … endlich!«

Pia lächelte scheu. Sie sagte nichts weiter, obwohl klar war, dass alle auf ihre Antwort warteten.

»Das ist sie nicht.« Die Worte sprudelten aus Sarahs Mund. Hatte Pia vergessen, was sie sagen sollte? »Nur weil sie zehn ist, gehört sie längst noch nicht zu eurem Club.«

Sie legte eine Hand auf Pias Schulter, während sie sprach, aber Pia entzog sich Sarahs Berührung. Ihr Gesicht war blass geworden. Sogar die Sommersprossen darin.

»Wir haben den Kuchen mitgebracht.« Valerie wandte sich direkt an Pia, als habe Sarah nichts gesagt, als sei sie gar nicht da. Sie zeigte auf eine durchsichtige Kunststoff-Kuchenhaube, die an der Ecke ihres Handtuchs stand und Sarah zuvor nicht aufgefallen war. Darunter stand allem Anschein nach ein Biskuitkuchen mit einer Glasur aus weichem Zuckerguss. Zwei dicke rosa Kerzen in Form einer Eins und einer Null bildeten die Zahl Zehn obenauf. Die Sonne hatte kleine feuchte Bläschen auf der Glasur entstehen lassen, die wie eine zusätzliche Verzierung schimmerten. »Und später gehen wir dann, wie ausgemacht, in die Nachmittagsvorstellung.«

Wie ausgemacht. Sarah hielt den Atem an. Pia hatte mit keinem Wort erwähnt, dass sie mit Valerie gesprochen hatte. Aber zweifellos hatte Valerie sie angerufen. Wahrscheinlich gestern Abend.

»Mein Vater lädt uns ein«, fügte Valerie hinzu.

Valeries Vater gehörte das Kino in der Stadt – so wie beinahe alles andere auch. Behauptete zumindest Sarahs Vater. Sarahs Eltern waren beide Lehrer und ihnen gehörte nichts, abgesehen von ihrem Haus.

Sarah wartete ab. *Sag es!*, befahl sie Pia stillschweigend. *Sag ihnen, dass du Biskuit nicht ausstehen kannst. Sag ihnen, dass du am liebsten Schokoladenkuchen magst.* Sie wünschte jetzt, sie hätte die *Hostess*-Kekse nicht als Überraschung zurückgehalten.

Aber Pia schien etwas im Sand neben ihrem Handtuch zu beobachten und antwortete noch immer nicht.

Sarah schloss die Augen. Pia würde nicht zum Club überlaufen. Das konnte sie unmöglich. »Pia, bitte«, flehte sie zuletzt mit leiser Stimme. »Du musst es ihnen sagen.«

Da übernahm Prinzessin Valerie persönlich. »Komm, Pia«, sagte sie. Sie erhob sich von ihrem gelben Handtuch. Ihre Stimme klang selbstsicher und fröhlich: »Ich hab dir einen Platz für dein Badetuch freigehalten, direkt neben mir.«

Sarah begann stumm zu zählen. Eins ... zwei ... drei ... vier.

Später würden sie darüber lachen und Sarah würde sagen: »Wie du am Anfang einfach nichts gesagt hast ... da hast du mir einen richtigen Schrecken eingejagt.«

Valerie stand jetzt neben Pia. Sie beugte sich nach vorn, um ihr Handtuch und ihre Strandtasche aufzuheben.

»Sie kommt nicht«, platzte Sarah heraus, mit einer Stimme, die zu laut klang und zu hoch. »Sie will nichts mit eurem Club zu tun haben. Stimmt's, Pia?«

Pia gab keine Antwort. Sagte weder Ja noch Nein. Stand nur da mit Augen, die von Valerie zu Sarah flogen, von Sarah zu Valerie.

»Pia!« Sarah merkte selbst, wie sie den Namen schrie, aber sie konnte nichts dagegen tun. Valerie ging dicht an Sarah vorbei, als sie Pias Badetuch und Strandtasche zu ihrem kleinen Kreis hinübertrug.

Und dann rührte sich Pia. Mit gesenktem Kopf ging auch sie an Sarah vorbei, Valerie hinterher. So nah ging sie an ihr vorbei, dass sich die feinen Härchen auf Sarahs Arm sträubten.

Einen Moment lang konnte Sarah nicht mehr atmen. Es war, als habe der leuchtend blaue Himmel ein Gewicht angenommen, das sie niederdrückte. Dann schließlich griff sie mit der gleichen Bedächtigkeit, mit der Pia soeben an ihr vorbeigegangen war, sie ignoriert hatte, nach ihrem Handtuch und ihrer Strandtasche, wandte ihnen den Rücken zu und bahnte sich mit mühevollen Schritten einen Weg zurück durch den trockenen Sand.

Das Gelächter der Mädchen verfolgte sie wie eine Giftgaswolke. Aber Sarah weinte nicht. Sie würde niemals wieder weinen. So lange sie lebte nicht.

Kapitel 3

Wer will sie schon zurück?

»Sarah?«

Sarah sah von ihrem Buch auf. Ihre Mutter stand in der Zimmertür. Ein Blick auf ihren besorgten Gesichtsausdruck genügte, um sich wieder auf ihr Buch zu konzentrieren. Mom sah ja, dass sie hier, auf ihrem Bett saß und zum fünfzehnten Mal *Anastasia voll im Stress* las. Was musste sie mehr wissen?

»Hör mal, Sarah.« Ihre Mutter kam auf ihr Bett zu und strich die Tagesdecke glatt. Sie setzte sich, bevor sie mit ihrer Rede fortfuhr, wegen der sie offenbar gekommen war. »Du hast seit Tagen dein Zimmer kaum verlassen. Ich weiß, dass es dir nicht gut geht, aber denkst du nicht …«

»Ich denke die ganze Zeit«, sagte Sarah, ohne ihre Augen von den Seiten des Buches zu wenden, obwohl sie dieselben zwei, drei Worte wieder und wieder gelesen hatte, seit ihre Mutter das Zimmer betreten hatte. »Ich werde den ganzen Sommer über nachdenken. Ich habe ja sonst nicht viel zu tun, oder?«

Sie wusste, sie klang patzig, aber es war ihr gleichgültig. In Wahrheit war ihr inzwischen alles gleichgültig.

Ihre Mutter fuhr sich mit beiden Händen durch das kurze braune Haar, wie sie es immer tat, wenn sie gereizt war. Sarah wünschte, sie würde gehen. Und wollte doch, dass sie blieb. Sie wusste einfach nicht mehr, was sie wollte.

Außer vielleicht Pia erwürgen. Zusehen, wie ihre Augen hervorquollen und …

»Sie kommt zurück, wirst sehen. Ihr seid schon zu lang gute Freundinnen, als dass euch so ein alberner Mädchenclub auseinanderbringen könnte.«

»Wer will sie schon zurück?«, murmelte Sarah. Ihre Augen waren noch immer auf die Seite fixiert, auf der die Buchstaben im Wasser zu versinken schienen.

Ihre Mutter verstand sie nicht. Niemand, der den Club einen albernen »Mädchenclub« nannte, konnte auch nur annähernd verstehen.

Dass sie nicht zehn war, war kein Grund, sie auszuschließen. Es war ein Vorwand. Vielleicht war es schon immer Valeries Plan gewesen, Sarah und Pia auseinanderzubringen. Sarah ohne eine einzige Freundin in der Welt dastehen zu sehen.

Sarah hatte recht gehabt, als sie zu Pia gesagt hatte, dass Valerie sie nicht leiden könne. Und es stimmte, dass sie Valerie auch nicht leiden konnte. Valerie gehörte zu den Mädchen, die schon seit der zweiten Klasse mit ihren Haaren rummachten und über Jungen kicherten. »Frühreif ist sie«, hätte Sarahs Mutter vermutlich über sie gesagt und das Wort »reif« auf eine Weise betont, als hinterlasse es einen schlechten Geschmack in ihrem Mund. Sarahs Meinung nach war Valerie schlichtweg dumm. Und Valerie dachte von Sarah … Na ja, natürlich wusste Sarah nicht genau, was Valerie von ihr dachte. Aber sie war sich sicher, dass es nichts Gutes war, wenn man bedachte, dass sie Sarah in der Schule grundsätzlich ignorierte.

»Weißt du«, sagte ihre Mutter jetzt, »das Ganze tut mir wirklich leid. Sehr leid sogar. Aber ich finde, dass es Zeit wird, etwas zu unternehmen. Du kannst dich doch nicht den ganzen Sommer über in deinem Zimmer verkriechen.«

»Etwas unternehmen?« Misstrauisch sah Sarah auf. »Zum Beispiel?«

»Nach draußen gehen, dich bewegen. Aufhören, dich selber zu bemitleiden.«

Aufhören, dich selber zu bemitleiden! Sarah schnaubte wütend durch die Nase. Das also, glaubte ihre Mutter, tat sie?

»Weißt du, was das beste Mittel gegen ein Stimmungstief ist?«, fragte Mom in dem übertrieben fröhlichen Ton, den sie immer anschlug, wenn sie gerade dabei war, eine kleine Dosis *wichtiger* mütterlicher Ratschläge auszuteilen. »Etwas für jemanden zu tun, der mehr Probleme hat als du.«

Sarah wollte gerade wieder durch die Nase schnauben, überlegte sich's dann aber anders. Mom hatte nicht viel Verständnis für solche Mätzchen. Also fragte sie stattdessen: »Wer hat denn mehr Probleme als ich?«

»Viele Leute auf dieser Welt, Süße. Unsere unmittelbare Nachbarin zum Beispiel.«

»Miss Berglund?« Sarah richtete sich auf. »Was ist denn mit Miss B.?«

Mom zuckte mit den Schultern. »Was glaubst du wohl? Sie ist alt, sie lebt allein, sie ist blind.«

»Ist das alles?« Sarah ließ sich auf das Kopfende an ihrem Bett zurückfallen. Sie hatte schon befürchtet, dass etwas Schlimmes passiert war. Natürlich war Miss Berglund alt. »Siebenundachtzig«, verkündete sie fröhlich, wann immer sich Gelegenheit bot. Und natürlich lebte sie allein. Sie lebte schon allein, seit ihr Vater gestorben war, der vor langer Zeit einmal Pastor in der Lutheranerkirche hier in der Stadt gewesen war. Und das war sogar noch vor Sarahs Geburt gewesen. Miss Berglund war auch schon viele Jahre länger blind, als Sarah sie kannte. In einer der frühesten Erinnerungen Sarahs saß sie ganz ruhig da, damit ihre

Nachbarin sie »sehen« konnte, indem sie ihr mit ihren kühlen, trockenen Händen über das Gesicht strich.

Ihre Mutter fuhr zurück und in ihren Augen blitzten ziemlich gefährliche Funken auf. »Ob das alles ist? Reicht das nicht?«

Sarah setzte sich wieder aufrecht hin und legte ihr Buch zur Seite. Wenn sie nicht besser darauf achtete, was sie sagte, dann würde sie Ärger mit ihrer Mutter bekommen, so viel stand fest. Sie liebte ihre Mutter. Natürlich tat sie das. Man liebte nun mal seine Mutter, oder? Man liebte sie. Aber es gab da einen Punkt, an dem sie und ihre Mutter nicht recht zusammenkommen konnten, und das zeigte sich am deutlichsten, wenn Sarah, so wie jetzt, wegen etwas traurig war. Wie damals, als sie um das kleine rote Eichhörnchen mit dem weißen Dreieck auf der Brust geweint hatte, das auf der Straße vor ihrem Haus umgekommen war. Sie hatte nicht mehr aufhören können zu weinen, so lange, bis ihre Mutter irgendwann energisch sagte: »Es gibt so viele Eichhörnchen auf dieser Welt, Sarah. Du kannst nicht um jedes einzelne trauern.« Sarah hatte aufgehört zu weinen, aber daran, wie sie fühlte, hatte es nichts geändert.

»So hab ich es auch nicht gemeint«, sagte sie. »Es ist nur so, dass ich Miss B. nicht mit Problemen in Verbindung bringe. Ich denke einfach als Miss B. an sie, verstehst du?«

Sarahs Mutter entspannte sich jetzt sichtlich. Sie lächelte und streckte die Hand aus, um Sarah den Pony aus der Stirn zu streichen. »Ja, weil du jung bist.«

»Eben«, antwortete Sarah finster. »Ich bin jung. Noch nicht mal zehn.«

Ihre Mutter nahm Sarahs Hand. »Die Mädchen werden diese Phase bald hinter sich haben, glaub mir. Gib ihnen nur ein wenig Zeit.«

»Und wie viel Zeit? Den ganzen Sommer?« Sarah zog ihre Hand zurück. »Und es ist mir auch egal, ob sie die Phase bald hinter sich haben oder nicht. Die Einzige aus dem ganzen Haufen, die mir wichtig ist, ist Pia.«

»Wenn du zum Strand gehen würdest«, sagte ihre Mutter fast schon flehend, »wenn du nur dahin gehen würdest, wo sie sind … ich bin mir sicher …«

»Nein!«, sagte Sarah mit solcher Heftigkeit, dass ihre Mutter mitten im Satz verstummte. Gab es denn keine Erwachsenen auf der Welt, die sich daran erinnern konnten, wie es gewesen war, ein Kind zu sein? Oder waren Kinder zu der Zeit, als ihre Mutter jung war, noch anders gewesen? Immer nett miteinander vielleicht?

Sarah legte ein Stück Papier als Lesezeichen in

ihr Buch und schlug es zu. »Dann geh ich jetzt wohl mal Miss B. besuchen«, sagte sie.

»Gut. Gut.« Ein Lächeln zog über das Gesicht ihrer Mutter. Und da sie mit dem Ergebnis des Gesprächs zufrieden war, stand sie jetzt auf und ging zur Tür. »Grüß sie von mir«, sagte sie gut gelaunt.

»Ich werde ihr erzählen«, gab Sarah zur Antwort, »dass du gesagt hast, sie hätte Sorgen.«

»Sarah Reines!« Ihre Mutter fuhr herum, die Hände in die Seiten gestemmt.

»Du weißt, dass ich's nicht tue«, räumte Sarah ein. Doch dann, um ihre Mutter nicht komplett die Oberhand gewinnen zu lassen, fügte sie hinzu: »Wenn ich Miss B. besucht habe, muss ich aber gleich wieder zu meinem Buch zurück. Es ist richtig gut, weißt du.«

Was konnte ihre Mutter daran auszusetzen haben? Während der Schulzeit arbeitete sie als Spezialistin für Leseförderung. Ihr Job war es einzig und allein, Kinder zum Lesen zu ermutigen!

Ihre Mutter seufzte.

Kapitel 4

Jedermanns Liebling

»Hallo, Miss B.«, rief Sarah, als sie durch die Eingangstür trat.

Sie hatte eine Vereinbarung mit Miss Berglund getroffen. Sarah durfte ins Haus kommen, ohne anzuklopfen – die Tür war nie verschlossen –, musste aber Miss B. immer wissen lassen, dass sie da war. So musste Miss Berglund nicht ihre jeweilige Tätigkeit unterbrechen, um zur Tür zu gehen, erschrak aber auch nicht, weil Sarah plötzlich im Zimmer stand. Nichts rege sie mehr auf, sagte sie oft, als jemanden ganz plötzlich in ihrer Nähe zu spüren, obwohl sie sich allein geglaubt hatte.

Sarah konnte Miss B.'s Stimme aus der Küche hören. »Ich weiß, dass du das denkst«, sagte sie gerade. »Das hast du mir ja oft genug gesagt. Aber mir scheint …« Die bloße Tatsache, dass Miss B. sich unterhielt, bedeutete nicht, dass jemand bei ihr war. Oder dass sie telefonierte. Höchstwahrscheinlich sprach sie mit »Papa«, ihrem toten Vater. Sie sprach die ganze Zeit mit ihm. Oft klangen die Gespräche sehr nach einer Auseinandersetzung.

Einmal hatte Sarah Kate zu einem der Besuche bei Miss Berglund mitgenommen. Als Kate hörte, wie Miss B. mit ihrem Vater plauderte, wusste sie nicht, ob sie nun aus Angst vor dem Geist von Papa oder aus Angst vor der verrückten Lady aus dem Haus rennen sollte. Sarah hatte nie wieder eine Freundin mitgebracht. Außer Pia natürlich. Sie und Pia wussten, dass Miss Berglund zwar sein mochte, was die Erwachsenen »wunderlich« nannten, doch weit davon entfernt war, verrückt zu sein. Wahrscheinlich hatte ihr ihr Papa zu Lebzeiten zu wenig Gelegenheit gegeben, ihm zu widersprechen, hatten sie sich vorgestellt, und das musste Miss B. jetzt nachholen.

Pia hatte mal gesagt, dass der Mann auf dem Porträt, das an der Wand im vorderen Zimmer hing, nicht wie jemand aussah, mit dem sie persönlich gerne sprechen würde, aber vielleicht war er ja netter gewesen, als er wirkte. Immerhin war er Priester und die Priester, die Sarah kannte, waren alle ziemlich nett. Oben auf der Kanzel in ihren schwarzen Roben furchterregend, aber immer freundlich, wenn sie nach dem Gottesdienst vorn vor der Kirchentür standen und lächelnd Hände schüttelten.

Sarah ging an dem Porträt vorbei und weiter

durchs Esszimmer mit dem massiven alten Tisch mit den Löwenfüßen.

»So war es überhaupt nicht«, sagte Miss B. gerade in der Küche, die gleich dahinterlag.

»Hi, Miss B.«, rief Sarah noch mal von der Küchentüre aus. »Ich bin's.«

»Oh, Sarah, hallo!« Miss Berglund wandte sich vom Spülbecken ab, das sie gerade schrubbte, und sah zur Küchentür, in der Sarah jetzt stand. Wenn Sarah ihr lebendiges Lächeln sah, vergaß sie den ausdruckslosen, starren Blick ihrer Augen. Sie trug einen leuchtend lilafarbenen Hosenanzug mit einer Bluse in Lavendel. Sarah und Pia hatten sich oft gefragt, wie sie es schaffte – und zwar immer! –, ihre Kleider farblich aufeinander abzustimmen, denn keine von ihnen hatte sie jemals etwas tragen sehen, das nicht zusammenpasste.

Vielleicht wurde ihr die Kleidung ja auch von den Ladys von der Kirche hingelegt, die jede Woche einmal kamen und Miss B. mitnahmen, um mit ihr Lebensmittel einzukaufen oder andere Besorgungen zu machen. Obwohl sich Sarah lieber vorstellte, dass Miss B. einfach wusste, welche Farbe die Sachen in ihrem Wandschrank hatten, so wie sie ja auch vieles andere zu wissen schien, ohne es sehen zu können.

»Wo ist Pia?«, setzte Miss B. hinzu, als wolle sie

beweisen, dass sie tatsächlich Sarahs Gedanken lesen konnte.

»Keine Ahnung«, antwortete Sarah.

»So? Ich dachte, ihr zwei hängt wie Kletten aneinander. Gerade jetzt im Sommer.«

»Nein, tun wir nicht«, sagte Sarah patzig. Sie setzte sich auf den Stuhl am Ende des Küchentischs, auf dem sie immer saß und der am nächsten bei der Tür zum Esszimmer stand.

»Aha«, erwiderte Miss Berglund. Weiter nichts.

Sonnenlicht flutete über das helle Eichenholz des Küchentischs und Sarah streckte ihre Hände den warmen Strahlen entgegen. Sie wünschte, Miss B. hätte Pia nicht erwähnt. Es tat schon weh, wenn sie nur ihren Namen hörte.

Miss Berglund nahm ein Wasserglas aus dem Schrank und einen Krug aus dem Kühlschrank und füllte das Glas mit Limonade. Sie umfasste den oberen Rand des Glases mit einer Hand und hörte auf zu gießen, kurz bevor es voll war. Sarah hatte nie verstanden, wie sie das schaffte.

»Ihr hattet eine Reiberei, was?«, fragte sie; sie fuhr mit ihrer freien Hand an der Tischkante entlang, bis sie am hinteren Ende, an dem Sarah saß, angekommen war, und setzte die Limonade vor sie hin. Ein Teller mit goldbraun und knusprig aussehenden Erdnussbutterplätzchen stand bereits in der Mitte des Tischs.

»Nein.« Sarah nippte an der Limonade. »Wir hatten keine *Reiberei.*« Die Frage machte sie augenblicklich schlecht gelaunt. Vielleicht hätte sie trotz des Drängelns ihrer Mutter zu Hause bei ihrem Buch bleiben sollen. Dann hätte sie nicht über Pia reden müssen. Und obwohl Miss B. nichts weiter sagte, fühlte sie sich genötigt, eine Erklärung abzugeben. »Sie ist Mitglied im Club geworden. Das ist alles.«

»Oh. Der Club.« Miss Berglund setzte sich mit ihrem eigenen Glas frischer Limonade hin.

Sarah und Pia hatten ihr von dem Club erzählt, als er gerade gegründet worden war, und sie war eine der wenigen Erwachsenen, die zu verstehen schien, dass die ganze Sache nicht einfach eine entzückende Kleinkinder-Erfindung war. »Andere auszuschließen – das ist Sinn und Zweck so mancher Clubs.« Sarah sah das genauso. Im Grunde fragte sie sich manchmal, ob es nicht darum ging, *sie* auszuschließen.

»Was hat Pia denn umgestimmt?«, fragte Miss Berglund jetzt.

Sarah zuckte mit den Achseln. »Hat sie mir nicht gesagt. Sie ist ganz einfach Valerie nachgerannt wie ein Hündchen an der Leine.«

»Das tut mir leid«, sagte Miss B. Weiter nichts. Es war eine der Eigenschaften, die Sarah an Miss B. mochte. Sie tat nicht so, als könne sie Dinge reparieren, die nicht reparabel waren, nur weil sie erwachsen war. Und sie sagte auch nichts, wenn es nichts zu sagen gab.

Sarah griff nach einem Keks – Miss B. hatte immer gesagt, sie brauche nicht zu fragen – und fing an, wie ein Mäuschen am Rand herumzuknabbern, sodass sein Umfang immer kleiner wurde. Sie löcherte ihr Hirn nach einem anderen Gesprächsthema.

»Ich habe einen Augenblumenstrauß für Sie«, schlug sie schließlich vor. Augenblumensträuße pflücken war ein Spiel, das Pia und sie oft mit Miss B. gespielt hatten. Sie beschrieben etwas für sie, das sie kürzlich gesehen hatten, und versuchten, sich gegenseitig darin zu übertreffen, die einfallsreichsten Beschreibungen von ganz gewöhnlichen Bildern zu finden. So könne auch sie im Geiste »sehen«, meinte Miss B. dazu. Es war Sarah gewesen, die das Spiel erfunden hatte, und ihre Beschreibungen waren, wenn sie das von sich selber sagen durfte, meistens ziemlich gut.

»Ich bin bereit.« Miss Berglund beugte sich auf der anderen Seite des Tischs nach vorn, das Gesicht offen und voller Erwartung.

Sarah hatte das Spiel zwar gerade selbst vorgeschlagen, aber alles, was ihr einfiel, war die Sonne, die in Valeries blondem Haar geglänzt hatte, oder Pias Rücken, der vor lauter Trotz ganz steif gewesen war, als sie davonging. Weder das eine noch das andere wollte sie beschreiben. Sie spähte aus dem Fenster auf die Reihe Fliederbüsche. »Der Blaue Flieder blüht«, begann sie.

Miss B. nickte. »Wenn der Wind von Süden kommt, kann ich ihn riechen. Der Mai war kühl. Die Büsche haben erst spät angefangen zu blühen.«

»Und er hat so eine schimmernde Farbe. Halb silber- und halb purpurfarben. Wissen Sie, was ich meine?«

Miss B. faltete die Hände. »Schimmernd. Halb silber- und halb purpurfarben.« Sie nickte. »Das ist es. Ganz genau das ist es.«

Ein Hauch von Wärme stieg in Sarah hoch, wie immer, wenn Miss B. ihre Beschreibungen gefielen. Sie fuhr fort. »Und die Blätter kommen jetzt auch schon. Sie haben die Form von kleinen Herzen. Von kleinen grünen Herzen. So grün wie Gras.«

Das war jetzt nicht sehr gut gewesen. Was war alltäglicher, voraussagbarer als »grasgrün«? »Dem Grün von malmenden Pferden«, fügte sie, einer plötzlichen Eingebung folgend, hinzu.

Miss B. lachte und klatschte anerkennend in die Hände. »Perfekt!«, rief sie. »Malmende Pferde.«

»Jetzt hab ich was für dich«, verkündete Miss B. Und sie beschrieb ein schwarzes Eichhörnchen, das sie »gesehen« hatte, als es einen Baum hinaufgelaufen war. Und wie die Umrisse des Baumes zu einem schwarzen Bären geworden waren. Seitdem Miss B. ihr Augenlicht verloren hatte, hatte sie Visionen, wie sie es nannte. Äste mit Blättern beispielsweise, die vor ihr herabhingen und so echt aussahen, dass sie die Hand hob, um sie zur Seite zu streifen. Oder Gesichter. Meist war er es »höchstpersönlich«, wie sie sich oft auf ihren Vater zu beziehen pflegte. Als die Visionen zum ersten Mal auftraten, war sie erschrocken und hatte ihren Arzt angerufen. »Nein«, hatte der zu ihr gesagt, »Sie sind nicht verrückt. Das geschieht häufig, wenn Menschen ihr Sehvermögen verlieren. Vermutlich handelt es sich dabei um ein gelangweiltes Gehirn, das sich nur unterhalten möchte.« Deshalb sammelte sie nun ihre Visionen und tauschte sie gegen Sarahs und Pias Augenblumensträuße ein. Doch teilte sie sie nie mit irgendjemand anderem. Sie meinte, andere Leute würden sie wahrscheinlich nicht verstehen können.

Sarah lehnte sich auf ihrem Stuhl zurück. Sie war jetzt wieder an der Reihe, fühlte sich aber mit einem Mal müde und ideenlos. Das Spiel machte nicht halb so viel Spaß, wenn Pia nicht dabei war, um ihre Beschreibungen zu würdigen. »Ach, Miss B., ich wünschte …« Sie wusste selber kaum, was sie sich wünschte. Pia zurückhaben?

Natürlich. Aber nur, wenn sie auf die richtige Weise zu ihr zurückkam. Voller Reue. Voll Erleichterung, Valeries Fängen entkommen zu sein. Die restlichen Worte stolperten einfach so aus ihr heraus: »Was mache ich nur einen ganzen Sommer ohne sie?«

Jeder andere Erwachsene hätte ihr jetzt den Kopf getätschelt und gesagt, doch, doch, natürlich gebe es in diesem Sommer alle Hände voll zu tun. Um dann die vielen Möglichkeiten aufzuzählen: Ferien-Sonntagsschule in der Kirche, Tagescamp im Stadtpark, Schwimmunterricht am See – alles Orte, an denen Valerie unter Garantie auch anzutreffen sein würde. Ersatzweise hätte ein anderer Erwachsener, wie ihre eigene Mutter in den vergangenen drei Tagen, vielleicht zu ihr gesagt, sie müsse doch nichts weiter tun, als dorthin zu gehen, wo Valerie und ihre Freunde sich aufhielten; dann könne sie sicher sein, dass man sie auffordern würde mitzumachen. Aber Miss B. sagte nichts dergleichen. Sie seufzte nur und sagte: »Ich weiß, was du meinst.« Ihr liebes altes Gesicht unter der Pusteblumenwolke weißen Haars verzog sich mitleidig. »Als Papa starb, da dachte ich, ich würde nicht einen einzigen Tag überleben. Ich wusste kaum, wie ich am Morgen aus dem Bett kommen sollte, ohne ihn, der mich ja brauchte, hier im Haus zu wissen.«

Miss B.'s Worte trieben stechende Tränen in Sarahs Augen. Sie hatte gewusst, dass Miss B. sie verstehen würde. Und dass sie Pias Überlaufen zum Club mit dem Tod eines Menschen verglich, war auch nicht übertrieben. Denn es war ja beinahe wie ein Tod. Der Tod ihrer Freundschaft. Liebevoll sah Sarah zur anderen Seite des Tischs hinüber.

Miss B. saß ganz ruhig da, die Hände auf dem Tisch gefaltet, und wartete offenbar darauf, was als Nächstes geschehen würde. Was immer es auch sein mochte.

Aber Sarah war nicht nach Warten zumute. Sie wollte, dass *jetzt* etwas geschah. Und zwar mit Pia. Und sie sah Pia vor sich, wie sie nur um die Tischecke herum von ihr entfernt saß, sah die weichen kupferfarbenen Locken, die ihr Gesicht umrahmten. Wahrscheinlich würde sie Thomas Cat, Miss Berglunds großen alten schwarz-weißen Kater, im Arm halten, sein dickes Fell streicheln und etwas in sein Ohr flüstern, während Sarah und Miss Berglund sich neben ihr unterhielten.

Mis B. war zu klug gewesen, um ihre Frage, wie sie den Sommer ohne Pia überleben sollte, zu beantworten. Deshalb fragte Sarah sie jetzt etwas, das sie beantworten konnte. »Wo ist denn Thomas? Ich habe ihn heute Vormittag noch gar nicht gesehen.«

»Wahrscheinlich liegt er schlafend in dem großen Ledersessel in Papas Arbeitszimmer«, erwiderte Miss B. »Ich habe heute Morgen erst zu Papa gesagt, die alte Katze wird mit jedem Tag bequemer.«

»Ich sehe mal nach ihm.« Sarah stand vom Tisch auf. Wenn Pia schon nicht hier war, dann hatte sie zumindest Thomas mal für sich.

Vielleicht war das der Weg, wie sie durch diesen Sommer kam: Indem sie eine Sache nach der anderen entdeckte, die besser ohne Pia war. Beinahe hätte sie gelacht. Beinahe.

Kapitel 5

Collette

Thomas Cat lag nicht schlafend in dem großen Ledersessel in Papas Arbeitszimmer. Sarah wandte sich um und warf einen schnellen Blick durch Wohn- und Esszimmer, aber er lag auch nicht zusammengerollt auf einem der Esszimmerstühle oder seinem Lieblingsplätzchen auf der Couch. Dann blieb sie am Fuß der Treppe stehen. In all den Jahren, die sie Miss Berglund schon besuchen kam, war sie noch nie im zweiten Stock gewesen. Sie wusste, dass sie eigentlich um Erlaubnis fragen musste, ehe sie nach oben ging, aber irgendwie fehlte es ihr an der nötigen Energie, in die Küche zurückzugehen. Außerdem hatte Miss B. ganz sicher nichts dagegen. Trotzdem stieg Sarah die Treppe am Rand der Stufen hoch, um ein Knarzen zu vermeiden. Sie würde nur kurz in den zweiten Stock reinschauen und schon wäre sie wieder unten. Der erste Raum, den sie betrat, musste Miss B.'s sein. Eine Haarbürste mit silberner Rückseite und ein Kamm lagen Seite an Seite auf dem Frisiertisch, außerdem standen dort einige Tiegel und Fläschchen in gerader Linie. Und da war auch Thomas, zusammengerollt lag er auf einer gehäkelten Tagesdecke. Als Sarah näher auf ihn zuging, öffnete er ein Auge zu einem goldenen Schlitz und begrüßte sie mit einem zirpenden Miau.

»Hallo, Thomas.« Sie fuhr mit einer Hand über sein dickes Fell.

Er gähnte, wobei sich seine rosafarbene Zunge hinter seinen spitzen Zähnen einrollte, und ließ die Augen wieder zufallen.

»Fauler alter Kater«, schalt ihn Sarah liebevoll. Doch noch während sie das sagte, wurde ihre Aufmerksamkeit von etwas abgelenkt, das hinter der Katze stand. Auf einem kleinen quadratischen Tisch auf der anderen Seite des Betts befand sich ein Glassturz, unter dem eine Puppe stand, die vielleicht dreißig Zentimeter groß war. Die schönste Puppe, die Sarah je gesehen hatte.

Sarah ging um das Bett herum, um sie sich genauer anzusehen. Als sie sich bückte und durch das Glas linste, hätte sie schwören können, dass ihr die Puppe zulächelte. Der winzige Mund, der an den Winkeln leicht geneigt war, sah so schelmisch aus, die dicht bewimperten Augen so lebendig, dass sie drauf und dran schien, durch das schützende Glas in Sarahs Hände zu springen.

»Wer bist denn du?«, flüsterte Sarah und wusste es doch schon, während sie noch fragte. Dies war

Collette. Sie hatte keine Ahnung, woher der Name kam. Er war ganz einfach da und wartete darauf, dass sie ihn aussprach: »Collette«. Der Name war perfekt. Und das Glitzern in Collettes Augen schien anzudeuten, dass sie genauso dachte.

Sarah wusste, dass sie im Schlafzimmer nichts anrühren durfte. Ihre Mutter hatte sie oft genug ermahnt, nicht mit Miss B.'s Sachen herumzuspielen. Das war besonders wichtig, meinte ihre Mutter, weil Miss B. sie ja dabei nicht sehen konnte. Doch sie hielt den Glassturz bereits in ihren Händen, hatte ihn schon hochgehoben, ehe sie noch darüber nachdenken konnte. Sie spielte ja nicht eigentlich herum. Auf jeden Fall verrückte sie hier nichts und nahm nichts weg. Sie wollte nur die rosigen Bäckchen streicheln und das grüne Taftkleid anfassen.

»Pia würde dich lieben!«, erzählte sie Collette.

»Mrrr!« Das war Thomas Cat, der seiner Missbilligung darüber Ausdruck gab, übersehen zu werden. Sarah hatte ihn so vollständig vergessen, dass sie um ein Haar den Glassturz hätte fallen lassen, als er sich in Erinnerung brachte. Sie rang nach Luft, stabilisierte das zerbrechliche Glas in ihren Händen und setzte es behutsam auf seinen hölzernen Untergrund zurück. Was hätte sie sich alles an Erklärungen einfallen lassen müssen, wenn es zerbrochen wäre!

Sie holte tief Luft und trat vom Tisch zurück.

Jetzt, wo Collette wieder unter ihrem Glassturz stand, schien ihr Lächeln ein wenig zu verblassen. Wieso hielt man so eine wunderschöne Puppe unter Verschluss? Aber so eine Frage konnte sie Miss B. wohl kaum stellen. Sie hatte ihr ja nicht einmal gesagt, dass sie nach oben gegangen war.

Sarah packte Thomas, nahm ihn auf den Arm und lief schnell und beinahe lautlos nach unten zurück. »Ich hab ihn«, sagte sie zu Miss B., die wieder am Küchentresen stand und Teig zu Brotlaiben formte. Manchmal ließ sie Sarah und Pia ihre eigenen kleinen Laibe machen, aber Sarah war gerade nicht besonders interessiert daran. Sie hatte ja die Katze.

Sie setzte sich mit Thomas auf dem Schoß zurück auf ihren Stuhl und begann, genau so über seinen Kopf zu streichen, wie Pia es immer tat. Er schnurrte aber nicht einmal, wartete nur ein paar Sekunden ab, dann sprang er runter und stolzierte mit zuckendem Schwanz davon. So viel zum Thema »alles besser ohne Pia«!

Wenn Puppen sich entscheiden könnten, würde wohl auch Collette Pia den Vorzug geben. Doch Pia war jetzt Mitglied des Clubs. Zu erwachsen und zu wichtig, um sich mit Puppen abzugeben, egal wie schön sie sein mochten.

Sarah nahm ihr Limonadenglas in die Hand und setzte es wieder ab, ohne einen Schluck zu trinken. Wenn sie Pias Namen nicht auf der Stelle sagte, dann würde sie vielleicht in Stücke springen.

»Pia hat Puppen so geliebt«, platzte es aus ihr heraus. Noch während sie das sagte, fiel ihr auf, dass sie von Pia in der Vergangenheit sprach. Fast so, als sei sie schon gestorben.

»Ich habe Puppen auch geliebt, als ich ein kleines Mädchen war.« Miss B. hatte gerade einen Brotlaib aus dem Teig geformt und legte ihn in ein Gefäß. »Beziehungsweise gab es eine Puppe, die ich besonders geliebt habe. Sie hieß Nancy.«

»Nancy?« Sarah war enttäuscht. Die Puppe, die sie gesehen hatte, war ebenso wenig eine Nancy wie eine Minni Maus.

»Ich habe sie immer noch.« Miss Berglund war nachdenklich geworden. »Sie steht auf dem Tisch neben meinem Bett.« Sarahs Herz begann zu pochen. »Ach ja?«, sagte sie, als ob sie nichts von einer solchen Puppe wüsste, und hoffte, dass sie unschuldiger klang, als sie sich fühlte.

»Ich war genau in deinem Alter, als meine Mutter sie mir schenkte. Ich glaube, Mama hat sie mir damals geschenkt, weil sie schon wusste, dass sie nicht mehr lange bei uns sein würde.«

Miss B. hatte die Geschichte mehr als einmal

erzählt. Nicht von der Puppe, doch von ihrer Mutter, die starb, als sie neun Jahre alt gewesen war. Bei dem Gedanken an ein Mädchen ihres Alters, das ohne Mutter und mit der Verantwortung für all die Arbeit in diesem großen Haus zurückblieb, durchfuhr Sarah jedes Mal ein Schauer.

»Aber diese Puppe«, sagte Sarah und ergriff umgehend die Gelegenheit, mehr herauszufinden. »Sie haben sie immer noch? Sie muss ja sehr alt sein.«

Miss B. nickte. »Fast hundert Jahre, würde ich sagen. Sie hat schon meiner Mama gehört, als sie ein Mädchen war.«

Einhundert Jahre alt! Sarah konnte sich auf nichts besinnen, das so alt war. Sie wünschte sich jetzt umso mehr, sie hätte Miss Berglund gesagt, dass sie die Puppe schon gesehen hatte. Miss B. hätte es bestimmt nichts ausgemacht. Doch jetzt schien es dafür zu spät und so sagte sie nur: »Ich wette, sie ist wunderschön.«

»Oh«, sagte Miss Berglund leise. »Ja, das ist sie.«

»Pia hätte sie so gern gesehen.« Sie konnte es nicht lassen, von Pia zu sprechen, obwohl ihr der Name jedes Mal, wenn sie ihn sagte, in der Kehle stecken blieb. Es stimmte aber, Pia hätte Nancy … Colette geliebt.

Sarah richtete sich auf – eine Idee fing an, in ihr zu keimen. Vielleicht war es ja so was wie ein

Zeichen, dass sie zum allerersten Mal nach oben in Miss B.'s Zimmer gegangen war und dort die Puppe gesehen hatte. Vielleicht gab es ja einen Grund dafür, warum Miss B. Colette die ganzen Jahre über unter diesem Glassturz aufbewahrt hatte.

Diese Puppe war vielleicht genau das, was Sarah brauchte, um Pia zurückzugewinnen.

Kapitel 6

Nur leihweise

Einige Tage später – Sarah dachte immer noch an Collette, von welch zarter Schönheit sie war und wie unerwartet sie neben Miss B.'s Bett gestanden hatte – stieß sie im Supermarkt mit Pia zusammen. Buchstäblich. Sie stieß mit ihrem Einkaufswagen gegen die Rückseite eines Mädchens, das sich über die *Fruit Loops*-Packungen auf einem der unteren Regale beugte.

»Oh!«, sagte Sarah. »Oh, tut mir leid.« Und erst, als sie über den Rand des überquellenden Wagens spähte, erkannte sie, zu wem dieser Rücken gehörte. War Pia schon immer so rundlich gewesen? Und seit wann stand sie auf *Fruit Loops*? Sie waren sich doch immer einig gewesen, dass *Fruit Loops* wie ausgetrocknete Fruchtgummis schmeckten. Pias Lieblings-Getreideflocken waren *Wheat Chex*, genau wie die von Sarah. Aber vielleicht war Pia inzwischen selbst schon ihren Frühstücksflocken nicht mehr treu.

Pia richtete sich langsam auf. Sie sah erst auf Sarah, dann auf ihre angeschlagene Ferse, sagte aber nichts, nicht einmal, um Sarahs Entschuldigung anzunehmen. Jetzt fingen beide Mütter an, sich über ihre Köpfe hinweg zu unterhalten; selbst wenn sie miteinander hätten reden wollen, wäre es unmöglich gewesen. Es sei denn freilich, sie wären den Gang ein Stück weiter gegangen, so wie sie es früher getan hätten.

Aber Pia machte keinerlei Anstalten, sich von der Stelle zu rühren.

Sarah stand so stumm da, als wäre sie mit einem berühmten Filmstar zusammengestoßen, drehte und wendete einen Einleitungssatz nach dem anderen in ihrem Kopf und verwarf sie alle. *Wie geht's Valerie?* Klang wie eine Anklage. *Hast du einen schönen Sommer?* War nicht viel besser. Und das, was sie eigentlich sagen wollte, nämlich *ich hab etwas, etwas, das dir gefallen würde,* war eine komplette Lüge. Sie *hatte* Collette ja nicht. Sie wusste nicht einmal, wie sie es ein zweites Mal ins obere Stockwerk von Miss Berglunds Haus schaffen sollte, um sie noch einmal zu sehen.

Wenn sie die Puppe nur bei sich hätte. Pia würde auf der Stelle zu ihr rüberkommen, um sie anzuschauen.

Sarah wollte ihr erklären, wie schön die Puppe war, wie kostbar auch. Sie wollte ihr erzählen, dass sie in die Bücherei gegangen war, ein Buch über antike Puppen entdeckt und herausgefunden hatte, dass diese hier aus unglasiertem Porzellan gemacht war, das man Biskuit nannte. Und dass Miss B. gesagt hatte, sie wäre vermutlich beinahe hundert Jahre alt.

Aber sie wollte Pia auch am Arm packen, sie schütteln und ihr sagen, dass sie endlich damit aufhören solle, sich so hochnäsig und clubmäßig zu benehmen.

Aber Pia schien nicht zu ahnen, dass sie in Gefahr war, geschüttelt zu werden. Sie griff nach einer Packung *Fruit Loops* und fing an, das Gedruckte auf der Rückseite zu lesen; sie tat das so konzentriert, als ob die Liste der Vitamine und Mineralien, der Kohlehydrate und Fette und Zuckeranteile die faszinierendste Geschichte auf der Welt wäre. Sarah rückte den schweren Wagen zur Seite und manövrierte ihn weiter den Gang entlang. Das Letzte, was sie hörte, war Mrs Picotte, die zu Pia sagte: »Willst du wirklich *Fruit Loops*? Ich wusste gar nicht, dass du die magst.«

Gut, dachte Sarah. Ich hoffe, ihre Mom kauft sie ihr und zwingt sie, die Packung bis zum letzten Krümel aufzuessen.

Doch dann stand Sarahs eigene Mutter neben ihr und flüsterte ihr ärgerlich zu: »Warum hast du denn nichts zu ihr gesagt? Hast du nicht gesehen, dass sie darauf gewartet hat?«

Aber Sarah hatte nichts gesehen. Nur Pias Rücken hatte sie gesehen.

Freundin für immer und ewig.

Sarah ging Miss B. jetzt jeden Tag besuchen. Zumindest ihre Mutter freute sich darüber. Aber zum Strand ging Sarah nicht. Und als es Zeit wurde, sich für die Ferien-Sonntagsschule einzuschreiben, da sagte sie, nein, sie wolle dieses Jahr nicht gehen. Erst dachte sie, ihre Mutter würde sie zwingen, aber dann seufzte Mom nur und sagte: »Gut, Sarah. Aber es wird ein langer einsamer Sommer werden, wenn du diesen Weg weiterverfolgst.« Sarah glaubte, dass es so oder so ein langer einsamer Sommer werden würde, egal, welchen Weg sie verfolgte.

Ins Kino ging sie auch nicht mehr. Nicht einmal als ein neuer Film anlief, einer von denen, die ihr gefielen, mit einem Kind oder Hund im Mittelpunkt. Sich selber machte sie weis, sie könne ja an alle diese Orte gehen, wenn sie wollte. Aber sie wollte nun mal nicht.

An den langen, eintönigen Sommerabenden bekam ihr Dad Mitleid mit ihr und fing an, ihr Schach beizubringen. Sie war nicht besonders gut darin – Dad gewann die ganze Zeit, obwohl er sehr bemüht war, ihr zu helfen, und sie sogar auf Züge hinwies, die sie übersehen hatte –, aber alles war besser, als in ihrem Zimmer zu hocken oder draußen auf der Veranda und nach Moskitos zu schlagen. Ihr Vater war Mathelehrer an der Highschool – in den ersten Sommermonaten unterrichtete er in der Sommerschule – und er war richtig gut in Spielen wie Schach. Hätte sie mit ihrer Mutter gespielt, dann hätte sie vielleicht eine Chance gehabt.

Sie ging fast täglich in die Bücherei, und obwohl sie die Anastasia-Bücher alle ausgelesen hatte, machte sie die Entdeckung, dass Lois Lowry noch viele andere gute Bücher geschrieben hatte. Bei dem Buch über den 2. Weltkrieg hatte sie weinen müssen. Und dann *Hüter der Erinnerung*. Sie war sich nicht sicher, ob sie alles darin verstanden hatte, aber manchmal waren die Gefühle, die eine Geschichte auslöste, wichtiger, als dass man jede kleinste Einzelheit verstand.

Doch schließlich kam der Tag, an dem sie es ohne die Puppe nicht länger aushalten konnte. Sie musste Collette einfach wiedersehen. Nur um sie anzuschauen. Mehr würde sie nicht tun. Nur anschauen.

»Wo ist Thomas Cat?«, fragte sie Miss B. zum zweiten Mal und sah von dem Häufchen Erdbeeren auf, die sie am Küchentisch gerade putzte. Eine für den Mund, eine für Miss B. zum Einmachen. (»Sie sind so rot wie eine Clownsnase«, hatte sie zu ihr gesagt. Und Miss B. hatte ihr erzählt, dass sie das Gesicht ihres Vaters wie eine Wolke am Sommerhimmel hatte schweben sehen.)

»Thomas Cat?«, fragte Miss Berglund, die gerade den Messbecher aus der Zuckerbüchse ziehen wollte, wo er versenkt war. »Ich bin mir ziemlich sicher, dass ich ihn heute Morgen rausgelassen habe.«

Sarah wusste, dass sie ihn rausgelassen hatte. Tatsächlich hatte sie ihn auf der Veranda in der Sonne liegen sehen, als sie gekommen war. »Vielleicht«, sagte sie und achtete darauf, dass ihre Stimme beiläufig klang, »ist er im Arbeitszimmer Ihres Vaters.« Das war keine Lüge. Nur ein Vielleicht. Sie würde Miss B. niemals anlügen.

»Vielleicht«, sagte Miss B. vergnügt. »Warum siehst du nicht einfach nach?«

Sarah war bereits aufgestanden und spülte sich den duftenden roten Saft von den Händen. »Bin gleich wieder da«, sagte sie und ließ ihre Stimme ebenfalls vergnügt klingen.

Sie blieb nicht einmal stehen, um einen Blick ins Arbeitszimmer zu werfen. Es war überflüssig. Stattdessen steuerte sie auf die Treppe zu.

In Miss Berglunds Schlafzimmer ließ Sarah die Augen über alle Flächen gleiten, als erwarte sie tatsächlich, die schwarz-weiße Katze irgendwo zu sehen; doch während sie so tat, als halte sie nach ihr Ausschau, eilte sie bereits auf den Tisch auf der anderen Seite des Bettes zu.

»Ich schade niemandem damit«, beruhigte sie sich selbst, als sie den Glassturz weghob. »Besonders dir nicht«, versicherte sie der Puppe. Ja, Miss Berglund hätte ihr Collette vielleicht sogar geliehen, wenn sie sie darum gebeten hätte. Nur jetzt hatte sie sich schon in zu viele Schwierigkeiten verstrickt, um noch fragen zu können.

Sarah hob die Puppe von dem Ständer, der sie stützte, und hielt sie ein Stück von sich weg, um sie einer genaueren Prüfung zu unterziehen. Sie schaute unter ihr Kleid und sah, dass der Körper ausgestopft und aus weißen Lederstücken gefertigt war, die sorgfältig aneinandergenäht waren. Ihr Porzellangesicht, die Arme und die Beine waren hautfarben und kühl. Ihr kastanienbraunes Haar glänzte trotz der zugezogenen Gardinen und ihre Augen schauten wissend, wenn auch nur schwer zu sagen war, was sie wohl wussten.

Sarah strich das Taftkleid glatt, das leuchtend grün wie ein Smaragd war. Sie hatte noch nie einen Smaragd gesehen, aber er konnte kaum schöner sein als dieser glänzende grüne Stoff.

»Dein Name ist Collette«, flüsterte sie. »Du bist ein Model, eine Filmschauspielerin … nein, eine Königin.«

Collettes Lächeln schien mit jeder der Möglichkeiten einverstanden zu sein.

Wenn Pia sie jetzt nur sehen könnte. Nur ein einziges Mal. Nie würde sie der Puppe widerstehen können. Nicht eine einzige Sekunde lang.

Sarah seufzte und machte sich daran, Collette zurückzustellen. Doch selbst als sie die Puppe schon an dem Gestell befestigt hatte, das ihr um die Hüfte reichte, damit sie stehen konnte, konnte sie sich nicht überwinden, den beengenden Glassturz herunterzulassen, um sie damit abzudecken. Wie unfair es war, so eine auserlesene Puppe Tag für Tag hier einfach stehen zu lassen, ohne dass sie irgendjemand sehen … geschweige denn herausnehmen konnte, um mit ihr zu spielen. Wenn Puppen einsam sein konnten, so war Collette es ganz bestimmt.

Genauso einsam, wie es Sarah war.

Sarah liebte Miss B., ihre Eltern und ihre Bücher, aber sie glaubte nicht, dass sie noch einen einzigen weiteren Tag ertragen konnte, an dem sie Erdbeeren putzte, Schach spielte oder las. Darüber hinaus nervte ihre Mutter sie allmählich. Sie sagte Sätze wie: »Das geht jetzt lang genug so. Warum rufst du sie nicht einfach an … ein einziges Mal nur. Du kennst doch Pia. Sie war schon immer ein bisschen schüchtern. Wahrscheinlich wartet sie nur darauf, dass du das Eis brichst.«

Aber Sarah war sich da nicht so sicher. Ob Pia wirklich darauf wartete? Und wenn sie sie anrief, was konnte sie schon zu ihr sagen? »Hi! Lange nicht gesehen.«?

Wenn sie jedoch Collette hätte, wenn sie sie wirklich hätte, dann wäre so ein Anruf das reinste Kinderspiel. »Stell dir vor, Pia. Ich hab da eine Puppe. Die schönste Puppe, die du je gesehen hast. Willst du sie anschauen kommen?«

Sarah stand da und sah auf das Biskuit-Gesicht herab. Es war perfekt, ohne den geringsten Fehler. Ihre Handflächen fingen an zu schwitzen und sie wischte sie nacheinander an ihren Shorts ab. Und ohne dass sie sich bewusst dazu entschieden hätte, hob sie Collette ein zweites Mal von ihrem Gestell, klemmte sie sich unter den Arm und setzte den Glassturz behutsam zurück.

An der Schlafzimmertür drehte sie sich noch einmal um. Miss B. würde nie etwas davon erfahren. Alles, was man ertasten konnte, war unverändert. Alles. Und die Damen von der Kirche, die Miss B. immer im Haushalt halfen, waren gestern da gewesen und kamen erst nächste Woche wieder. Bis dahin hatte Sarah Collette längst zurück auf ihren Platz unter dem Glassturz gestellt. Ach was, morgen schon würde sie sie zurückbringen. Sie brauchte nur genügend Zeit, um sie Pia zu zeigen.

Sarah stieg die Treppe hinunter, langsam, ganz leise – Miss B.'s Gehör funktionierte bestens –, und hielt die Puppe an ihr pochendes Herz gedrückt. Am Fuß der Treppe blieb sie stehen. Sie konnte nicht mit der Puppe im Arm in die Küche zurückgehen. Obwohl sie wusste, dass Miss B. nicht sehen konnte, brachte sie es nicht über sich. Collette würde in ihren Händen verglühen, wenn sie es versuchte.

So ging sie stattdessen zur Haustür und zog sie auf.

»Sarah?«, rief Miss B. aus der Küche. »Gehst du schon?«

»Nein, Miss B.«, rief Sarah zurück. »Ich seh nur draußen nach. Thomas Cat war nicht im Arbeitszimmer Ihres Papas. Vielleicht ist er ja hier.«

Und wie gerufen lag Thomas tatsächlich ausgestreckt auf den Kissen der Verandaschaukel, die goldenen Augen halb geschlossen.

»Ich sehe ihn«, rief Sarah und versuchte, ihre Stimme fröhlich klingen zu lassen. »Sie hatten recht. Sie haben ihn tatsächlich heute Morgen rausgelassen.« Dann ging sie zu ihm hinüber, um seinen Kopf zu streicheln und ihn an dem weißen Fleck an seinem Kinn zu kraulen. Pia hatte immer gesagt, dass dies die Stelle war, an der er am liebsten gekrault würde, und offensichtlich hatte sie recht. Er streckte seinen Hals und schnurrte.

Sarah setzte Collette behutsam in einer Ecke der Schaukel ab. Thomas verengte seine goldenen Augen zu schmalen Schlitzen und hörte auf zu schnurren. Er schnüffelte an den Füßen der Puppe.

»Ich leihe sie mir ja nur aus«, flüsterte Sarah finster. »Ich stell sie gleich wieder zurück.«

Als sie aber stattdessen Thomas auf den Arm nehmen wollte, demonstrierte er deutlich, dass er keinerlei Absicht hatte, sich ins Haus tragen zu lassen. Er zappelte herum und wand und krümmte sich in ihren Armen. Eine ausgestreckte Kralle erwischte sie und sie ließ den Kater mit einem kleinen Aufschrei fallen; er landete auf seinen Füßen und stolzierte mit vor Ärger zuckendem Schwanz über die Veranda davon. Vielleicht wusste er ja, dass sie keine Erlaubnis hatte, sich die Puppe auszuleihen.

Sarah sah dem Kater nach, bis er um die Hausecke verschwunden war, und wandte sich dann wieder Collette zu. Sie setzte die Puppe etwas sicherer hin und strich ihr Taftkleid wieder glatt. »Mach dir keine Sorgen«, versprach sie: »Alles wird gut. Ganz gut.«

Ob sie das allerdings zu der Puppe oder zu sich selber sagte, wusste sie auch nicht so genau.

Kapitel 7

Warte nur

Sarah saß im Schneidersitz auf ihrem Bett, in der Hand ein schnurloses Telefon, neben sich auf dem Kopfkissen Collette.

»Hallo, Pia«, murmelte sie, sprach aber nicht in den schweigenden Hörer hinein, sondern zu einem Punkt, der sich etwa in der Mitte ihres Zimmers befand. »Du errätst niemals, was ich hier habe.«

Sie schüttelte den Kopf. Hätte sie vor einer Woche angerufen und diesen Satz gesagt, Pia wäre sofort zu ihr herübergekommen.

Sarah kannte Pia gut. Sie kannte sie sogar so gut, dass sie sich eigentlich schon ab dem Moment, als Valerie Miller ihren Club gegründet hatte, darüber Sorgen gemacht hatte, was an Pias Geburtstag wohl geschehen würde. Sie machte sich Sorgen, beruhigte sich selbst damit, dass es nichts gab, worüber sie sich Sorgen machen musste, und dann machte sie sich von Neuem Sorgen. Pia wollte immer von allen gemocht werden, selbst von Leuten, die sie selber nicht besonders leiden konnte.

Weshalb es zwar ein fürchterlicher Schock, aber keine Überraschung gewesen war, als sie zum Club überlief. Das Problem war nur, dass Sarah jetzt ganz offensichtlich nicht mehr in der Lage war, vorauszusehen, was Pia als Nächstes tun oder sagen würde. Sarah starrte aus dem Fenster hinaus auf die Fliederbüsche, die ihr Grundstück von dem von Miss Berglund trennten. Die meisten Blüten waren zu der durchsichtigen Bernsteinfarbe von Tee verblasst. Wie alte Spitze sahen sie jetzt aus. Das nächste Mal, wenn sie Miss B. sah, musste sie das unbedingt für sie beschreiben.

Sie hob den nach wie vor schweigenden Hörer ans Ohr und versuchte es noch einmal. »Hallo. Ich bin's. Deine Freundin. Hast du diese eingebildeten Zicken aus dem Club noch immer nicht satt?«

Ob das nach Betteln klang? Und wenn? Was spielte das für eine Rolle, wenn Pia zurückkam? Vielleicht konnten sie auch ganz von vorn anfangen und so tun, als sei nie etwas Schlimmes vorgefallen. »Hey, Pia«, versuchte sie als Nächstes. »Willst du nicht rüberkommen?«

Sarah seufzte, hämmerte auf die Sprechtaste am Hörer und drückte sie wieder aus, als der Rufton entfernt summte. Nichts war richtig. Gar nichts! Es war, als hätten sich die richtigen Worte einfach aus dem Staub gemacht. Jahrelang hatte sie nie darüber nachdenken müssen, was sie zu Pia sagen sollte, wenn sie den Hörer in die Hand nahm oder vor Pias Haustür stand oder sie in der Schule traf. Sie sahen sich einfach an oder hörten die Stimme der anderen und redeten drauflos. Jetzt würde sie alles dafür geben, wieder genauso ungezwungen mit Pia sprechen zu können. Miss B. sagte doch immer, man solle schätzen, was man habe, solange man es habe. Ob Miss Berglund so auch über ihr Sehvermögen dachte? Bestimmt. Wer weiß schon all die unglaublichen Bilder zu schätzen, die das Auge eines Menschen Tag für Tag aufnimmt? Sarah ließ den Blick durchs Zimmer wandern, ließ ihn auf den gelben Gänseblümchensträußchen der Tapete ruhen, auf dem Keramikfrosch, der in all seiner grünen Pracht und Herrlichkeit auf der Kommode thronte, und schließlich auf Collette, die mit ihrem feenhaften Lächeln an Sarahs Kopfkissen lehnte. »Warte nur, bis Pia dich sieht«, sagte Sarah und streckte die Hand aus, um die kühle Puppenwange zu berühren.

Es war ihr heute Nachmittag gelungen, die Puppe ins Haus hinein und über die Treppe nach oben zu schmuggeln, ohne von jemandem dabei gesehen zu werden. Jetzt war ihre Mutter einkaufen gegangen und sie und Collette hatten das Haus kurze Zeit für sich allein. Aber sobald Mom nach Hause kam, würde sie die Puppe außer Sichtweite schaffen müssen. Nur für den Fall, dass ihre Mutter oder ihr Vater zu ihr ins Zimmer kamen und anfingen, Fragen zu stellen. Was alles in allem hieß, dass sie keine Zeit hatte, mit Collette zu spielen, ja sie nicht einmal wirklich lange anschauen konnte. Sie hatte nur Zeit, sie Pia zu zeigen. Falls Pia jetzt auf der Stelle rüberkam.

Aber all das spielte keine Rolle. Wenn Pia Collette gesehen hatte, konnte Sarah die Puppe bis zum Morgen verstecken und sie dann unter den Glassturz in Miss B.'s Schlafzimmer zurückstellen. Es würde ihr schon ein Grund einfallen, um noch mal unbemerkt nach oben zu entwischen. Womit die ganze Angelegenheit erledigt wäre – nur, dass dann Pia wieder bei ihr wäre – und zwar beeindruckt, wie viel Sarah bereit war, für ihre beste Freundin auf sich zu nehmen. Und sie würde für immer bei ihr bleiben.

»Also«, befahl sie sich selber, »tu's!« Sie schloss die Augen und wählte. Pias Nummer kannte sie schon fast so lang, wie ihre Erinnerung reichte, sie musste nicht mal auf die Tasten auf dem Hörer sehen, um sie richtig einzutippen.

Das Rufzeichen klang hohl, als läutete das Telefon am anderen Ende in einer Höhle.

»Hallo?«

Sarah öffnete den Mund, gefasst auf alles, was

aus ihm herausgeholpert kommen mochte, merkte aber dann: Das war nicht Pia. Das war Pias ältere Schwester Darcy. »Hi«, sagte Sarah, plötzlich atemlos. »Ist Pia da?«

»Oh, hi, Sarah. Du bist schon lang nicht mehr da gewesen. Warst du krank?«

»Nein.« Das war eigentlich gelogen, denn schließlich war sie's ja gewesen, oder? Herzkrank. »Nur … nur beschäftigt. Meine Mom möchte, dass ich der blinden alten Dame nebenan bei uns im Nachbarhaus helfe.«

Ihre Wangen begannen zu glühen, während sie das sagte. Was war nur los mit ihr? Noch nie hatte sie Miss Berglund als blinde alte Dame bezeichnet.

»Hart«, sagte Darcy. »Echt hart. Moment. Ich hole Pia.«

Während Sarah darauf wartete, dass Pia ans Telefon kam – oder auch nicht, wer wusste das schon? –, nahm sie Collette hoch und setzte sie sich auf den Schoß … als Glücksbringer. Zusätzlich kreuzte sie die Finger. Alle vier Finger an beiden Händen, dann die Handgelenke, danach die Daumen. Die Knöchel hatte sie schon gekreuzt.

»Hallo?« Darcy hatte Pia offensichtlich nicht gesagt, wer sie sprechen wollte. Sie klang freundlich.

»Hi. Ich bin's … Sarah.« Was für ein blöder Anfang. Sie kannten doch ihre Stimmen genauso wie ihre Lieblingsessen, ihre Lieblingsfilmstars, ihre Lieblings… im Grunde kannten sie fast alles voneinander.

»Ich weiß«, sagte Pia am anderen Ende. Und dann, nach einer Pause: »Hi.«

»Willst du nicht rüberkommen? Ich habe eine Puppe hier, eine ganz wunderschöne. Ich weiß, sie würde dir gefallen.« Die Worte purzelten nur so heraus. Hatte sie das sagen wollen?

Und wieder eine Pause, schwer von Bedeutung, die Sarah nicht verstand. Doch dann kam die vertraute Stimme wieder. »Ja – klar! Ich würde gern … wenn … ich meine, wenn es okay ist.«

»Wenn's nicht okay wäre«, antwortete Sarah mit gesenkter Stimme, um die plötzliche Heiserkeit zu verbergen, die sich anscheinend in ihre Kehle geschlichen hatte, »dann hätte ich dich ja nicht gefragt … du Dummerjahn.« Das war ein Wort, das Sarah von ihrem Großvater gelernt hatte. So hatten Pia und sie sich immer genannt, wenn eine von ihnen sich blöd benahm.

Pia kicherte. »Willst du, dass ich jetzt gleich komme? Wir haben nur noch eine knappe Stunde bis zum Abendessen.«

»Ja, komm jetzt gleich. Vielleicht erlaubt ja Mom, dass du bei uns zu Abend isst. Auf alle

Fälle hast du noch genügend Zeit, um dir die Puppe anzusehen.«

»Okay. Bin – bin gleich bei dir.« Ein lautes Klicken hallte in Sarahs Ohr.

Nachdem Sarah ebenfalls aufgelegt hatte, blieb sie noch mit dem Hörer in der Hand sitzen. Lange saß sie so da, bewegungslos, dann hob sie ihn langsam zum Mund und küsste ihn.

Pia war fertig mit dem Club. Gar keine Frage. Vielleicht hatte es ihr ja doch nicht so bei ihnen gefallen. Vielleicht hatte sie ja schon in dem Moment bereut, das Lager gewechselt zu haben, in dem Sarah den Strand verlassen hatte. Wie auch immer. Das Leben war wieder schön. Sehr, sehr schön.

Sarah nahm Collettte hoch und küsste sie auch.

»Warte, bis Pia kommt«, sagte sie zur Puppe. »Warte nur. Sie wird dir gut gefallen.«

Kapitel 8

Nachmacher

»Das ist die schönste Puppe, die ich je gesehen habe.« Pia saß auf dem Boden vor Sarahs Bett und hielt Collette ehrfürchtig in ihrem Arm. Sie strich über das volle goldbraune Haar der Puppe und hob das Kleid hoch, um den Petticoat und die Spitzenunterhose genau zu inspizieren. »Woher hast du sie?«

Eifrig erzählte ihr Sarah die ganze Geschichte. Wie sie nach oben in Miss Berglunds Haus gegangen war, um nach Thomas Cat zu suchen, wie sie die Puppe entdeckt und Miss Berglund ihr anschließend erzählt hatte, dass sie Nancy hieß, und wie sie sie dann in »Collette« umgetauft hatte.

»Im gleichen Moment, als ich sie sah, war klar, dass sie so heißen musste«, sagte sie.

Eine Wolke schien über Pias Gesicht zu ziehen – warum, das wusste Sarah nicht – und Sarah beeilte sich hinzuzufügen: »Ich wusste auf der Stelle, dass sie dir auch so gut gefallen würde.«

Die Wolke verschwand wieder. Pia senkte den Kopf und ihre Mundwinkel verzogen sich zu einem Lächeln. Ganz offensichtlich freute sie sich, dass Sarah an sie gedacht hatte.

Weshalb Sarah eilig weitererzählte, dass Miss B. die Puppe von ihrer Mutter geschenkt bekommen hatte, als sie neun Jahre alt gewesen war.

»Miss B. muss die Puppe sehr lieben«, sagte Pia.

Sarah nickte, doch ihr Mund wurde ganz trocken. Wie konnte sie Pia nur das Übrige erzählen? Sie hatte ja nicht erwähnt, dass Miss B. nicht einmal ahnte, dass sie im oberen Stock gewesen war. Und dass sie heimlich noch einmal hinaufgegangen war, unter dem Vorwand, Thomas zu suchen. Ja, schlimmer noch, dass sie Collette einfach mitgenommen hatte, ohne um Erlaubnis zu fragen.

Verzaubert wie sie von der Puppe war, konnte sie Pia aber auf keinen Fall sagen, dass sie sie verstecken musste, sobald ihre Mutter nach Hause kam, um sie dann gleich morgen früh als Erstes in Miss B.'s Haus zurückzuschmuggeln. Warum hatte sie nur nicht darüber nachgedacht, wie schwierig es sein würde, die ganze Sache zu erklären? Das hätte sie von Anfang an bedenken müssen.

Erfand sie irgendetwas, dann wusste Pia meist, dass es eine Lüge war. Sie hatten immer schon gegenseitig ihre Gedanken lesen können. Wie einmal, als Pia einen Horrorfilm gesehen hatte, bevor Sarah zum Übernachten zu ihr kam. Sarah war dann diejenige gewesen, die Albträume bekam – die Szenen aus dem Film mit inbegriffen –, obwohl sie selbst den Film ja nicht gesehen und Pia ihr nichts davon erzählt hatte.

»Und dann hat Miss B. sie dir geschenkt«, beendete Pia den Satz für sie mit strahlendem Gesicht.

»Ja«, bestätigte Sarah, »genau.«

Einen Moment lang konzentrierte sie sich darauf, an einem Moskitostich auf ihrem Knie herumzukratzen. Dann fügte sie hinzu: »Sie kann ja mit Collette gar nichts mehr anfangen – na ja, weil sie sie nicht mehr sehen kann und so – und deshalb meinte sie, dann könne ich sie auch gleich behalten. Genau genommen sagte sie, *wir beide* könnten sie behalten. Zumindest eine Zeit lang. Sie weiß ja, wie gern du mit Puppen spielst.«

Pia umarmte die Puppe. »Oh, Sarah. Miss B. ist so nett. Auf dem Nachhauseweg gehe ich bei ihr vorbei und bedanke mich.«

»Das ist nicht nötig!« Die Antwort sprang aus Sarahs Mund. »Ich meine … du kennst doch Miss B. Sie will nicht, dass man sich bei ihr bedankt.«

Pia sah sie spöttisch an, den Kopf zur Seite geneigt. »Natürlich will sie, dass man sich bei ihr bedankt. Was meinst du denn damit?«

In Sarahs Kopf drehte es sich. »Na ja … verstehst du …« Sie stammelte, unterbrach sich, versuchte es noch einmal. »So wie ich's dir gesagt habe ... so war es nicht, nicht ganz.« Jetzt würde sie Pia die Wahrheit sagen. Jetzt sofort. Aber irgendein Ausdruck in Pias Augen hielt sie davon ab. Ein skeptischer? Ein vorwurfsvoller? Mit welchem Recht konnte diese Verräterin, dieses Club-Mitglied, ihr etwas vorwerfen, was auch immer sie getan haben mochte.

Sie atmete tief durch. »Also, Miss B. hat sie nicht wirklich uns beiden geschenkt. Das hab ich so dahingesagt, damit du dich nicht schlecht fühlst. In Wahrheit hat sie sie nur mir geschenkt.«

»Aber sie hat gewusst, dass du sie mit mir teilen würdest.« Pias Stimme wurde etwas lauter. »Sie weiß, dass ich diejenige bin, die Puppen mag, du aber nicht so sehr. Zumindest sagst du das doch immer. Es schadet also nichts, sich zu bedanken.«

Es schadet also nichts, sich zu bedanken. Sarah senkte den Kopf. Jetzt musste sie schnell denken. Sie begann, an dem Moskitostich herumzukratzen, dann ließ sie es wieder sein. Sie benetzte eine Fingerspitze mit Spucke und betupfte damit den jetzt offenen Stich, damit er brannte, nicht mehr juckte. »Ja«, sagte sie, die Augen weiter auf ihr Knie gerichtet, »sie weiß schon, dass du Puppen magst. Aber sie weiß auch, dass du übergelaufen bist. Zum Club.« Die Luft im Raum schien plötzlich schwer geworden zu sein. Sarah hob das Kinn und sah Pia direkt in die Augen. »Ich glaube, sie fand es ziemlich gemein, dass du so einfach abgehauen bist und mich alleingelassen hast.«

»Das hast du ihr erzählt?« Pia war blass geworden. »Warum hast du es ihr verraten?«

Sarah zuckte mit den Achseln. »Warum denn nicht? Es stimmt ja schließlich.«

»Und jetzt … macht sie mir Vorwürfe?« Pia klang atemlos.

»Na ja … nicht gerade Vorwürfe.« Was hatte Miss B. noch gesagt? Sarah konnte sich nicht mehr erinnern. »Eher habe ich ihr leidgetan, glaub ich. So ganz alleingelassen.«

Pia sagte nichts. Sie saß da mit der Puppe, bewegte ihre Arme, ihre Beine, kippte sie auf den Rücken, sodass die Augen zufielen, und brachte sie schließlich wieder in die aufrechte Position.

Eigentlich hatte Sarah den Club gar nicht erwähnen wollen. Sie hatte darauf gewartet, dass Pia etwas dazu sagte. Jetzt, da das Thema ohnehin im Raum stand, fragte sie: »Und wie ist es so, eine von *denen* zu sein? Macht's Spaß?« Die Frage klang schneidend, was nicht in Sarahs Absicht lag, aber nun blieb dieses Schneidende zwischen ihnen beiden stehen.

Pia zuckte mit den Achseln. »Na klar.« Sie sah Sarah nicht an. »Wieso nicht?«

Wieso nicht?

»Ein bisschen langweilig vielleicht. Aber ganz lustig.«

Sarah blickte sie erstaunt an. *Langweilig, aber lustig?* War das Pias Ernst?

»Wir sitzen beispielsweise rum und lackieren unsere Fingernägel, jeden in einer anderen Farbe. Danach stimmen alle ab, welche Farbe zu dir passt, du entfernst den Lack von den anderen neun Fingernägeln und lackierst sie alle noch einmal in deiner Farbe.«

Sarah sah prüfend auf Pias Nägel. Sie waren in einem blassen Lavendelton lackiert. Einer ziemlich langweiligen Farbe. An den schimmernden Ton von Flieder kam sie nicht annähernd heran. War das die Farbe, die die Clubmitglieder »passend« für Pia fanden?

»Und was ist, wenn du mit der Abstimmung nicht einverstanden bist? Was ist, wenn dir eine andere Farbe gefällt als den anderen?«

»Widersprochen wird nicht.« Pia schüttelte nachdrücklich den Kopf. »Das ist der ganze Witz an diesem Club. Es wird nicht widersprochen. Nie.« Sie erwiderte Sarahs Blick zum ersten Mal.

»Und das *gefällt* dir?« Das konnte Sarah sich nicht vorstellen. Pia beschwerte sich doch manchmal darüber, dass *sie*, Sarah, so herrisch war. Wenn sie überhaupt je stritten, dann nur, weil Pia nicht tun wollte, was Sarah wieder einmal vorgeschlagen hatte.

Pia zuckte die Achseln.

»Wie Lemminge.« Sarah schüttelte den Kopf. In der Schule hatten sie mal eine Geschichte über Lemminge gelesen. Das waren kleine Tiere, die plötzlich losrannten und sich gegenseitig folgten. Sie folgten ihrem Anführer sogar eine Klippe hinunter, eins nach dem andern, und starben dann alle.

Da brach Pias Grinsen durch. »Wie Lemminge«, stimmte sie ihr zu. »Nachmacher eben.«

»Du meinst … meinst du …« Sarah konnte es nicht glauben. »Du meinst, du bist nicht gern im Club?«

Pia hielt die Puppe vor ihr Gesicht und hob einen ihrer zarten Arme, als ob Collette jetzt sprechen wolle. »Ich hasse es«, hauchte sie mit einer hellen Stimme, die durch das kleine Porzellangesicht hindurchzugleiten schien. »Es ist das Dümmste, was ich in meinem ganzen Leben getan habe. Ich hasse es, wenn man mir dauernd sagt, was ich zu tun habe.«

Sarah jauchzte auf vor Lachen. Sie hätte sich keine bessere Antwort erträumen können! Sie sprang vom Bett, fing an, sich mitten im Zimmer zu drehen, und schlang die Arme um den Oberkörper, um nicht davonzufliegen vor lauter Glück, um sich nicht aufzulösen in eine Million Einzelteilchen.

»Dann gehst du also nicht zurück!«, sagte sie, als sie sich nicht mehr drehen musste.

»Gehe nicht zurück«, wiederholte Pia, noch immer mit gehauchter Puppenstimme.

»Nie mehr!«, rief Sarah.

»Nie mehr!«, stimmte Collette zu.

»Dann sind wir wieder Freundinnen!«

»Freundinnen für immer und ewig«, deklamierte Collette.

Plötzlich wollte Sarah nicht mehr, dass die Puppe zwischen ihnen stand. Sie wollte Pia selbst hören. Sie streckte die Hand aus, um Collette von Pias Gesicht zurückzuziehen. »Sag du es«, sagte sie drängend. »Ich will es von dir hören.«

»Sag was?« Pia sah verwirrt aus, als sei sie aus dem Zimmer gegangen und habe den letzten Teil des Gesprächs zwischen Sarah und der Puppe verpasst.

»Freundin für immer …«, soufflierte Sarah.

»Und ewig.« Pia ergänzte das Fehlende prompt, automatisch.

Aber so hatte Sarah es nicht gewollt. Nicht genau so jedenfalls. Sie wollte das Ganze … mit Pias Stimme. Wollte sie den Satz so sagen hören, als meine sie ihn auch. Aber sie durfte nicht darauf bestehen. Schließlich hatte Pia ihn gesagt.

Zweimal, na ja, beinahe. Und zurückgekommen war sie auch. Oder?

»Ich habe dich vermisst«, sagte Sarah mit sanfter Stimme. »Ich hab dich richtig doll vermisst.«

Pia sagte nicht: »Ich hab dich auch vermisst«, wie Sarah es erwartet hatte. Aber sie sah auf und lächelte. »Spielen wir mit Nancy«, sagte sie.

»Collette«, korrigierte Sarah automatisch.

Pia sah auf die Puppe hinunter und sagte nichts.

Kapitel 9

Kein Wunder

Sarah saß auf dem Bettrand und betrachtete Pia genau. Sie hatte sich verändert. Irgendetwas war anders an ihr. Pia hatte nie etwas gegen die Namen gehabt, die sie aussuchte. Sie hatte immer gesagt, dass sie ihr vorher schon gefallen hätten.

»Ich bin mir sicher, dass Miss B. der Name Collette gefallen würde.« Sarah sprach langsam und deutlich, als könnte Pia sie sonst nicht verstehen. »Außerdem wird es Zeit, dass sie einen anderen Namen bekommt.«

Pia zuckte mit den Schultern. »Okay«, sagte sie. Aber es klang nicht so, als wäre irgendetwas auch nur halbwegs »okay«.

Sarah wartete ab, ob noch mehr kam, aber Pia beugte sich schon wieder eifrig über die Puppe. Einen Moment später sagte Sarah ein bisschen zu heiter: »Ich finde, Collette ist eine Königin. Findest du nicht? Sie könnte die Königin von Latvinia sein und wir ihre Untertanen.«

»Latvia«, verbesserte sie Pia.

Sarah spürte, wie ihr die Hitze ins Gesicht

stieg. Sie hatte ja Latvia sagen wollen. Keine Ahnung, woher dieses andere Wort, *Latvinia*, plötzlich kam. Aber sie wusste auch nicht, warum Pia so ein Ding daraus machen musste.

»Latvinia«, sagte sie bestimmt. »Es ist doch ein erfundenes Land. Ein Land mit einer Puppe als Königin kann doch nur erfunden sein.«

Anstatt ihr zuzustimmen oder gar zu widersprechen, fing Pia jetzt an, die winzigen Knöpfe auf der Rückseite des Puppenkleides aufzuknöpfen, um den Lederkörper darunter zu inspizieren.

»Ich bin Ministerpräsident von *Latvinia*« – fuhr Sarah jetzt fort – »und du …«

»Weißt du, was für Valerie unter anderem typisch ist?«, unterbrach sie Pia.

»Nein«, erwiderte Sarah, noch immer bemüht, freundlich zu klingen, obwohl sie sich in diesem Augenblick nicht mehr so freundlich fühlte. »Was ist für Valerie typisch?«

»Sie muss allem und jedem gegenüber den Ton angeben. Am Strand entscheidet sie, wann wir ins Wasser gehen und wann wir in der Sonne liegen, wann wir ein Spiel spielen oder nach Hause gehen. Und wenn wir uns Eis holen, wählt sie die Geschmacksrichtung aus, die wir bestellen sollen. Sie sagt, Clubmitglied zu sein bedeutet: alles gemeinsam und alles gleich zu tun. So wie sie nämlich.«

Sarah schnaubte verächtlich. »Valerie Miller ist

so herrisch. Ich habe noch nie jemanden erlebt, der andere so gern herumkommandiert wie Valerie. Ich wette, sie kommandiert sogar ihre eigene Mutter herum!«

Ein schiefes kleines Lächeln zeigte sich in Pias Mundwinkeln.

»Worauf du dich verlassen kannst. Wenn uns die Limo ausgeht, sagt sie zu ihrer Mutter, dass sie welche kaufen gehen soll. Sie sagt einfach: ›Wir haben keine Limo mehr. Du musst uns neue kaufen.‹ Und dann zieht ihre Mutter los.«

Sarah lachte und Pia stimmte mit ein. Als ihr Lachen abebbte, wartete Sarah einen Moment ab, ob Pia noch mehr über Valerie und den Club sagen wollte. Sie hätte nichts dagegen gehabt. Aber Pia saß nur da und beschäftigte sich mit dem Puppenkleid.

»Also«, sagte Sarah. »Collette ist die Königin von Latvinia. Und ich bin Ministerpräsident und du …«

»Nein!« Pias Stimme klang scharf.

Sarah richtete sich überrascht auf. »Wieso nein? Du weißt doch gar nicht, was ich sagen wollte.«

»Ich will nicht sein, was du dir für mich ausgedacht hast, egal, was es ist. Sie ist auch keine Königin. Und sie heißt auch nicht Collette. Sie heißt Nancy. Miss B. hat sie *Nancy* genannt.«

»Aber – aber – du brauchst sie doch nur anzusehen, um zu wissen, dass sie keine Nancy ist!« Was war nur mit Pia los?

»Kein Wunder«, sagte Pia. Sie fing an, das Kleid wieder aufzuknöpfen.

»Was ist kein Wunder?«, fragte Sarah ganz verwirrt. Worüber sprachen sie hier eigentlich?

»Es ist kein Wunder, dass du Valerie nicht magst und sie dich auch nicht.«

Pias Worte versetzten Sarah einen Stich. Natürlich wusste Sarah, dass Valerie Miller sie nicht mochte. Das hatte sie immer gewusst. Trotzdem brauchte Pia es ihr nicht so, auf diese Weise sagen. Es klang so ... ja, als habe Valerie vielleicht einen guten Grund dafür. »Warum ist es kein Wunder?«

Statt ihr zu antworten, fing Pia mit etwas anderem an. »Weißt du, ich wollte nie dem Club beitreten. Valerie hatte mich am Abend vorher angerufen und mir einen Kuchen und einen Kinobesuch und was weiß ich versprochen, aber ich hatte es trotzdem nicht vor.«

»Warum hast du es dann getan? Wir hatten doch über alles gesprochen. Wir waren uns einig gewesen. Und dann bist du losgezogen und hast dich von ihr wie ein Fisch ködern lassen.« Sarah hatte fast vergessen, wie wütend sie über Pias Verrat gewesen war. »Das war wirklich dumm von dir.«

»Weil ...« Pia machte eine Pause und ihre Hände umklammerten die Taille der Puppe so fest, dass ihre Fingerknöchel wie Perlen aussahen. Sarah glaubte nicht, dass Pia noch ein einziges Wort herausbringen würde. Außer »weil«. Aber dann schob Pia das Kinn vor und fuhr fort. »Weil du immer bestimmen willst. Weil du mal wieder für mich antworten musstest.«

Sarah wurde schwindlig von der Ungerechtigkeit dieser Anschuldigung. »Ich hab doch nur gesagt …« Was hatte sie denn noch gesagt? Sie konnte sich an nichts erinnern. »Ich habe doch nur gesagt, was wir vereinbart hatten.«

»Du hast gesagt, was du dir für mich ausgedacht hattest. Du hältst mich für nicht schlau genug, um selbst zu antworten, deshalb hast du einen Text für mich entworfen, den du dann obendrein auch noch für mich gesprochen hast.«

Sarah öffnete den Mund, um etwas zu sagen, aber es wollte nichts kommen. Rein gar nichts.

Pia stand vom Bett auf. Die Puppe hielt sie immer noch im Arm. »Da hab ich mir gedacht, wo ist der Unterschied? Entweder du sagst mir, was ich zu tun und zu sagen habe, oder Valerie tut es. Und ich bin zu dem Schluss gekommen, dass ich ja dann genauso gut auch Valerie mal ausprobieren kann.«

»Und?«

Ein kleines Lächeln umspielte Pias Mund. »Ich habe beschlossen, dass ich auch Valerie nicht brauche. Und deshalb bin ich aus dem Club ausgetreten.«

»Du bist aus dem Club ausgetreten?« Hoffnung keimte in Sarahs Brust auf. Pia war nicht länger Clubmitglied!

»Kate und ich, wir sind beide ausgetreten. Wir gehen auch nicht mehr zurück. Wir haben beschlossen, uns nicht mehr länger herumkommandieren zu lassen. Weder von Valerie noch von irgendjemand anderem.«

»Davon hast du mir ja gar nichts erzählt.«

»Das haben wir so beschlossen.«

»Was?« Sarahs Herz hämmerte gegen ihren Brustkasten. Und ihr Mund wurde plötzlich ganz trocken. »Warum haben Kate und du *beschlossen*, mir nichts zu erzählen?«

»Wir haben uns gesagt: ›Vom Regen in die Traufe.‹ Wenn ich zu dir zurückgehen würde, dann wäre das beinahe so, als käme ich vom Regen in die Traufe.« Es war ein Ausdruck, den Pia von Miss B. gelernt hatte, und er bedeutete, dass man von einer schlimmen Situation in eine noch schlimmere geriet.

»Weil ich noch schlimmer bin als … Valerie?« Sarah konnte es kaum aussprechen.

Pia dachte darüber nach. »Nicht schlimmer, aber du willst auch immer, dass alles nach deiner Nase geht. Genau wie sie.«

»Heißt das, du-du-du magst mich nicht?«

»Ich weiß nicht.« Pias Augen sahen ernst, ja traurig aus. »Ich weiß nur, dass ich nicht mehr herumkommandiert werden will. Das ist alles. Abgesehen davon – weiß ich nicht.«

Sarah rang nach Luft. Sie stand vom Bett auf. Pia Picotte war eine Verräterin. Eine Verräterin! Nicht nur hatte sie sie wegen des Clubs sitzen lassen, sondern nach all den Jahren, in denen sie Freundinnen gewesen waren, sich in den Fliederbüschen versteckt hatten, um Puppen zu spielen, Miss B. besucht und sich zusammen am Strand und in der Schule herumgelangweilt hatten – nach all dem mochte Pia sie nun nicht einmal mehr. Stand einfach da, mitten in Sarahs Zimmer, sagte all diese schrecklichen Dinge und hielt Sarahs Puppe im Arm!

»Gib mir meine Puppe«, befahl Sarah. Sie erwischte die Puppe an einem Arm und zog.

Zu ihrer Überraschung ließ Pia nicht los.

Ein kurzer Kampf folgte. Sarah zerrte an der Puppe. Pia packte fester zu. Und dann – Sarah wusste nicht, wie es geschah – ließ Pia schließlich los. Ganz plötzlich. Und Sarahs Puppe, Miss B.'s Puppe, flog durch die Luft. Mit einem scheußlichen Knall schlug sie an der Ecke der Kommode auf und landete mit dem Gesicht nach unten auf dem Teppich, die Arme und Beine weit gespreizt.

Das Zimmer drehte sich. Sarah hielt sich mit einer Hand am Kopfende des Bettes fest, um ihr Gleichgewicht wiederzufinden. Was hatte Pia gerade noch zu ihr gesagt? Sie konnte sich nicht mehr erinnern, nur, dass es fürchterlich gewesen war. Weit weg jetzt, wie das Brummen einer Fliege in einer Zimmerecke, aber fürchterlich. Sie starrte auf die Puppe, die am Boden lag, und keuchte.

Als es ihr endlich gelang, wieder Luft in ihre Lungen zu pumpen, hatte sie Mühe, sie wieder auszuatmen.

Sie ging durchs Zimmer, beugte sich – langsam, ganz langsam – nach vorn und legte ihre Hand auf den Puppenrücken. Sie hob Collette .... Nancy ... vom Boden auf und drehte sie mit größter Behutsamkeit auf ihre Vorderseite.

Die Puppe, die einmal Miss Berglunds Mutter gehört hatte, war zerbrochen. Ein Riss hatte das freundliche Biskuit-Gesicht, das süße Lächeln, in zwei Hälften gespalten.

»Sieh nur, was du getan hast«, flüsterte Sarah erbittert. Sie drehte sich um und hielt die kaputte Puppe so nah an Pias Gesicht heran, wie sie sich traute. »Sieh nur!«

Pia weigerte sich hinzusehen. Sie gab auch keine Antwort. Nicht einmal, um sich zu verteidigen. Sie verließ einfach den Raum.

Kapitel 10

Erwachsen werden

Sarah fuhr mit einem Finger über den Riss im Gesicht der Puppe. Der Kleber hatte gehalten. Sie hatte Miss Berglunds Puppe die ganze Nacht über in einem Fach in ihrem Schrank aufbewahrt und ihren Kopf fest zwischen zwei große Bücher aus dem Bücherregal ihrer Mutter geklemmt: *Shakespeares gesammelte Werke* und *Spaß am Kochen*. Die Kombination von dem Kleber und dem Druck, den die Bücher ausübten, hatte Wirkung gehabt. Nicht dass der Riss nicht mehr zu sehen gewesen wäre. Er war immer noch sichtbar. Entscheidender war aber: ein Finger, der über das feine Porzellan glitt, konnte ihn mit Leichtigkeit aufspüren. Doch zumindest klaffte das Puppengesicht nicht länger auseinander und brachte den Mechanismus zum Vorschein, der die Augen steuerte. Sarah war es ganz schlecht geworden, als sie das verrostete Innenleben des Puppenkopfes gesehen hatte, fast so, als habe sie in den Schädel eines Lebewesens hineingeschaut.

Pia war nicht zurückgekommen. Weder um den

Schaden wiedergutzumachen noch um sich für die schrecklichen Dinge, die sie gesagt hatte, zu entschuldigen. Und sie *hatte* schreckliche Dinge gesagt. *Vom Regen in die Traufe? Genau wie Valerie?*

Sarah wischte sich mit dem Handrücken über beide Backen, erst über die eine, dann über die andere, aber sie waren jetzt nicht mehr feucht. Sie hatte abends und die Nacht über so viel geweint, dass ihr wohl die Tränen ausgegangen waren. Mom hatte versucht, sie zu trösten. Dad war zu ihr ins Zimmer gekommen und hatte sich lange neben sie an ihr Bett gesetzt. Aber sie konnte ihm nichts erklären. Nichts, was die Puppe betraf. Auch nichts, was Pia betraf. Nur dass sie, so lange sie lebte, keine Freundin mehr haben würde. Da war sie sich ganz sicher. Und ihre Eltern hatten sich geweigert, das zu glauben.

Aber sie hatten ja auch keine Ahnung.

Sie wünschte sich, sie wäre jünger, vier Jahre oder fünf – selbst acht war noch in Ordnung. Damals hatte sie ihren Eltern alles erzählen können. Damals hatten sie sie noch verstanden.

Sie wusste nicht, wann sie sich jemals so allein auf der Welt gefühlt hatte wie an diesem Morgen.

Weil du immer bestimmen willst. Weil du mal wieder für mich antworten musstest!

War sie wirklich so schlimm, wie Pia sagte? Spielte es überhaupt eine Rolle, dass sie nur hatte helfen wollen? Offensichtlich nicht. Sogar die lebendigen blauen Augen der Puppe sahen sie anklagend an.

Sie schüttelte die braune Papiertüte auseinander, die sie aus der Speisekammer in ihr Zimmer mitgenommen hatte, und setzte die Puppe behutsam hinein. Sie wollte Nancy wieder dorthin zurückbringen, wo sie hingehörte. Wenn sie doch nur noch heil wäre. Aber an dem Riss ließ sich nichts ändern. Vielleicht würden ja die drei Frauen, die Miss B. immer helfen kamen, nie einen so genauen Blick auf die Puppe werfen, dass sie den Riss bemerkten. Und vielleicht würde Miss B. auch nie den Glassturz hochheben und das kaputte Gesicht der Puppe berühren.

Und wenn doch? Was würde sie dann nur denken? Sarah wusste, dass sie es ihr sagen sollte, aber sie schaffte es nicht. Wenn auch noch Miss B. böse auf sie war, dann hatte sie ja niemanden mehr. Niemanden außerhalb ihrer Familie. Familie war wunderbar, keine Frage. Notwendig. Aber nicht ausreichend. Man musste auch Freunde haben.

Die Tüte würde ihr im Weg sein, wenn sie erst einmal in Miss Berglunds Haus war, aber sie brauchte sie, um an ihrer Mutter vorbeizukommen und an neugierigen Nachbarn, die sich vielleicht gerade in ihren Gärten aufhielten. Außerdem würde sie sich auch nicht wohlfühlen, wenn sie Nancy offen vor Miss B. im Arm hielt. Sie hatte Miss B.'s Blindheit noch nie ausgenützt und wollte gar nicht erst damit anfangen. Laut Pia war sie ja wohl auf eine bestimmte Art und Weise unerträglich, aber es gab gewisse Dinge, die gingen ihr dann doch zu weit.

Sarah ging die Treppe hinunter. Ihre Mutter saß am Schreibtisch im Wohnzimmer und füllte Schecks aus. »Wohin gehst du?«, fragte sie, als Sarah durchs Zimmer in Richtung Haustür ging.

Sarah umklammerte die Tüte noch fester. »Zu Miss B. rüber.«

»Ich bin …« Ihre Mutter zögerte. Sie sah auf irgendeine Rechnung, die vor ihr lag, und als sie wieder aufschaute, war Sarah bestürzt, als sie die traurigen braunen Augen ihrer Mutter bemerkte, die sonst so fröhlich aussahen. Aber Mom sagte nur: »Ich bin froh, dass du Miss B. hast. Ich wünschte, ich wüsste, wie ich dir helfen kann.«

Sarah schluckte und nickte dann. Das wünschte sie sich auch.

Und schon war sie zur Tür hinaus, die braune Tüte noch immer fest an ihre Brust gedrückt.

Jetzt war sogar schon ihre Mutter betroffen, weil sie keine Freunde mehr hatte. Das war ja wohl der Grund, weshalb sie traurig war. Wie viel schlechter würde sie sich erst fühlen, wenn sie wüsste, dass ihre Tochter eine Diebin war, eine Vandalin, die anderen ihre wertvollsten Schätze nahm, ohne um Erlaubnis zu fragen, und sie dann kaputt machte?

Verstand man das unter Erwachsenwerden? Verantwortung für alles, was man tat, zu übernehmen, für all das Schlechte, das einen ausmachte? Nicht nur zu wissen, dass man manchmal Fehler beging – jeder machte schließlich Fehler, oder? –, sondern dass der Mensch, der man tief innen war ... gebrochen war? Und das an jedem einzelnen Tag, ein ganzes Leben lang, zu wissen?

Valerie Miller und der Club waren so stolz darauf, schon zehn zu sein. Sie sollten mal darüber nachdenken, dass sie nie wieder unter zehn sein würden. Nie wieder. Und darüber, wie einsam jemand sein konnte, der erwachsen wurde.

Sarah nahm die Tüte in die andere Hand. Seltsam, wie schwer sich eine kleine Puppe anfühlen konnte. Sie nahm die Abkürzung über den Rasen bis zu der Stelle, an der sie sich problemlos durch eine Lücke in den Fliederbüschen in Miss B.'s Garten zwängen konnte.

Die Blüten an den Büschen waren jetzt fast verblüht. Sogar die teefarbenen Spitzen zum größten Teil. Es war noch gar nicht lange her, da hatte sie

Miss B. beschrieben, wie sie schimmerten. Wie schnell sich alles ändern konnte!

Sarah blieb auf Miss B.'s Veranda stehen. Ehe sie ins Haus ging, musste sie sich überlegen, wie sie Nancy wieder in den ersten Stock befördern sollte. Sie sah sich um. Thomas Cat lag weder ausgestreckt auf seinem Plätzchen in der Schaukel noch in der Sonne, die kleine Lichtpfützen auf den Verandaboden warf. Wenn er auch nicht in der Küche war, würde er einmal mehr als Entschuldigung herhalten müssen.

Sie öffnete die Tür und ging ins Haus. »Miss B.?«, rief sie. »Ich bin es, Sarah.«

»Komm rein«, rief Miss Berglund wie immer zurück. »Du bist ja heute früh dran. Hast du denn schon gefrühstückt?«

Das hatte Sarah nicht. Der Gedanke an Essen war ihr noch gar nicht gekommen, aber jetzt gerade mochte sie auch nicht darüber nachdenken und antwortete deshalb: »Ja, hab ich.«

»Ich mache nämlich gerade meine berühmten Rühreier«, rief Miss B. nun wieder.

Miss B.'s Rühreier waren tatsächlich berühmt. Sie waren nach ihrer eigenen Beschreibung berühmt dafür, im Wesentlichen alles zu enthalten, mit Ausnahme des Spülbeckens. Sarah und Pia waren die »berühmten« Eier öfter serviert worden, als sie sich erinnern mochten. Sie sagten immer, dass Miss B. bisweilen selbst nicht wusste, welche Zutaten in ihre Eier wanderten, dass viele Reste aus ihrem Kühlschrank auch ihr ein Rätsel waren.

Am allerschlimmsten war es gewesen, als sie Sardinen und Auberginen in ihre Eier hineingegeben hatte. Sarah und Pia hatten das Frühstück in ihre Papierservietten kippen, die Papierservietten in ihre Hosentaschen stopfen und zu Hause wegwerfen müssen. Keine ihrer Mütter hatte sich erklären können, warum der Wäschekorb in dieser Woche so sehr nach Fisch gerochen hatte.

Obwohl Sarah zu Miss B. gesagt hatte, sie habe bereits gegessen, stand noch ein zweiter Teller neben dem Herd. Heute Morgen sahen die Eier, die Miss B. dort rührte, beinahe normal aus. Ein paar Tomatenstücke, etwas Zwiebel und irgendetwas Grünes. Grüne Bohnen?

»Ich habe schon gegessen«, sagte Sarah noch einmal und die Worte kamen mit einem mürrischen Gewicht heraus, das sie gar nicht beabsichtigt hatte.

Miss B., die heute ein geblümtes Kleid trug, nahm die Pfanne von der Flamme und schaufelte trotzdem die Hälfte der Eier auf den zweiten Teller. Dann teilte sie den Rest zwischen ihrem eigenen Teller und einer Untertasse auf, die wahrscheinlich für Thomas bestimmt war.

»Wie geht's dir, Liebes?«, fragte sie.

»Gut«, antwortete Sarah. »Ganz gut.« Die Lügen, eine nach der anderen, schienen ihr von der Zunge zu rollen: Sie wusste nicht, wann es ihr jemals weniger »gut« gegangen war. Sie wechselte die Einkaufstüte von einer Hand in die andere. »Ich hab gerade überlegt … soll ich nach Thomas Cat suchen?«

»Heute brauchst du nicht nach ihm zu suchen«, antwortete Miss B. gut gelaunt. »Der faule alte Kerl wird gerade schon zum Frühstück heruntergeholt.«

Was sollte das denn heißen? Zum Frühstück heruntergeholt? Sarah rollte das obere Ende der Einkaufstüte noch ein bisschen fester zusammen, hörte aber gleich wieder auf damit, als das steife braune Papier in ihren Händen raschelte. Mucksmäuschenstill stand sie da und überlegte, was sie als Nächstes tun oder sagen sollte.

Am besten war es wahrscheinlich, sich hinzusetzen und die Eier zu probieren.

Ein Schrittgeräusch hielt sie davon ab. Es schien aus dem oberen Stockwerk zu kommen. Sie sah zu Miss B. hinüber, aber die schien ganz unbekümmert, sodass Sarah durch die Türöffnung ins Esszimmer hinüberging, anstatt sich an den Tisch zu setzen. Jemand war in Miss B.'s Haus! Und da kam sie auch schon, Pia Picotte, kam in voller Lebensgröße die Treppe heruntergepoltert, als gehöre ihr das ganze Haus. Selbst das obere Stockwerk. Selbst in Sarahs Abwesenheit.

Thomas Cat räkelte sich in ihrem Arm und schnurrte.

Pia lächelte nicht, als sie Sarah an dem schwarzweißen Bündel vorbei ansah.

Kapitel 11

Ich weiß!

Sarah beförderte die Einkaufstüte mit einem Ruck hinter ihren Rücken, obwohl ihr im gleichen Moment klar wurde, wie zwecklos diese Geste war. Pias Blick folgte der Bewegung und ihre Augen verrieten, dass sie genau wusste, welch schuldbeladenes Geheimnis die Tüte verbarg. Auch wenn sie es nicht wirklich wusste. Nur den einen Teil kannte sie, nämlich dass die Puppe zerbrochen war, nicht aber, dass Sarah sie ohne Erlaubnis genommen hatte und nun versuchte, sie heimlich zurückzubringen.

Sarah machte sich gar nicht erst die Mühe, etwas zu sagen. Sie ging einfach in die Küche zurück und setzte sich auf ihren gewohnten Platz.

Was hatte Pia hier überhaupt verloren? Sie kam doch sonst niemals allein Miss B. besuchen. Miss B. war Sarahs Nachbarin, war ihre Freundin. Pia hätte sie nie kennengelernt, wenn Sarah sie ihr nicht vorgestellt hätte.

»Ich habe Thomas, Miss B.«, verkündete Pia, als sie in die Küche trat. »Er lag auf Ihrem Bett.«

»Faule alte Katze«, sagte Miss B. bestimmt zum tausendsten Mal. »Hat sich wahrscheinlich eingebildet, ich bringe ihm sein Frühstück rauf.« Und sie stellte die Untertasse mit den Eiern auf den Boden.

Der Toaster klackte und füllte die Luft mit dem nussigen Duft von frischem Toast. Weißbrot mit Sesamkörnern. Sarahs Lieblingsbrot. Obwohl sie keinen Hunger hatte, lief ihr das Wasser im Mund zusammen.

Pia setzte Thomas vor seiner Untertasse ab und ließ sich an dem Platz nieder, an den Miss B. den Teller mit Rührei gestellt hatte. Sie nahm die Gabel in die Hand, fischte etwas Grünes aus dem Ei und schob es an den Tellerrand. Es war eine Erbse. Sarah umklammerte die Einkaufstüte fester und ließ sie auf ihren Schoß gleiten.

»Bist du sicher, dass du nicht auch etwas möchtest?«, fragte Miss B. die Luft über Sarahs Kopf, während sie den Teller mit Toast auf den Tisch stellte.

»Ich bin sicher«, sagte Sarah. Alles was sie gerade interessierte, war, wie sie ins obere Stockwerk kommen sollte, um die Puppe zurückzustellen. Es war so unfair, dass Pia, die es gar nicht nötig hatte, oben gewesen war. Welche Ausrede konnte Sarah jetzt noch erfinden, um das Zimmer zu verlassen, wo Thomas bereits in der Küche war?

»Wisst ihr«, sagte Miss B., »Papa hat Rühreier

nicht ausstehen können. Er mochte sie lieber gebraten oder gekocht. Er hat immer gesagt, Rühreier seien ihm ein Gräuel.«

Ein Gräuel, dachte Sarah. Ein gutes Wort für Miss B.'s Eier.

»›Ist aber eine gute Art, Reste zu verwerten‹, hab ich ihm immer gesagt. ›Und mit dem, was sie dir in deiner Kirche zahlen, können wir's uns nicht leisten, verschwenderisch zu sein.‹«

Pia, die einen kleinen Gemüseberg an ihrem Tellerrand aufgehäuft hatte, legte die Gabel plötzlich hin und zog den üblichen Block und Bleistiftstummel aus der Tasche.

Sarah starrte zum Fenster hinaus. Sie hatte kein Interesse daran, zu erfahren, was Pia gerade mal wieder »beobachtete«. Mehrere fröhliche Distelfinken hatten sich um Miss B.'s Finkenhäuschen geschart. Miss B. liebte es, wenn man ihr die Vögel in ihrem Futterhäuschen beschrieb. Sarah hatte sie mal gefragt, warum sie das Futterhäuschen überhaupt hatte, wo sie doch die Vögel, die hineinflogen, gar nicht sehen konnte und die ja an der Futterstelle auch nicht sangen. Sie hatte geantwortet: »Dass ich nicht das Vergnügen habe, sie mir anzuschauen, heißt noch lange nicht, dass sie nicht fressen müssen«.

Miss B. sprach immer noch von Papa und was er gern und was er nicht so gern gegessen hatte.

Leber hatte er gehasst, die hatte sie ihm, wie sie sagte, jeden Dienstag serviert, weil sie »ihm guttat«. Gute, nahrhafte Gemüsesorten wie Rosenkohl, die auch auf ihrem Speiseplan standen, hatte er ebenfalls nicht ausstehen können. Aus der Litanei, die sie jetzt aufsagte, ließ sich schließen, dass sie selten etwas für ihren Vater gekocht hatte, das ihm wirklich geschmeckt hatte.

Als Sarah auf den Tisch sah, lag da ein kleiner, aus Pias Notizblock rausgerissener Zettel vor ihr. Pia hatte in Großbuchstaben daraufgeschrieben: ICH WEISS BESCHEID!

Sarah starrte auf die Buchstaben und das Herz hämmerte ihr plötzlich in der Kehle. ICH WEISS BESCHEID!

Worüber?, formte ihr Mund lautlos; sie schob den Zettel zur Seite. *Worüber weißt du Bescheid?* Sie versuchte gleichgültig, sogar gelangweilt auszusehen, aber ihr Atem ging schwer.

Pia nahm den Zettel wieder an sich und schrieb erneut etwas, die Finger fest um den Stift geklammert. Sie schob das Blatt Papier wieder zu Sarah rüber.

Die weigerte sich erst, einen Blick daraufzuwerfen. Dieses Spiel musste sie nicht mitmachen. Aber dann ließen ihre Augen sie im Stich und lasen die Worte auf eigene Faust. ICH WEISS, DASS DU DIE PUPPE GEKLAUT HAST.

Die Buchstaben schienen sich auf dem Papier zu winden. *Geklaut?* Sie hatte noch nie in ihrem Leben etwas geklaut. Sie hatte sich Nancy ausgeliehen. Das war alles. Nichtsdestoweniger war ihr Mund plötzlich trocken geworden und ihre Hände zitterten, als sie nach dem Papier griff und es umdrehte.

Sie schnappte sich den Bleistift vom Tisch, dort, wo Pia ihn hingelegt hatte, und schrieb ihre Antwort auf die Rückseite des Blattes. DU WEISST GAR NICHTS. MISS B. HAT SIE MIR GESCHENKT. Sie schob den Zettel wieder Pia zu.

Miss B., die gar nichts von ihrer lautlosen Unterhaltung bemerkte, war jetzt dazu übergegangen, von Papas Predigten zu erzählen und dass er der beste Prediger und einer der gelehrtesten Männer der Stadt, wenn nicht ganz Minnesotas gewesen sei.

Pia riss mit einem Geräusch, das wie das Öffnen eines Reißverschlusses klang, ein weiteres Blatt aus ihrem Block. Sarah beobachtete Miss Berglund genau, aber die schien zu beschäftigt, um Notiz davon zu nehmen.

NEIN, HAT SIE NICHT, schrieb Pia, noch immer in den gleichen Großbuchstaben, die aussahen, als würden sie einen anschreien.

Sarah hatte Mühe zu atmen. Sie nahm Zettel

und Stift erneut zur Hand. HAST DU SIE GEFRAGT?, schrieb sie; dabei drückte sie so fest auf, dass die Bleimine des Stiftes in der Mitte des Fragezeichens abbrach. Wenn Pia Miss B. verraten hätte, dass die Puppe kaputtgegangen war, dann hätte Miss Berglund Pia gesagt, dass sie Nancy noch nie aus der Hand gegeben hatte. Aber Pia konnte ihr nichts erzählt haben. Wenn, dann hätte Miss B. Sarah vorhin schon, als sie gekommen war, vorgehalten, dass sie die Puppe mitgenommen hatte. Sarah hatte noch nie erlebt, dass Miss B. sich nicht traute, ihre Meinung zu äußern.

Pia streckte die Hand aus, um Sarah Zettel und Stift abzunehmen. ICH BRAUCHTE SIE GAR NICHT FRAGEN, schrieb sie. Sie musste fest aufdrücken, damit der abgebrochene Bleistift funktionierte. ICH WEISS ES AUCH SO.

Sarah, der beim besten Willen keine Antwort auf diese erneute Anschuldigung einfiel, sah Pia böse an und ließ sich in ihren Stuhl zurückfallen. Pia sah böse zurück. Dabei runzelte sie die Stirn auf eine Weise, dass ihre Sommersprossen zu einem einzigen Klecks zusammenflossen. Kein Wunder, dass sie ihre Sommersprossen hasste. Sie sahen auch wirklich doof aus.

»Papa hat ja ständig seinen Kragen vergessen, einen von diesen steifen runden Kragen, die Geistliche immer tragen. Früher mussten sie täglich gewaschen, gestärkt und gebügelt werden. Und ich musste ihn kontrollieren, bevor er aus dem Haus ging, um sicherzugehen, dass er ihn auch wirklich angelegt hatte.«

Pia mischte sich in Miss B.'s Gespräch, als habe sie ihr die ganze Zeit schon zugehört. »Es muss entsetzlich hart für Sie gewesen sein«, sagte sie in mitfühlendem Tonfall. »Sie waren ja erst neun, als Sie sich um Ihren Vater zu kümmern begannen.«

Die Zahl Neun betonte sie so, als handle es sich dabei praktisch ums Babyalter.

Miss B. lehnte sich mit eifrigem Gesichtsausdruck nach vorn, die Gabel in der Luft, um ihrer Rede Nachdruck zu verleihen. »Aber das war es gar nicht. Verstehst du? Er war so besonders. So intelligent. Und er wusste so vieles, wovon ich keine Ahnung hatte. Über Literatur. Philosophie. Theologie.«

Sarah sagte nichts, obwohl sie nicht ganz einsah, wie Papas Intelligenz das Waschen, Stärken und Bügeln seiner geistlichen Kragen erträglicher hatte machen können. Egal, mochte Pia dasitzen und den höflichen Gast spielen. Pia, die anderen Diebstahl vorwarf.

»Aber trotzdem brauchte er mich«, fuhr Miss B. fort. »Der Mann konnte ja kein Hemd bügeln, ohne das Hemd oder sich selbst dabei zu verbrennen. Oder sich gar ein Ei braten. Und wenn ich ihn nicht geschützt hätte, dann hätten die netten Ladys von der Kirche ihn verschlungen.«

Sarah musste bei der Vorstellung, dass die Frauen von der Kirche um einen runden Tisch versammelt saßen und gebratenen Pastor als Hauptgang verspeisten, ein klein wenig lächeln. Aber nur kurz. Was gab es für sie schon zu lächeln? Sie war gerade eben des Diebstahls beschuldigt worden.

Von ihrer ehemals besten Freundin.

Aber das war es doch nicht gewesen, oder? Wenn sie Miss B.'s Puppe genommen hatte, dann doch nur in der Absicht, sie zurückzubringen. Sobald sie sie Pia gezeigt hatte. Wenn nicht dieses Missgeschick passiert wäre – an dem Pia genauso schuld war wie sie selbst –, dann hätte Miss B. nie einen Schimmer davon gehabt, dass die Puppe ihren sicheren Platz unter dem Glassturz verlassen hatte. Und selbst jetzt noch würde sie nie genau erfahren, was geschehen war. Sie hatte ja nicht mal eine Ahnung, dass Sarah im oberen Stockwerk gewesen war.

Sarah ließ sich den Gedanken noch einmal durch den Kopf gehen: Sie wusste nicht, dass ich oben war. Und noch einmal: Miss B. wusste es nicht! Aber Miss Berglund war sehr wohl bewusst, dass Pia ins obere Stockwerk gegangen war. Pia hatte ja gerade laut verkündet, dass sie Thomas Cat auf ihrem Bett gefunden hatte.

Klammheimlich sickerte eine Lösungsmöglichkeit für dieses ganze Schlamassel in Sarahs Hirn. Eine Lösungsmöglichkeit, die so gut – und so niederträchtig – war, dass sie geradezu spüren konnte, wie sich ihr Gesicht zu einem Lächeln verzog. Hatte Pia nicht ein bisschen Niedertracht verdient?

Sarah griff an Pias Arm vorbei nach Block und Bleistift. Sie drehte den Stift, um noch ein Stückchen hervorstehende Mine zu finden, und malte die Buchstaben sehr sorgfältig auf den Block. HIER, schrieb sie, STELL DU NANCY ZURÜCK. WENN DU ES NICHT TUST, WIRD MISS B. DENKEN, DASS DU SIE GENOMMEN HAST. SIE WEISS NICHT, DASS ICH OBEN WAR, ABER SIE WEISS, DASS DU DORT WARST.

Dann stand sie auf, legte die Einkaufstüte mit der kaputten Puppe auf den Tisch, schob den Zettel vor Pia hin und ging, ohne sich von Miss Berglund zu verabschieden.

Kapitel 12

Für dich

Sarah ging langsam Miss B.'s Auffahrt hinunter und zu ihrem eigenen Haus zurück. Sie musste langsam gehen, weil ihre Knie sich in Wackelpudding verwandelt hatten. Wenn sie versuchte, schnell zu gehen, würde sie als Klumpen mitten auf dem Gehweg enden.

Was hatte sie nur getan? Was für eine Dummheit hatte sie nur begangen?

Pia musste jetzt lediglich Miss B. die Puppe in die Hand drücken und ihr die ganze Geschichte erzählen. Und natürlich würde Miss B. ihr glauben. Wieso auch nicht? Jeder wusste doch, dass Pia keine Lügnerin war.

Woher hatte Pia überhaupt gewusst, dass sie die Puppe ohne Erlaubnis mitgenommen hatte? Es war ja nicht so, als wären sie noch Freundinnen, als könnte Pia noch so wie früher in ihren Gedanken und in ihrem Herzen lesen.

Sarah hatte die Treppe vor ihrem eigenen Haus erreicht und ließ sich auf die mittlere Stufe sinken. Wenn sie hier wartete, dann würde sie bald wissen, was Pia getan hatte. Zumindest würde sie wissen, ob Pia die Puppe bei sich hatte, wenn sie Miss B.'s Haus verließ.

War diese ganze furchtbare Geschichte zwischen ihnen denn nur ihre Schuld? Weil sie der dämlichen Valerie die Meinung gesagt hatte, weil sie gesagt hatte, was Pia in beiderseitigem Einvernehmen hätte sagen sollen? Aber hätte Pia nicht dagestanden, so stumm, als habe man ihr das Maul gestopft, dann hätte sie kein Wort gesagt. Bestimmt nicht. Es hätte ja keinen Grund gegeben.

Vielleicht hatte ja Pia die ganze Sache angezettelt. Warum sonst hatte sie die Antwort so lang hinausgezögert? Sie wusste doch, dass Sarah es nicht aushalten würde, wenn sie nichts sagte, dass früher oder später Sarah das Wort ergreifen würde. Um dann eine perfekte Entschuldigung für ihre Wut zu haben. Für ihre Wut und die Tatsache, dass sie zum Club überlaufen wollte. Wahrscheinlich hatte sie das die ganze Zeit schon vorgehabt.

Sarah stützte die Ellenbogen auf die Knie, legte den Kopf in die Hände und starrte hinaus in den Sommertag. Ein schnelles heftiges Gewitter war während der Nacht durchgezogen und am Morgen war der Gehweg mit Würmern übersät gewesen. *Mit Würmern übersät.* Das wäre ein schöner

Augenblumenstrauß für Miss B. gewesen. Es hätte ihr nur früher einfallen sollen.

Ein Geräusch, kaum wahrnehmbar, ein Klacken, leises Quietschen und die Haustür von Miss Berglunds Haus drüben öffnete sich. Sarah hielt den Atem an. So schnell? So schnell kam Pia schon raus? Ganz sicher war sie nicht lange genug drüben gewesen, um in den oberen Stock zu gehen und die Puppe wieder unter den Glassturz zu stellen. Und genügend Zeit, um Nancy Miss B. zurückzugeben und ihr die ganze Geschichte zu erklären, konnte sie auch nicht gehabt haben.

Aber jetzt kam sie aus der Haustür und ging quer über die Veranda – die Einkaufstüte am oberen, zusammengerollten Ende fest in der Hand.

Sarah saß ganz still da, drehte den Kopf nicht zur Seite, um nicht den Anschein zu erwecken, als schaue sie rüber, beobachtete Pia aber aus dem Augenwinkel. Wenn Pia beim Gehweg angekommen war, der vor den beiden Häusern verlief, dann würde sie nach links abbiegen, fort von Sarahs Haus, in Richtung ihres eigenen. Aber nein. Sie bog nach rechts ab. Und dann noch einmal nach rechts, direkt vor Sarahs Haus. Sie ging geradewegs auf die Stufen zu, auf denen Sarah saß.

Sarah konnte Pias Füße sehen. Sie trug rosafarbene Flip-Flops. Die mussten neu sein. Sie hatte nie rosafarbene Flip-Flops gehabt. Ihre Füße waren rundlich und glatt und so sommersprossig wie alles an ihr. Sogar ihre Zehen waren rundlich und sommersprossig.

»Hi.«

»Hi.« Sarahs Stimme piepste peinlich. Sie sah nicht auf, rutschte aber zur Seite, sodass genügend Platz war, falls Pia sich setzen wollte. Sie stützte das Kinn wieder in ihre Hände.

Lange Zeit – Jahre, äonenlang –, so schien es jedenfalls, stand Pia nur da, ohne etwas zu sagen. Vor sich, in ihren ausgestreckten Händen, hielt sie die Einkaufstüte, als habe sie etwas anzubieten. Oder eher noch, als zeige sie ein Beweisstück in einem Strafverfahren. Sarah überlegte, ob sie die Tüte an sich nehmen solle, aber ihre Hand schien sich nicht rühren zu wollen. Schließlich ließ Pia sich am entgegengesetzten Ende der Stufe nieder, so weit entfernt von Sarah, wie es möglich war, ohne in die stacheligen Büsche unter ihr zu fallen, und setzte die Tüte auf ihrem Schoß ab. »Du hast Nancy also noch«, sagte Sarah, als es ihr endlich gelang, sich der Last des Schweigens zu entziehen.

»Ich dachte, du hast sie Collette genannt.« Pia schien gelassen. Ihre Worte klangen so glatt und hart wie Glas.

Sarah zuckte mit den Achseln. »Miss B. hat sie Nancy genannt«, sagte sie.

Wieder schwiegen sie. Zwei Eichhörnchen schnatterten ärgerlich in der Eiche im Vorgarten.

»Mir hat Collette eigentlich gefallen«, sagte Pia.

»Was?« Sarah richtete sich auf. »Was sagst du da?«

Pia errötete. »Ich mag die Namen, die du aussuchst, eigentlich immer.«

Sarah schnaubte verächtlich und ließ das Kinn erneut in die Hände fallen. »Ja, klar.« Machte Pia sich über sie lustig?

Eine Weile lang schwieg Pia, dann endlich sagte sie so langsam, als schmerze sie jedes einzelne Wort: »Es ist nur, dass … ich denke nach und denke nach und schließlich entscheide ich mich für einen Namen und dann fällt dir in zwei Sekunden etwas Besseres ein. Manchmal macht mich das richtig wahnsinnig, verstehst du?«

»Das tut mir leid«, sagte Sarah. Das war die Wahrheit. Es tat ihr leid, dass sie jemals etwas gesagt oder getan hatte, das Pia verärgert hatte. Sie war nun einmal besser als Pia im Erfinden von Namen – und Worten, aber was spielte das für eine Rolle? Pia war dafür eine bessere Schwimmerin als sie. Sie war auch besser in Mathe und dabei wünschte Sarahs Vater sich so sehr, dass Sarah gut in Mathe war. Pia war auch besser in Nintendo.

»Es muss dir nicht leidtun«, sagte Pia sanft. Sie

sagte es so, als meine sie es auch. »Ich ärgere mich ja über mich selbst.«

Sarah sah sie zum ersten Mal an. Sah sie richtig an. War Pia denn nicht mehr böse? Sie musste böse sein. »Aber du wolltest deinen Puppen doch selber einen Namen geben. Das hast du jedenfalls gesagt.« *Dass ich immer bestimmen will, hast du gesagt!*, wollte sie hinzufügen, brachte es aber nicht über die Lippen.

»Es ist nur ... na ja ... Gertrude heißt meine Grandma. Verstehst du?«

»Oh«, sagte Sarah. »Oh! Das wusste ich ja nicht.«

Pia nahm die Einkaufstüte in die andere Hand. »Ich hätte es dir sagen sollen. Es ist nur so ..., dass Gwendolyn mir eben besser gefällt.«

»Im Ernst?«

Pia wandte sich ihr zu und sah ihr direkt ins Gesicht.

»Gefällt doch jedem besser, oder?«

Sie lachten beide.

Danach schwiegen wieder beide, aber leichter dieses Mal, beinahe beruhigend.

»Es tut mir leid wegen Miss B.'s Puppe«, sagte Sarah. Sie sagte es zögernd, voller Hoffnung. »Ich hätte sie nicht mitnehmen sollen. Ich hätte sie selbst zurückstellen sollen. Irgendwie wird mir das schon gelingen.« Sie streckte den Arm nach der Tüte auf Pias Schoß aus, aber Pia legte schützend ihren Arm um sie.

»Warum hast du sie genommen?«, fragte sie.

Warum ich sie genommen habe? Sarah taumelte zurück, zurück in die Erinnerung, versuchte, sich zu entsinnen. Warum hatte sie Miss B.'s Puppe mitgenommen? Sie mitzunehmen *hieß* sie stehlen und sie war kein Dieb. Und einen Freund zu bestehlen, besonders einen, der blind war, musste das schlimmste Verbrechen von allen sein.

Doch dann fiel es ihr ein. »Ich habe sie für dich genommen«, sagte sie.

»Für mich?«

»Na ja, nicht, um sie dir zu schenken. Ich hatte immer vor, sie gleich wieder unter den Glassturz in Miss B.'s Schlafzimmer zurückzustellen. Aber ich wusste, wie sehr sie dir gefallen würde. Ich wollte etwas haben, das du vielleicht bei mir zu Hause gerne ansehen würdest.«

»Oh.« Pia langte an der Tüte auf ihrem Schoß vorbei, um eine Rute vom Boden aufzuheben. Sie beförderte damit einen durchweichten Wurm vom Weg zurück ins Gras.

Sarah sah auf die Stelle im Rasen, wo der Wurm verschwunden war. Ob er froh war, gerettet worden zu sein, oder fühlte er sich bevormundet? »Glaubst du, Würmer werden einfach auf die Wege gespült, wenn es regnet«, fragte sie, »oder kriechen sie da freiwillig hin, um aus der Nässe rauszukommen?«

»Weißt du, es hätte nicht funktioniert«, antwortete Pia, als sei dies eine Antwort auf Sarahs Frage.

»Was? Was hätte nicht funktioniert?«

»Miss B. vorzumachen, dass ich diejenige war, die ihre Puppe weggenommen hat.«

Sarahs Atem ging schneller. Sie waren also wieder am gleichen Punkt angekommen. Dabei hatte sie gedacht, sie wären wieder nett zueinander. »Und warum hätte es nicht funktioniert?«

»Wegen des Klebers.« Pia stand auf, während sie antwortete, die Tüte immer noch vor sich haltend. »Wenn sie den Riss gefühlt hätte, dann hätte sie gemerkt, dass ihre Puppe zerbrochen und anschließend geklebt worden ist. Und dann hätte sie gewusst, dass du es warst. Denn hätte ich Nancy mitgenommen, als ich heute oben war, hätte ich nicht die Zeit gehabt, sie kaputt zu machen, wieder zusammenzukleben und zurückzustellen.«

Sarah stand jetzt auch auf. Stand da und nickte einfältig. Pia hatte recht, natürlich. Miss B. hätte es gemerkt. »Es war eine dumme Idee«, sagte sie. Und dann fügte sie mit einem ganz kleinen Kichern hinzu: »Vielleicht denkt sie ja auch, es war Papa, der ihre Puppe zerbrochen hat.«

»Vielleicht«, sagte Pia, aber sie lächelte nicht dabei.

Sarah streckte den Arm wieder nach der Tüte aus.

»Du willst es ihr also nicht sagen?«, fragte Pia; sie trat einen Schritt zurück, sodass die Tüte knapp außer Reichweite war.

Sarah zuckte mit den Schultern. »Wie könnte ich? Sie würde mir entsetzlich böse sein. Wahrscheinlich für immer. Nancy bedeutet ihr so viel.«

Pia zuckte ebenfalls mit den Schultern und nach einem weiteren endlosen Augenblick, in dem keiner von ihnen etwas sagte, gab Pia Sarah die Tüte und wandte sich zum Gehen.

Als Sarah sie in der Hand hielt, war sie so verblüfft darüber, wie leicht sie sich anfühlte, dass ihre Hand, die auf das Gewicht der Puppe vorbereitet gewesen war, nach oben schnellte und die Tüte beinahe losgelassen hätte. Sie riss sie am oberen Ende auseinander. Die Tüte war leer!

»Wo ist sie?«, rief Sarah Pia nach, die schon davongegangen war. »Was hast du mit der Puppe angestellt?«

Pia ging weiter. Sie antwortete, ohne sich noch einmal nach Sarah umzudrehen: »Sie sitzt auf deinem Stuhl«, rief sie. »Dem Stuhl, auf dem du immer an Miss B.'s Küchentisch sitzt. Ich hab sie dagelassen.«

Kapitel 13

Verdammt noch mal, Papa!

Sarah kniete am Fenster ihres Zimmers und sah hinunter auf Miss Berglunds Garten. Seit dem Abendessen wartete sie nun schon hier oben, hatte zugesehen, wie die Sonne flacher wurde, je tiefer sie sich zum Horizont hin senkte, wie die Schatten, die sich auf dem Rasen ausdehnten, finsterer wurden, wie sie zunahmen.

Endlich! Da, endlich! Ein kurzes Aufflammen, dann ein winziger orangener Lichtpunkt. Darauf hatte sie gewartet. Miss Berglund war vors Haus getreten, um eine Zigarette zu rauchen. Sie tat das jeden Abend, selbst im kalten Winter: diese eine Zigarette rauchen, die sie sich täglich draußen auf der Klinkerterrasse hinter ihrem Haus erlaubte.

Und diese eine Zigarette würde Sarah genau die Zeit geben, die sie brauchte, um die Puppe zu finden und sie dahin zurückzustellen, wo sie hingehörte, ohne erwischt zu werden.

Das entfernte Gemurmel des Fernsehers sagte ihr, dass ihre Eltern im Wohnzimmer saßen und die Nachrichten sahen; sie lief also eilig die Treppe hinunter und zur Haustür hinaus, darauf bedacht, nur ja kein Geräusch zu machen, das die Aufmerksamkeit ihrer Eltern wecken könnte.

Miss B.'s Tür ließ sich mit dem gewohnten Klick- und Seufzton öffnen und schon stand Sarah in der dämmerigen Diele, im Esszimmer, in der Küche. Natürlich brannten im Haus keine Lampen. Lampen hatten keinen Wert für Miss B. War es ein dunkler Tag, schalteten Sarah und Pia immer Licht an, wenn sie ins Haus kamen, und löschten es wieder, wenn sie gingen. Sarah hätte auch jetzt Licht machen können, ließ es aber sein. Als sie in die Küche kam, konnte sie die Umrisse des Tisches auch so sehr deutlich erkennen. Der Stuhl, der normalerweise für sie reserviert war, stand direkt vor ihr.

Schon während sie sich über seine Rückenlehne beugte, sah sie die schimmernden Porzellanhände der Puppe, die blasse Rundung ihrer Wangen. Sie stieß die Luft aus, von der sie nicht einmal geahnt hatte, dass sie sie angehalten hatte. Es war eindeutig, dass Miss B. Nancy nicht entdeckt hatte. Sarah nahm die Puppe hoch, bettete sie in einen Arm und lief auf die Treppe zu. Es würde nur einen Moment dauern, sie zurück unter den Glassturz zu stellen, einen weiteren, das Haus wieder zu verlassen. Und dann würde alles vorbei sein.

Nun ja, fast vorbei. Warten und sich Gedanken

drüber machen, wann Miss B. es merken und was sie sich denken würde, falls sie's tat, würde sie auch danach noch. Warten und sich Gedanken über Pia machen, ebenfalls. War sie noch böse auf sie? Waren sie wieder Freundinnen? Was hatte ihr Gespräch auf der Vordertreppe zu bedeuten? Pia war nach Hause gegangen, ohne ein Wort darüber zu verlieren, ob sie sich wiedersehen wollten.

Die Dunkelheit lag schwer über dem Treppenhaus, doch durch die Fenster von Miss B.'s Schlafzimmer fiel Mondlicht, das den Tisch auf der anderen Seite des Bettes klar sichtbar machte. Sarah fand rasch den Weg dorthin, hob den Glassturz an und setzte Nancy zurück in ihr Gestell. Dann küsste sie die kühle Biskuit-Wange der Puppe und stellte den Glassturz zurück. Geschafft! Nancy war heimgekehrt, so gut wie neu. So neu wie möglich jedenfalls.

Sarah verließ eilig das Schlafzimmer.

Sie war schon halbwegs die Treppe hinunter, als sie ein kleines Geräusch hörte. Es war die Hintertür, die auf- und wieder zuging, Schritte, die aus der Küche näher kamen.

Hätte sie sofort reagiert, als sie die Tür hörte, wäre sie im gleichen Moment die übrigen Stufen hinuntergestürmt, egal wie viel Lärm sie dabei machte, und wäre zur Haustür gerannt, dann hätte sie davonkommen können. Mit Leichtigkeit.

Sie wäre die Terrasse runter und auf der anderen Seite der Fliederbüsche gewesen, noch bevor Miss Berglund hätte rufen können, wer da sei. Und Miss B. hätte niemals erfahren, dass es ihre Freundin Sarah war, die sie betrogen hatte. Niemals! Aber Sarah stürmte nicht die Stufen hinunter. Genau genommen tat sie gar nichts. Stand nur da, festgefroren auf der Hälfte der Treppe, als sei sie diejenige, die man unter Glas gefangen hielt. Dann erst merkte sie, dass Miss B. unter ihr stand, eine dunkle Gestalt unter einer Wolke weißen Haares, die langsam und stetig die Treppe heraufkam.

Sarah bewegte sich rückwärts die Stufen hinauf. Einen behutsamen, geräuschlosen Schritt an den anderen setzend, bewegte sie sich weiter, bis sie den Treppenabsatz erreicht hatte. Dann ging sie weiter rückwärts den Flur entlang, ohne die sich stetig nähernde Gestalt aus dem Blick zu verlieren. Am Ende des Gangs blieb sie stehen, den Rücken gegen eine geschlossene Tür gepresst.

Miss Berglund hatte fast das obere Ende der Treppe erreicht. Jetzt würde sie nach rechts abbiegen und in ihr Zimmer gehen. Sarah war sich sicher. So sicher jedenfalls, wie man sich hinsichtlich eines Routineablaufs sein konnte, dessen Zeuge man noch nie zuvor gewesen war. Sie griff nach dem Türknauf, der gegen ihr Rückgrat drückte, drehte ihn um und schlüpfte in das leere Zimmer. Dann schloss sie die Tür wieder, hielt den Knauf fest umklammert, während er sich drehte, damit das Schloss nicht einmal einen Klickton von sich gab, und lehnte sich dagegen.

Lange blieb sie so stehen und wartete darauf, dass ihr Herz aufhörte zu pochen.

Nachdem ein paar Minuten verstrichen waren, ohne dass sich Schritte genähert hätten oder eine Hand auf der anderen Seite der Tür am Knauf drehte, richtete sich Sarah auf und sah sich um. Sie stand in Pastor Berglunds Zimmer. Es musste seines sein, weil sie sich daran erinnern konnte, dass sein Schlafzimmer auf der Rückseite des Hauses lag. Direkt über der Stelle, wo Miss B. ihre Abendzigarette rauchte.

Sarah konnte außer ein paar düsteren haufenartigen Umrissen, die ein Bett, zwei Kommoden, einen Stuhl vermuten ließen, wenig erkennen. Es schien sich um ein völlig normales Schlafzimmer zu handeln, selbst wenn es einmal ihm »höchstpersönlich« gehört hatte.

Sarahs Hand tastete nach dem Schalter an der Wand. Ein bisschen Licht half ihr vielleicht dabei, klarer zu denken. Obwohl es in Wahrheit nicht viel nachzudenken gab. Was für eine Wahl hatte sie jetzt schon, außer darauf zu warten, dass Miss Berglund sich zu Bett begab, um dann die Treppe hinunter und aus dem Haus zu schlüpfen? Sie holte tief Atem und knipste den Schalter trotzdem an.

Bei dem Raum, der vor ihr ins Licht sprang, handelte es sich, wie es schon im Dunkeln den Anschein gehabt hatte, um ein ganz normales Schlafzimmer. Ein schweres Walnussbett, ein Nachtkästchen, zwei Kommoden. Ein Lesesessel aus Leder mit einer Stehlampe daneben. Die Oberflächen der Kommoden und des Tisches waren leer bis auf ein Foto in einem Holzrahmen, das auf dem Tisch stand. Sarah ging näher heran und nahm das Foto hoch.

Es war ein Schnappschuss, der die Nahaufnahme eines jungen Mädchens in einem weißen Kleid zeigte. Miss B., wen sonst? Miss Berglund – wenn sie auch damals niemand so genannt hatte, ihr Vorname war Imogene – stand in starrer Haltung vor irgendetwas grün Belaubtem. Den Fliederbüschen vielleicht. Konnten die Fliederbüsche schon so alt wie Miss Berglund sein? Ihr Kinn war nach vorne geschoben, der Rücken sehr aufrecht, der Arm fest um eine Puppe geschlungen. Collette. Nein, Nancy. Der Arm schien die Puppe so fest zu umklammern, dass Sarah beinahe einen Ausdruck von Schmerz in dem Gesicht der Puppe erwartet hätte. Doch Schmerz sah sie nur im Gesicht des Mädchens, in ihren dunklen Augen.

Sarah wusste nicht, wann sie je zuvor so traurige Augen gesehen hatte. Vielleicht auf Bildern von Kindern in Flüchtlingslagern. Ihre Augen zeigten die gleiche helle Verzweiflung. Doch die Augen auf dem Foto zeigten noch mehr. Sie waren nicht nur traurig, sie waren wütend, auf eine Weise, die wohl verborgen bleiben sollte.

Die Person, die das Foto aufgenommen hatte – wer immer es war –, war von dem Mädchen jedenfalls geprüft, begutachtet und für ganz und gar unzulänglich befunden worden.

Pastor Berglund?

Aber Miss B. himmelte ihren Vater an. Sie sprach die ganze Zeit von ihm. Sie sprach sogar *mit* ihm, oder nicht?

Sarah schüttelte den Kopf. Sie musste sich täuschen. Oder das Foto war von jemand anderem aufgenommen worden.

Sie stellte das Bild wieder auf den Tisch zurück. Wenn sie zu lange blieb, würden ihre Eltern ebenfalls ins Bett gehen und vorher noch den Kopf in ihr Zimmer stecken. Und dann bekäme sie Probleme ganz anderer Art.

Sie würde jetzt erst einmal die Zimmertür öffnen. Genau so weit, dass sie jede Bewegung hören konnte. Blieb alles ruhig, dann war sie in Sekundenschnelle die Treppe runter und zur Vordertür hinaus. Aber als sie durchs Zimmer ging, blieb sie mit einem Zeh in dem geflochtenen Läufer neben dem Bett hängen. Sie taumelte nach vorne und griff nach der danebenstehenden Lampe, um nicht zu stürzen. Doch statt ihr Halt zu geben, kippte die Lampe vor ihr um und schlug mit dröhnendem Geklapper und Gekrache auf dem Hartholzboden auf.

Sarah blieb erst einmal knien, wo sie hingefallen war, und wartete ab. Sie hatte sich nicht wehgetan. Wie durch ein Wunder schien auch die Lampe nicht beschädigt zu sein. Doch das war zweifellos das Ende aller Wunder, denn selbst wenn Miss Berglund schon zu Bett gegangen war und schlief – sehr unwahrscheinlich in so kurzer Zeit –, so hätte niemand bei dem Lärm weiterschlafen können, den sie und die Lampe soeben verursacht hatten.

Und dann hörte sie die sich nähernden Schritte. Gleichmäßig, schnell sogar, obwohl Miss Berglund selten irgendetwas schnell tat.

»Was ist passiert?«, rief sie. Ihre Stimme klang flatternd und alt. »Was ist hier los?«

Sarah gab keine Antwort. Sie machte nur, dass sie auf die Füße kam, den Blick auf die Tür geheftet. Im gleichen Augenblick, in dem Miss B. sie öffnete, würde sie an ihr vorbei und aus dem Zimmer rennen. Es war ihre einzige Hoffnung.

»Verdammt noch mal, Papa!« Die Tür sprang unvermittelt auf und krachte gegen die danebenstehende Kommode. »Kannst du mich denn nie schlafen lassen?« Miss Berglund stand in der Tür, den Kopf erhoben, die Nasenlöcher weit geöffnet, als versuche sie zu wittern, was sie nicht sehen konnte.

Sarah bewegte sich nicht. War es möglich, dass Miss Berglund wirklich glaubte, ihr Vater habe all den Lärm gemacht? Ihr toter Vater habe die Lampe umgestoßen? Sarah schauderte und begann, sich in Richtung Tür und Fluchtweg zu schieben.

»Papa?«, wiederholte Miss B. Diesmal klang der Name wie eine Frage. Und dann ein wenig leiser: »Papa?« Sie trug einen verschossenen rosa Morgenrock aus Chenille, der bis knapp unter der Kehle zugeknöpft war, und hielt sich mit zitternden Händen selbst umklammert.

Sarah blieb ein paar Meter vor der Tür stehen und hielt den Atem an.

Langsam, ganz langsam hob Miss Berglund die Hände vors Gesicht. Sie hätte ein kleines Mädchen sein können, das sich beim Versteckspielen hinter seinen Händen verbarg. Einen Moment später schon, als sie die Arme wieder fallen ließ, war ihr Gesichtsausdruck ein anderer. Sie sah jetzt nicht mehr ängstlich und ärgerlich aus, sondern nur traurig. »Du bist eine verrückte alte Frau«, sagte sie mit so leiser Stimme, dass Sarah sich anstrengen musste, um etwas zu verstehen. »Verrückt. Verrückt. Jemand sollte kommen und dich wegsperren.«

Zu Sarahs Überraschung und tiefer Bestürzung machte Miss B. jetzt ein paar schwankende Schritte auf das Bett zu, ließ sich langsam daneben nieder und begann zu weinen.

Sarah hätte sich leicht aus dem Zimmer davonmachen können. Die Türöffnung war jetzt frei, und selbst wenn es ihr nicht gelungen wäre, ganz still dabei zu sein, so hätte Miss B. wahrscheinlich außer ihren eigenen Schluchzern nichts gehört. Sarah wäre ungehindert nach Hause gekommen.

Aber zum zweiten Mal schienen ihre Füße am Boden festzukleben. Sie stand da und starrte ihre alte Freundin an. Die, die nichts lieber tat, als darüber zu sprechen, was für ein Prachtkerl ihr Vater gewesen war. Die, die ins Zimmer geplatzt war und gerufen hatte: »Verdammt noch mal, Papa!« Und ihr war, als ob ihr Herz zitterte.

Sie streckte eine Hand aus, um Miss B. an der Schulter zu berühren, zog sie aber gleich wieder zurück, weil sie sie nicht erschrecken wollte.

»Bitte, Miss B.«, sagte sie stattdessen mit ganz sanfter Stimme. »Weinen Sie doch nicht. Ich bin's doch nur … Sarah.«

Kapitel 14

Harte Arbeit

»So, meine Liebe …« Miss Berglund stellte einen Becher mit heißem Kakao und einen Teller mit gebuttertem Toast vor Sarah hin; der Toast war in schmale Streifen geschnitten, damit man ihn in den Kakao tauchen konnte. »Jetzt erzähl mal, wieso du mitten in der Nacht Lampen in meinem Haus umwirfst.«

»Es ist nicht mitten in der Nacht«, protestierte Sarah, fing aber trotzdem an zu erzählen. Die ganze Geschichte. Wie sie Nancy mitgenommen hatte, um Pia zurückzulocken. Wie sie sie in Collette umgetauft hatte. Wie sie im Kampf mit Pia zerbrochen war und wie sie sie geklebt hatte. Wie sie versucht hatte, Pia so auszutricksen, dass sie die Puppe zurück nach oben bringen musste. Sie erzählte ihr sogar von dem seltsamen Gespräch, das sie auf der Vordertreppe geführt hatten.

»Sie hasst mich«, sagte sie zum Schluss.

Sarah wusste natürlich, dass ihr Miss Berglund widersprechen würde. Das taten Erwachsene doch immer, oder? Einem weismachen, dass die Dinge nie so schlimm waren, wie man glaubte.

»Pia hasst dich?« Miss B. saß am anderen Ende des Tisches. Weder sie noch Sarah hatten das Küchenlicht angeschaltet, sie saßen in dem matten wässerigen Licht, das der Mond über den Eichentisch streute.

»Ich weiß es ganz genau«, beharrte Sarah, um Miss B. anzustacheln. Natürlich würde Sarah Miss B. nicht glauben, wenn sie sagte: *Aber nein! Pia würde dich niemals hassen!*, aber sie wollte diese Sätze trotzdem hören.

Doch Miss Berglund verhielt sich, wie gewohnt, nicht so wie andere Erwachsene. Statt Sarah zu beschwichtigen, statt ihr zu widersprechen, nickte sie ganz einfach. »Ich glaube, in jeder Liebe steckt ein wenig Hass«, sagte sie.

Ihre Worte fuhren wie ein Messer durch Sarah. Dann hasste Pia sie also doch. Miss B. hatte soeben bestätigt, dass sie sich darin nicht täuschte. Ihre beste Freundin auf der Welt hasste sie!

Und ehe Sarah wusste, was sie sagte, schnappte sie zurück: »So wie bei Ihnen und Papa? So wie Sie Papa lieben und hassen?«

Während sie sprach, fiel ihr etwas ein, das sie ihre Mutter einmal über Miss Berglund hatte sagen hören. Dass sie erst spät zu rauchen angefangen hatte, als ihr Vater bereits bettlägerig war und sie ihn rund um die Uhr pflegte. Und wie sie jeden Abend unter seinem offenen Fenster saß und rauchte, obwohl er Zigaretten hasste. »Genauso gut hätte sie neben seinem Bett sitzen und ihm den Rauch direkt ins Gesicht blasen können«, hatte Mom gesagt.

Miss B. gab keine Antwort. Wieso auch? Sarah wusste, dass ihre Frage unverzeihlich unhöflich gewesen war. Aber Miss Berglund nahm sich bloß einen Streifen Buttertoast, tauchte ihn in ihren Kakaobecher und verspeiste langsam das durchweichte Ende. Schließlich nickte sie wieder. »Ja«, stimmte sie zu. »So wie ich Papa geliebt und gehasst habe.«

Sarah dachte an das Foto, das sie gerade eben gesehen hatte, an die Wut, die tief in diesen dunklen Augen verborgen lag. Hasste Pia sie auf die gleiche Weise? Das wollte sie nicht glauben.

»Einmal hatte ich die Gelegenheit, das Haus meines Vaters zu verlassen«, fuhr Miss B. jetzt aber fort, als wechsle sie das Thema gar nicht. »Jemand wollte mich heiraten. Ein netter und guter Mann. Aber ich habe seinen Antrag abgelehnt.«

»Weil Ihr Vater Sie nicht gehen lassen wollte. Stimmt's?«

»Nein, er mochte den jungen Mann. Er wollte, dass ich ihn heirate.«

»Und warum dann?« Sarah schüttelte den Kopf,

als wolle sie einen Schleier abschütteln. Nichts ergab mehr einen Sinn.

»Schwer zu sagen heute. Hauptsächlich vermutlich, weil meine Augen damals schon versagten. Ich konnte den Gedanken nicht ertragen, ein neues Haus und die Marotten eines anderen Mannes kennenlernen zu müssen. Vermutlich konnte ich auch den Gedanken nicht ertragen, Papa zu verlassen.«

»Aber er hat Sie doch auch gebraucht. Sie haben uns doch immer erzählt, wie sehr er Sie gebraucht hat.«

Im schwachen Mondlicht konnte Sarah gerade noch Miss Berglunds Lächeln sehen. »Im selben Augenblick, in dem ich fortgegangen wäre, hätte ein halbes Dutzend Ladys von der Kirche hier gestanden. Er hätte sie mit einem Stock abwehren müssen.«

Sarah musste bei der Vorstellung, dass dieser stattliche alte Mann, dessen Porträt im Wohnzimmer hing, die Ladys von der Kirche mit einem Stock abwehren musste, ebenfalls lächeln.

»Wir zwei waren uns sehr ähnlich, glaube ich«, fuhr Miss Berglund fort. »Papa liebte auch keine Veränderungen. Deshalb hat er ja auch der Kirche dieses Haus abgekauft, bevor er in den Ruhestand ging, damit er hierbleiben konnte – damit ich hierbleiben konnte, wo ich jeden Winkel kannte. Ich hab immer zu ihm gesagt, er hätte sich ein

Häuschen in Florida kaufen sollen, etwas in rosa Stuck vielleicht, aber dann pflegte er zu antworten, dass er Hitze nicht ertragen könne.«

Sarah setzte ihren Becher mit heißem Kakao ab und ließ die Hände in den Schoß fallen. »Und trotzdem ... haben Sie ihn gehasst«, erinnerte sie Miss B., aber sanfter dieses Mal.

»Ja«, stimmte ihr Miss B. zu. »Gehasst und geliebt, alles zusammen. Aber weißt du, Sarah, wenn die Liebe echt ist, dann gewinnt sie am Ende. Genauso wird es dir und Pia ergehen.«

Genauso wird es dir und Pia ergehen! Sarah ließ die Worte langsam auf sich einwirken. Aber glaubte sie sie auch?

Dann tauchte Miss B. einen weiteren Streifen Toast in ihren Kakao und wechselte das Thema. »Würdest du mir Collette mal holen? Ich habe sie schon lang nicht mehr im Arm gehabt.«

Sarah atmete tief ein. Jetzt musste sie sich der Sache stellen. »Sie haben sie doch Nancy genannt«, sagte sie.

»Ich mag Collette«, erwiderte Miss B. mit einem winzig kleinen Achselzucken.

Sarah ging nach oben, um die Puppe zu holen, hob sie einmal mehr unter dem Glassturz hervor und brachte sie Miss Berglund. Miss B. hielt Nancy-Collette in ihren knorrigen Händen, fuhr mit den Fingern sanft über die Arme und die Beine der Puppe, strich das elegante Kleid und das weiche Haar glatt. Zum Schluss berührte sie den Riss in ihrem Gesicht. Sie ließ einen Finger mehrmals über die ganze Länge gleiten, dann setzte sie die Puppe vor sich auf den Tisch.

Sarah wartete.

»Na schön«, sagte Miss B. »Ich glaube, wir müssen uns damit abfinden.«

»Damit abfinden?«, fragte Sarah mit zitternder Stimme.

»Damit, dass der Riss nun mal existiert. Damit, dass er so gut wie möglich ausgebessert wurde, aber trotz allem existiert.«

»Kann ich denn nicht noch irgendetwas tun?«, sagte Sarah flehend. »Etwas, das es besser macht?«

»Nein«, antwortete Miss B. rundheraus. »Damit wirst du leben müssen. Du und Pia auch. Damit, dass es passiert ist und nicht rückgängig zu machen ist.«

Sarah war sich nicht sicher, ob Miss B. von dem Riss im Gesicht der Puppe sprach oder von dem Bruch in Pias und ihrer Freundschaft. Vielleicht von beidem. Aber irgendwie musste sie die Sache doch wiedergutmachen können. Sie sagte in dringlichem Tonfall: »Ich könnte jeden Tag zu Ihnen rüberkommen. Ich könnte Ihnen vorlesen. Ihr Geschirr abwaschen. Ich könnte alles tun, was Sie gern wollen.«

»Und wie würde das Collette wiederherstellen?«, fragte Miss B. Ihre Stimme klang sanft, aber hinter ihren ruhigen Worten lag Schärfe. Dann streichelte Miss B. das Puppenhaar und fügte freundlicher hinzu: »Ich war neun Jahre alt – genau in deinem Alter –, als Mama mir Nancy schenkte. Und ich glaube, sie wusste, dass die Puppe den letzten Rest an Kindheit darstellte, den ich noch haben würde, dass ich verloren und allein und nicht mehr in der Lage sein würde, mich gegen Papas Bedürfnisse zu wehren.«

Sarah schwirrte der Kopf. Papa brauchte Miss B. und brauchte sie auch wieder nicht. Miss B. liebte Papa und hasste ihn zugleich. Sie und Pia … Sarah stand abrupt auf. Einen Moment lang schwankte sie, als kippte der Boden unter ihren Füßen, und sie musste sich an der Tischkante festhalten. »Kann denn nicht irgendetwas … irgendetwas auf dieser Welt einfach so sein, wie es ist?«, wollte sie wissen. »Muss es denn immer so schwer sein, erwachsen zu werden?«

Zuerst dachte Sarah, Miss B. wolle immer weiter so dasitzen, ihren Toast in den sich abkühlenden Kakao stippen und gar nichts sagen. Doch schließlich hob sie das Gesicht, um Sarah mit diesen alles und nichts sehenden Augen anzublicken, und erwiderte: »Leider ja, mein Liebes. Erwachsen werden ist nun einmal harte Arbeit.«

Sarah seufzte. Wieder einmal hatte ihre alte Freundin die Wahrheit gesagt, die einfache und so komplizierte Wahrheit. »Ich geh jetzt besser mal«, sagte Sarah, »bevor meine Eltern anfangen, sich Sorgen zu machen.«

»Du erzählst es ihnen?«, sagte Miss B. Es war als Frage formuliert, aber Sarah wusste, dass es im Grunde alles andere als eine Frage war.

Wie angewurzelt blieb sie stehen. Sie hatte nicht daran gedacht, ihren Eltern von der ganzen Sache zu erzählen. Aber dann sah sie auf die zerstörte Puppe und sagte: »Ja, Miss B. Ich erzähl es ihnen.«

»Gut«, sagte Miss Berglund und nickte. »Das ist gut!«

Ist es das?, fragte sich Sarah auf dem Weg zur Tür. Ist es wirklich gut? Wie auch immer, sie wusste, sie musste es tun.

Es gab keinen anderen Weg. Der Club mochte ja denken, dass es wundervoll war, erwachsen zu werden, aber es war harte Arbeit. Und ein Mädchen musste nicht warten, bis es zehn war, um sich dranzumachen.

Kapitel 15

Goldener Sommer

Sarah trat auf die Veranda vor ihrem Haus. Abgesehen von einem Meisenpärchen, das zankend sein Tirili aus den Fliederbüschen ertönen ließ, war die morgendliche Straße still. Die ganze Stadt war still. Sie war so früh auf den Beinen, dass sie den Strand wahrscheinlich ganz für sich alleine haben würde.

Sie lief den Weg hinunter, der an Miss Berglunds Haus vorbeiführte. Sie würde sie später besuchen, so spät am Vormittag, dass sie kein Risiko einging, von ihr ein Frühstück angeboten zu bekommen. Sie musste Miss B. erzählen, was ihre Eltern am vergangenen Abend gesagt hatten, nachdem sie ihnen alles gestanden hatte. Es war jedoch weniger, was sie gesagt hatten, als die Art und Weise, wie sie sie angesehen, wie sie sich angehört hatten, die ihr zu schaffen machte. Enttäuscht hatten sie ausgesehen und sich angehört. Tief enttäuscht von ihr. Und ihr gesagt, dass sie wollten, dass Sarah den ganzen Sommer über täglich eine Stunde zu ihrer Nachbarin hinüberging, um ihr zu helfen, falls Miss B. sie denn noch um sich haben wollte. Nur zu gerne wollte sie das für Miss Berglund tun, auch wenn Miss B. sie bereits daran erinnert hatte, dass keine Hilfe dieser Welt die Vollkommenheit ihrer geliebten Puppe wiederherstellen konnte.

Vielleicht würde sie ja damit anfangen, den Kühlschrank auszuputzen, bevor ihr wieder Rühreier angeboten wurden.

Sarahs Sandalen klapperten auf dem betonierten Weg, als sie durch die langsam erwachende Stadt ging, bis sie schließlich den Strand erreichte. Sie war nicht mehr hier gewesen, seit sie das letzte Mal mit Pia gekommen war. Sie kickte sich die Sandalen von den Füßen und nahm in jede Hand eine, bevor sie auf den kühlen Sand trat.

Unter den Weiden blieb sie stehen und sah prüfend über den leeren Strand. Dann ging sie weiter, bis sie die Stelle erreicht hatte, wo der See auf den feuchten Sand traf. Das kalte Wasser an ihren Zehen trieb ihr Schauder den Rücken hinauf. So stand sie lange da, bis ihre Zehen wieder warm wurden oder sich zumindest an die Kälte gewöhnt hatten. Dann drehte sie sich um und begann, auf dem festen Sand den Strand entlangzulaufen, knapp oberhalb der Grenze des sanft plätschernden Wassers. Sie liebte den Strand und den See. Das war schon immer so gewesen. Wie dumm war sie gewesen, sich von Valerie Miller und dem Club fernhalten zu lassen. Weit im Hintergrund des schmalen Sandstreifens tauchten jetzt zwei Gestalten auf und kamen auf sie zu. Zwei Mädchen. Wohl in ihrem Alter. Erst dachte sie, es könnten Pia und Kate sein, sah aber schnell, dass sie es nicht waren.

Beide Mädchen hatten dunkles Haar. Die Sonne, die schräg über dem Wasser lag, glitzerte auf ihren weißen Shorts, auf ihren nackten Beinen. Ihre Haut hob sich braun gegen das leuchtende Weiß der Shorts ab. Das kräftige Goldbraun von Karamell. Ein weiteres Augenbouquet, das sie Miss B. mitbringen konnte.

Jetzt konnte sie deutlicher sehen. Die beiden näher kommenden Mädchen waren die Zwillinge.

Als Juanita und Estelle neu zu ihnen in die vierte Klasse gekommen waren, hatte Sarah sich gedacht, wie schön es wäre, die beiden kennenzulernen, wie schön auch, etwas darüber zu erfahren, wie es sich in einem fremden Land lebte. Doch dann hatte Valerie ihren Club gegründet, und die bloße Frage, ob man dabei oder nicht dabei sein durfte, schien jedermanns Energie und Aufmerksamkeit voll in Anspruch zu nehmen. Da war nicht viel für irgendetwas oder irgendjemand anderen übrig geblieben.

Die Zwillinge gingen Seite an Seite, die Köpfe dicht zusammengesteckt. Hatten sie auch nur einen Moment darüber nachgedacht, ob man sie in den Club einladen würde? Hatte es sie überhaupt interessiert?

Ob sie jetzt noch mit ihr oder anderen aus der Klasse reden wollten?

Vielleicht konnten Estelle und Juanita, Pia und Kate und sie gemeinsam einen neuen Club gründen. Einen, dem jeder beitreten konnte. Jeder, der mit ihnen befreundet sein wollte. Sie konnten ihn den »Club der Heranwachsenden« nennen.

In ihrem Club musste man kein bestimmtes Alter haben. Noch sonst etwas Bestimmtes haben oder sein. Keiner würde wie alle anderen sein oder tun müssen, was alle anderen sagten. Sie würden sich nur treffen, weil sie sich gerne mochten – meistens jedenfalls.

Sarah hob die Hand, um zu winken. Sie bemühte sich, das Winken beiläufig und leicht aussehen zu lassen, doch sie ertappte sich dabei, wie sie sich auf die Lippe biss, während sie abwartete, ob die Mädchen reagieren würden.

Estelle und Juanita wandten sich einander zu, nur einen winzigen Moment lang, als fragten sie sich gegenseitig etwas, dann hoben sie beide langsam, zögernd eine Hand.

Sarah atmete tief die frische Morgenluft ein und beschleunigte ihren Schritt. Goldener Sommer breitete sich vor ihr aus und sie eilte ihm entgegen.

Inhaltsverzeichnis